LUISE RINSER

SATURN AUF DER SONNE

S. FISCHER VERLAG

Photonachweis in der Reihenfolge der Abbildungen:
1–8: Archiv S. Fischer Verlag; 9: Anne Kirchbach;
10–12: Archiv S. Fischer Verlag; 13: Wolf-Dieter Köhler;
14: Stefan Moses; 15: Thomas Meyer; 16: Isolde Ohlbaum

Gesamtherstellung: Clausen & Bosse, Leck
Printed in Germany 1994
ISBN 3-10-066049-8

Ich schreibe nicht über mich selbst,
sondern ich schreibe mich selbst.

Raimon Panikkar

in seinem Buch
›Der Weisheit eine Wohnung bereiten‹

Der Titel dieses Buches verlangt eine Erklärung. Er stammt aus dem Vokabular der Astrologie. Er bezeichnet eine wichtige Konstellation in meinem Horoskop.
Doch auch ohne astrologisches Wissen ist das Bild verständlich. Die Sonne bedeutet Lebenskraft und irdischen Erfolg. Die Lichtseite meines Lebens. Der Saturn ist ein strenger Herrscher, er treibt zur Arbeit, gibt Kraft und Mut, fällt aber auch als Schatten auf meine Sonne. Wäre er nicht, so wäre ich heiter und glücklicher, aber keine Schriftstellerin, denn kein glücklicher Mensch läßt sich beladen mit der Last eines künstlerischen Berufs, einer Last, die man liebt und fürchtet und haßt, und lebenslang nicht loswird und im tiefsten Grunde nicht loswerden möchte.

Was in diesem Bericht nicht erwähnt ist, steht in meinen Tagebüchern. Manches ist meinen Lesern bekannt. Manches wiederholt sich auch innerhalb der Autobiographie. Doch wenn ein Detail wiederkehrt, so steht es jedesmal unter einem anderen Aspekt.
Dies ist der zweite Band meiner Autobiographie. Einen dritten Band wird es nicht geben. Wer interessiert ist, zu erfahren, wie ich den Rest meines Lebens bestehe, kann es in meinen weiteren Tagebüchern lesen.

Solang der alte Peter ...

Der erste Band meiner Autobiographie endet mit dem Jahr 1950. Ich schrieb die letzten Seiten 1980. Damals schrieb ich: »Zu denken, daß ich je einen zweiten Teil schreiben müsse, macht mir Unbehagen, ja Qual. Über meine Kindheit und Jugend durfte ich reden. Da meinte ich noch *wir*, wenn ich *ich* sagte. Da gelang es mir noch, im Flug Fetzen von Feenschleiern und Schwungfedern vom Feuervogel zu erhaschen, da hörte ich noch das Echo orphischer Urworte, da kannte ich noch Bruchstücke großer Geheimnisse. Das Mädchen von damals, das war weit weg von mir, das sah ich im Spiegel, das zeigte sich mir in zauberischen Verkleidungen. Je näher ich meinem jetzigen Alter komme, desto fremder wird mir im Rückblick die Person, über die ich schreiben soll. Wer ist das: *ich*? Und kann ich gerade jetzt, in der letzten Lebensphase, in welcher jenes *Ich* überwunden wird, dieses schemenhaft werdende *Ich* wieder beschwören, als sei es wichtig? Und all die schönen Anonymen aus meiner Jugendzeit, die Archetypen, die längst Hinweggegangenen oder Uralten, die durch ihr Alter schon wieder Geheimnisrang haben, wie soll ich denn statt über sie über noch Lebende reden, über solche, die, so gut ich sie auch tarnen könnte, dennoch erkannt werden als Agierende auf der Weltbühne? Welche Verarmung, welche Indiskretion, oder auch: welch rücksichtsvolle Lügen.

Und doch kann es sein, daß ich aus einer Art Verantwortungs- und Vollendungssucht weiterschreibe, eines Tages. Denn es scheint mir fast unfair, den zweiten Akt des Stükkes zu unterschlagen. Muß ich nicht, auch wenn es mir widerstrebt, zeigen, wie ein Mensch sich nach und nach aus den lebensbedrohenden Verstrickungen äußerer und innerer Gegebenheiten löst und die geistige Freiheit gewinnt?

Als im Krieg der Turm der Münchner Peterskirche zerbombt war, brachte der Bayerische Rundfunk als Trauer-Pausenzeichen die Melodie des Liedes ›Solang der alte Peter‹. Aber die Melodie blieb unvollendet, die Schlußterz fehlte, die zweite Silbe des Pe-ter blieb ungespielt, das war quälend, die Melodie verlangte diese Terz. Es war aber auch gut so: es entsprach der Unvollständigkeit jeder Lebensmelodie.«

Zwölf Jahre sträubte ich mich gegen die Fortsetzung. Viele Male begann ich sie zu schreiben. Alle Blätter endeten in den Flammen meiner Feuerstätte im Garten. Mein Hausmeister-Gärtner Attilio ahnte nicht, was er da verbrannte zusammen mit welken Rosen und dürren Zweigen: die verworfenen Früchte einer langen Arbeitszeit.

Am 17. Juli 1991 eine Notiz: »Mit äußerstem Widerwillen Anfang des zweiten Teils von ›Wolf‹. Fünf Seiten. Dabei nervöses Zahnweh. Alles in mir wehrt sich gegen diese Arbeit. Am Abend Sturz vom Stuhl, als ich das Musiklexikon aus dem Regal holen wollte. Leichte Gehirnerschütterung. Prellungen am rechten Arm und am Rücken. Schmerzvoll.«

Waren das nicht Zeichen dafür, daß ich diese Arbeit nicht schreiben wollte. Wurde mir handgreiflich verboten, mich mit meiner Vergangenheit zu beschäftigen? War es mir zwölf Jahre früher erlaubt gewesen, es zu tun? Brauchte ich es damals, um dunkle Winkel der ersten Hälfte meines Lebens auszuleuchten? Brauchte ich die Auseinandersetzung mit meinen Eltern?

Und brauche ich jetzt den Blick zurück nicht mehr, um zu erkennen, wie ich wurde, die ich bin? Habe ich nicht inzwischen gelernt, daß ich mein *Jetzt-und-Hier* bin, nichts anderes? Nichts Vergangenes, nicht Künftiges, sondern nur das Gegenwärtige? Und nun soll ich noch einmal mich mit jenem *Ich* beschäftigen, das mich so wenig interessiert wie ein welkes Blatt, das den Fluß hinunterschwimmt?

Die Gegenstimme: Es geht bei diesem Rückblick nicht um

dein Ich. Es geht um eine ganze Zeitspanne, die sich in deinem Ich spiegelt.

Die andere Stimme: Wenn es dir nur darum geht, so kannst du eine nüchterne Chronik schreiben. Du hast ja fast ein Jahrhundert Geschichte miterlebt.

Die Schriftstellerin, die ich nun einmal bin, aber sagt: so eine nüchterne Chronik zu schreiben hieße, konventionell mit dem »Und-dann-und-dann« zu operieren. Wie langweilig, wie öde, ein Verrat an deinem spezifischen Talent. Und wie falsch auch wäre es, denn es setzt voraus, daß »Zeit« eine festzuhaltende Wirklichkeit wäre, während sie doch ein Fluß ist, der kein Nacheinander kennt und nichts anderes ist als eben das Fließen. Ist das, was ich als »vergangen« bezeichne, nicht vielmehr das, was sich im *Jetzt-und-Hier* ereignet, indem ich mich erinnere? Dieses Erinnern geschieht eben jetzt, und es geschieht *in mir*. Was ich als Vergangenheit betrachte, ist Traum. Mein gegenwärtiger Traum. Träume sind kein Stoff für Zeitgeschichte. Autobiographien sind keine zuverlässigen Zeugnisse, auch wenn sich der Autor selbst feierlich schwört: Ich will die Wahrheit, die volle Wahrheit und nichts als die Wahrheit sagen.

Aber *die* Wahrheit, wir wissen es, ist immer nur subjektive Wahrheit, vor allem, wenn der Zeuge ein Dichter ist. Stell einen alten Stuhl mit zerrissenem Rohrgeflecht hin und laß ihn von einem photographischen Dilettanten aufnehmen. Er sieht eben, was er sieht: einen alten Stuhl. Stell den Stuhl aber vor einen Maler, zum Beispiel van Gogh: er wird diesen alten Stuhl malen, es ist derselbe Stuhl und ist doch ein ganz anderer, er ist erhöht zum Gleichnis.

Also dann, sage ich mir, mal du eben, was du siehst, du und kein anderer. Kein Mensch verlangt von dir photographische Treue. Im Gegenteil, man erwartet, was man füglich von einer Autobiographie erwarten kann: das subjektive Bild eines Lebens in seinem Umfeld, mit Orten, Ereignissen und Menschen.

Ja, mit Menschen. Und das eben ist eine der großen Schwierigkeiten beim Schreiben einer Autobiographie: zum Bild gehören Menschen. Wie kannst du über sie »die Wahrheit« sagen? Du weißt doch, wie ungeheuerlich, wie undurchschaubar vielschichtig der Mensch ist. Wie kannst du ein objektives Porträt malen, von wem auch immer? Du kannst es nicht. Du hast ja immer nur jene Seiten von ihm gesehen, die er dir zugewandt hat zu bestimmten Zeiten, und die du selbst provoziert hast. Ist nicht jeder, der dir begegnet ist, nur dein Bild von ihm, deine »Projektion«? Und du weißt, wie selbst das getreueste Gedächtnis sich zu täuschen vermag. Du meinst, objektiv sein zu können, und bist doch von Emotionen geleitet. Stell deine Filmkamera so auf, daß das Gesicht der Diva oder des Helden sich von der schönen Seite zeigt und die minder schöne durch einen Schleier verzaubert wird. Oder laß das scharfe Lampenlicht so auf das Gesicht fallen, daß jede Falte, jeder Tränensack, jeder Leberfleck unerbittlich »die Wahrheit« zutage bringt.

Male ich die Bilder der Verehrten und Geliebten auf Goldgrund, ihre Schwächen verschweigend, vielleicht aus Rücksicht, oder bin ich der Knabe aus dem Märchen von Andersen, dem ein Körnchen vom zerbrochenen Spiegel des bösen Zauberers ins Auge gerät, so daß er fortan alles verzerrt sieht? Nicht das eine, nicht das andere. Ich schreibe ja nicht Biographien, ich schreibe meine Autobiographie. Ich schreibe über meine Beziehung zu Menschen, ich schreibe also bewußt subjektiv. Ich behaupte nicht, daß der oder die oder das so war, sondern ich sage: ich habe es so gesehen.

Diese Hürde ist also zu nehmen. Aber da ist die andere, ich sprach schon von ihr.

Mein Leben lang war ich »auf dem Weg«. Wohin? Zu mir selbst und von mir weg. Von meinem *Ich* mich unter Schmerzen lösend, mich befreiend, näherte ich mich mei-

nem wahren Selbst. Sehr viel Lebenszeit bleibt mir nicht mehr, um jenes *Koan* vollkommen zu lösen, das mir der Abt des buddhistischen Klosters Bulgugsa in Südkorea gab: »Alles ist Nichts.« Man kann es umkehren: Nichts ist Alles. Oder: Nichts und Alles ist dasselbe.
An diesem Erkenntnis- und Erfahrungspunkt angekommen, soll ich also über mein abgelegtes Ich schreiben, als sei es eine greifbare Wirklichkeit, während es doch nur mein Traum von der Wirklichkeit ist.
Und doch: die *coincidentia oppositorum* hat mich seit meiner Jugend fasziniert. Es gibt wohl so etwas wie »Wirklichkeit«, aber diese Wirklichkeit ist nicht *eine*, sie ist *viele*, sie ist das *Ganze*, und sie *ist*, weil sie aus der Spannung zwischen den zwei Polen lebt, dem negativen und dem positiven. Ich lebe in der Wirklichkeit, in der Ja und Nein zusammenfallen. Ich lebe jenseits und diesseits. Über das »Jenseits« (womit ich keineswegs den »Himmel« meine oder sonst etwas, das nicht zum Ganzen des Lebens gehörte) kann ich nicht reden. Aber über das Diesseits kann ich reden, das heißt über jenen Aspekt des Universums, den wir als unsere Wirklichkeit zu betrachten übereinkamen. Von dieser Wirklichkeit also kann ich reden, so reden, als sei sie das schlechthin Wirkliche.
Was ich hier so glatt hinschreibe, ist die noch immer unreife Frucht langer Überlegungen zum Schreiben meiner Autobiographie. Dieses Nachdenken, vielmehr: Vor-denken, hat mich in eine philosophische und psychische Krise gestürzt. Tatsächlich war ich mehr als ein Jahr lang krank, ohne krank zu sein. Mein Psychiater-Freund sagte mir: Du bist nur erschöpft, weiter nichts. Ich sagte: Ich bin zutiefst unsicher, ob ich die Autobiographie schreiben soll, darf, muß. Das ist meine Krankheit. Dabei kann mir keiner helfen. Damals schrieb ich, alle Hürden überspringend, einige Seiten, datiert vom 22. September 1991.
Am 26. September 1991 notierte ich: »Aus den alten Tage-

buch-Kalenderchen Daten und Fakten von 1950 und 1951 gesucht. Erstaunlich reiches Leben.« Interessiert an diesem Leben, als wär's das einer andern, einer mir flüchtig bekannten Person, fing ich an, die Kalenderchen jener frühen Jahre durchzulesen, alte Briefe und alte Arbeiten zu durchstöbern, alte Photos auszukramen, und einen Haufen undatierter handgeschriebener, hingekritzelter Blätter von meiner Hand und der Hand anderer in eine vorläufige Ordnung zu bringen. Eine lästige Arbeit. Eine schier aussichtslose Arbeit. Wenn ich allzu ungeduldig wurde, warf ich wieder einmal einen Haufen solcher nicht zu datierender Blätter auf meine Feuer-Opferstelle.
Aber ehe ich es wollte, wirklich wollte, hatte ich den von mir selbst ausgeworfenen Köder angenommen. Der Fisch hing an der Angel. Ich hatte zu arbeiten begonnen, ehe mir klar war, daß ich bereits an der Autobiographie schrieb. Weil es das Naheliegende und das Leichteste war, begann ich, einfach dort weiterzuschreiben, wo ich 1980 zu schreiben aufgehört hatte.
Ich berichtete von meinem Umzug 1948 nach München und von den ersten Nachkriegsjahren. Das Kapitel könnte überschrieben sein: »Glückliche Armut«.
1948 bekam ich die Genehmigung zum Zuzug nach München und eine Wohnung. Das war nicht etwa einfach ein Glücksfall: beides stand mir als unter Hitler politisch Verfolgter zu. Hätte man mir zu normalen Zeiten diese Wohnung angeboten, hätte ich gesagt: Das ist eine Zumutung, da ziehe ich nicht ein. Jetzt war ich glücklich, sie zu bekommen.
Das Haus lag (es liegt) in der Flotowstraße, einer Parallelstraße zur Fürstenriederstraße. Ein zweistöckiges Haus, das einem höheren SA-Mann gehörte, dem es 1945 »zwangsenteignet« worden war. Das hieß, daß er nicht mehr darin wohnen durfte – für ein paar Jahre, dann war das Gras seines Gartens (der immer noch »sein« Garten war

und aus dem wir kein Gemüse nehmen durften – wer hatte eigentlich das Verbotsrecht?) auch über seine Nazi-Vergangenheit gewachsen.

Wir bekamen den ersten Stock mit einem größeren, einem kleinen Zimmer und einer Kammer und Küche. Das Bad war kaputt. Schier alles war kaputt. Die Decken hingen durch, der Verputz war abgefallen, ich habe es im ersten Teil meiner Autobiographie beschrieben.

Das Ärgste (die Kinder fanden es lustig) war, daß man unsere Wohnung nur über eine schmale Steintreppe erreichen konnte, die, vordem im Innern des Hauses, durch eine Bombe ihrer Seitenmauern und ihres Daches beraubt, jetzt im Freien lag. Wer zu mir wollte, mußte unten an einer Schnur ziehen. Dann schepperte oben eine blecherne Schelle.

Wie viele Hände hatten damals diese Schnur gezogen und waren dann ängstlich die geländerlose, im Winter vereiste Treppe hinaufgestiegen? Wie viele! Meine Wohnung wurde bald zum Treffpunkt für zurückgekehrte Emigranten und vormals politisch Verfolgte. Ich habe nicht alle Namen in meinem Kalenderchen notiert, aber wohl die wichtigsten.

Als erster kam aus den USA Hermann Kesten, der ehemals vertriebene Jude, der unermüdliche Vermittler. Dann kamen amerikanische Journalisten, die von mir als Gegnerin des Nazi-Regimes Informationen über das Dritte Reich haben wollten, es kam Dr. Ilkow, der beim Nürnberger Prozeß Ankläger der »KZ-Bestie« Ilse Koch war. Es kamen der Journalist Norbert Mühlen aus New York, öfters auch der Schriftsteller Leonhard Frank mit seiner Frau und sehr oft Joe Gassner, eigentlich Karl Jakob Hirsch, der Autor des einst berühmten Romans ›Kaiserwetter‹, jetzt ein kranker alter Mann; es kamen Kollegen aus dem ebenfalls befreiten Österreich: Heinrich Waggerl, Alfred Polgar, Alexander Lernet-Holenia, es kamen die Übersetzer Hans Sahl und

Herberth Herlitschka, es kam der Intendant der Münchner Kammerspiele, Hans Schweikart, es kam viele Male der Rußland-Spezialist Martin Winkler, es kamen die Schriftsteller Hermann Stahl, Erich Kästner und Lieselotte Enderle, Ernst Penzoldt, Wolfgang Koeppen, Fritz Arnold, Ilse Langner, Horst Lange und seine Frau Oda Schaefer, es kam der Literatur- und Filmkritiker Gunter Groll, es kamen einige aus der Gruppe 47. Es kamen der Kunstkritiker Franz Roh und seine Frau, es kam August Scholtis, und viele andere, heute Verschollene. Wie ich es damals schaffte, in der winzigen Wohnung Leute zu empfangen und häufig auch zum Essen einzuladen (obwohl wir damals ja selber kaum zu essen hatten, die Lebensmittel waren noch rationiert), das weiß ich nicht. Eine große Hilfe war mir Dolli, die aus Ostpreußen Geflüchtete, die ein paar Jahre meine »Haushaltssekretärin« war und auch die Hüterin meiner Kinder Christoph und Stephan. Und daneben arbeitete ich ums tägliche Brot: ich schrieb für die ›Neue Zeitung‹ unzählige Buch-Rezensionen, Feuilletons und Reportagen. Nicht nur das: ich begann meinen ersten Roman zu schreiben, mein Erfolgsbuch ›Mitte des Lebens‹.

Viele Jahre zwischen 1933 und 1944 hatten wir geflüstert: »'s geht alles vorüber, 's geht alles vorbei, im März geht der Hitler, im Mai die Partei.« Wer beim Sagen oder Singen dieses Verses gehört wurde, riskierte, ins KZ zu kommen.

Jetzt war Hitler tot, die Partei aufgelöst, unsere schlimmsten Verfolger saßen in Lagern, die Städte waren zerstört, Millionen Menschen umgekommen, und wir waren arm. Arm, aber frei. Wir, das Volk, genau: die Frauen, räumten die Trümmer weg; die Männer waren noch in Kriegsgefangenschaft und kamen nach und nach zurück, ein graues, geschlagenes Heer, das »Nie wieder Krieg« rief; die anderen, Überlebende aus den Konzentrationslagern,

Sozialisten, Liberale, Leute aus den Kirchen, begannen politisch zu arbeiten. Wir gründeten die »Lessing-Gesellschaft für Frieden und Toleranz«, wir gründeten neu die SPD, ungeachtet unserer Erfahrung von 1932, daß diese Partei, die mit den Kommunisten zusammen Hitler hätte verhindern können, das eben nicht getan hatte. Wir wollten eine neue SPD, und wir bauten sie auf. Obgleich man mich bedrängte, trat ich ihr aber nicht bei. Nie im Leben war ich Mitglied einer Partei. Aber ich arbeitete, wo immer ich konnte, öffentlich im Sinne der SPD, Jahre später sehr intensiv mit Willy Brandt bei seiner Ostpolitik.

Politisch war ich immer. Im September 1946 schon hielt ich in Stuttgart meine erste große Rede bei der »Internationalen Frauenliga für Frieden und Freiheit«, in der ich über das bisherige Versagen aller pazifistischen Bewegungen sprach. Die Rede wurde 1990 aufgenommen in mein Buch ›An den Frieden glauben‹. Es stehen bemerkenswerte Sätze darin. Da steht zum Beispiel:

»Hat einmal ein Volk ein Heer geschaffen, über ein kleines Verteidigungsheer hinaus, so wird es dieses Heer bewaffnen wollen. Es wird Waffen- und Munitionsfabriken bauen. Diese Fabriken werden produzieren. Sind Waffen und Munition produziert, so wollen sie angewendet werden. Und wo ist die Gelegenheit dazu? Der Krieg wird entfacht...«

Ich lese dort auch: »In diesem Jahrhundert wird unendlich viel geredet... aber Worte und Ereignisse klaffen auseinander«... »Wir haben heute die Charta der Vereinten Nationen von 1945: Jede angreifende Nation wird mit den vereinten Kräften der Vereinten Nationen niedergeschlagen...« Ich lese: »Rüstungen sind nicht nur Sache der Regierungen und der Munitionsfabriken. Sie sind auch Sache des Volkes und haben eine psychologische Seite. Es gibt eine stimmungsmäßige Rüstung des Volkes: die Bereitschaft des Volkes zum Krieg... Die Uranfänge eines jeden Krieges liegen in dem Ja, das der einzelne zum Krieg sagt. Ist dieses Ja einmal ausgesprochen, so gibt es der stofflichen Rüstung jenes fürchterliche Gewicht, das den Krieg unaufhaltbar macht...«

In meiner Erinnerung waren die Jahre nach dem Zweiten Weltkrieg die Jahre der großen Hoffnung auf dauernden Frieden. Nun lese ich, wie sehr ich Kassandra war. »Müssen wir nicht«, so schrieb ich (1946!), »mit einem neuen Krieg rechnen angesichts der großen Konflikte in der Welt?«... »Blutige Kriege schaffen Grundspannungen nicht aus der Welt. Einen paradiesischen Stand spannungsloser Unschuld und Einheit gibt es nicht. Warum aber sollten die Völker der Erde nicht in Widersprüchen leben können und sie durch Verträge mildern statt sich zu vernichten?«

Ich lese: »Unser Volk wird so lange den Keim des Krieges in sich tragen, bis es seine Begriffe von Heimatliebe und Vaterlandsliebe revidiert haben wird. Denn die falsch verstandene Heimatliebe, der übertriebene Patriotismus werden immer aggressiv sein.«

Ich wagte es damals, zu sagen, Vaterlandsliebe sei kein heiliges Gefühl, sondern eine Art Familien-Egoismus.

Ich redete auch gegen den Rassismus und fragte: Wo ist in unserem Volk das gemeinsame Blut, an das uns der Mythos des Dritten Reiches glauben machte?

Ich zitierte einen Satz, den die deutschen Lehrer nach 1918 zum Leitmotiv ihres nationalen Unterrichts gemacht hatten. In einem Geschichtsbuch von 1924 steht: »Rüste dich, um einst am Wiederaufbau deines Vaterlandes und an der Befreiung vom Versailler Diktat zu arbeiten.« Damals also war der Zweite Weltkrieg bereits geplant. Ich lese es mit Entsetzen, obwohl es mir ja nicht neu ist.

Und dann fand diese Kassandra von 1946 doch Worte prophetischer Hoffnung: »Heute heißt ›sein Vaterland lieben‹: es als einen Teil der Welt lieben... Die einzig fruchtbare

Politik ist heute jene, die die Interessen der übrigen Nationen zu den eigenen macht. Alle Zeichen der Zeit deuten darauf hin, daß eines Tages – allen Hindernissen zum Trotz – Paneuropa geboren wird: die Vereinigten Staaten von Europa. Der Tisch der Zukunft gehört den Weltbürgern.« Die Rede endete mit dem Satz: »Wer der Zukunft dienen will, wird es nicht mehr können als Patriot, sondern einzig und allein als Mensch in der Gemeinschaft aller Menschen dieser Erde.«

Diese Worte, 1946 gesagt, zeigen, wie intensiv wir damals lebten. Wir, nicht nur ich. Ich war nur eine mutige Sprecherin. Ein durch und durch politischer Mensch. Der war, der bin ich. Jene Stuttgarter Rede war nicht die einzige, die ich hielt. Ich lese in meiner Bibliographie die Titel einiger der Aufsätze, die ich damals schrieb: ›Hitler in uns selbst‹ (jene Rede vor inhaftierten ehemaligen SS-Intellektuellen in Ludwigsburg 1947), ›Über den Antisemitismus‹ (ebenfalls eine Rede, es ist jene, die ich 1951 im Münchner Maximilianeum hielt und bei der der Landtagspräsident den Saal verließ). Diesen »Aufruf zur Besinnung« schrieb ich, mich auf Artikel 3 des Grundgesetzes von 1949 beziehend, wonach alle Menschen vor dem Gesetz gleich sind. »Niemand darf wegen seines Geschlechtes, seiner Abstammung, seiner Rasse, seiner Sprache, seiner Heimat und Herkunft, seines Glaubens, seiner religiösen oder politischen Anschauungen benachteiligt oder bevorzugt werden.«

So war es also 1951 schon wieder nötig, das deutsche Volk an seine Verfassung zu erinnern? Schon lagen wir wieder in internen Kämpfen. Und schon auch lagen wir wieder im Krieg, dieses Mal im »Kalten Krieg«, der nahe daran war (wie nahe, haben wir vergessen), in einen heißen, in den dritten Weltkrieg umzuschlagen. Wie nah daran wir waren, las ich kürzlich wieder im Tagebuch von Thomas Mann: die Amerikaner begannen, Lebensmittel zu horten für diesen

Krieg! Jenseits und diesseits des Ozeans fürchtete man tatsächlich einen dritten Weltkrieg.

Aus jener Zeit, genau vom 26. September 1951, stammt ein Brief von Bertolt Brecht, ein Offener Brief ›An die Künstler und Schriftsteller Deutschlands‹. Daß ich ihn sorgfältig aufbewahrte, zeigt, wie wichtig er mir war. Ich zitiere daraus: »Werden wir Krieg haben? Die Antwort: Wenn wir zum Krieg rüsten, werden wir Krieg haben. Werden Deutsche auf Deutsche schießen? Die Antwort: Wenn sie nicht miteinander sprechen, werden sie aufeinander schießen... (Es) muß unter allen Umständen eine neue Anstrengung gemacht werden, die Wiedervereinigung auf friedlichem Wege herbeizuführen...«

Brecht spricht schon 1951 von einem »frühen Stadium der erhofften Verhandlungen« zwischen »Volksvertretungen«, und er macht dazu Vorschläge, die uns heute, angesichts der Entwicklung der DDR nach 1951, erstaunen. Hätte es also anders kommen können, als es kam? Brecht forderte: Völlige Freiheit des Buches, des Theaters, der bildenden Kunst, der Musik, des Films. Hinter jedem seiner Vorschläge steht: »mit einer Einschränkung«. Diese Einschränkung: »Keine Freiheit für Schriften und Kunstwerke, welche den Krieg verherrlichen oder als unvermeidbar hinstellen, und für solche, welche den Völkerhaß fördern.« Der Brief Brechts endet so: »Das große Karthago führte drei Kriege. Es war noch mächtig nach dem ersten, noch bewohnbar nach dem zweiten. Es war nicht mehr auffindbar nach dem dritten.«

Die Gespräche mit meinen Besuchern drehten sich gewiß um diese brennenden Fragen. Da unter diesen Besuchern Menschen verschiedener Ideologien waren, konnten heftige Diskussionen nicht ausbleiben, das heißt: wir lebten, wir lebten politisch.

Unter den vielen Arbeiten, die ich damals schrieb als freie Mitarbeiterin der unter amerikanischer Kontrolle stehenden ›Neuen Zeitung‹, finde ich neben Literaturkritiken viele Aufsätze politischer Natur: ›Erziehung zur Freiheit‹, ›Thomas Mann und der Sozialismus‹, ›Antisemitismus von gestern und heute‹. Ich hielt Vorträge und Rundfunk-Reden wie ›Nie wieder Krieg‹ (Südwestfunk), ›Über die Verwirrung der Pazifisten‹. Der Vortrag ›Hitler in uns selbst‹ vor dem »Süddeutschen Frauenring« in Karlsruhe brachte mir jene Einladung der württembergischen Regierung in das Umschulungslager für ehemalige SS-Angehörige in Ludwigsburg ein. Daß ich damals schon Feministin war, hätte ich vergessen, stünde nicht in meinem Kalenderchen, wie viele Beiträge zum Thema Frau ich damals lieferte: ich schrieb über ›Mädchenbücher heute‹, über Ibsens ›Nora‹ und die Frauenfrage, ich schrieb einen Aufsatz ›Auf der Suche nach einer neuen Lebensform‹, nämlich für die Frauen, einen Appell an die deutschen Frauen, die nach ihren Erfahrungen mit den NS-Frauenorganisationen politisch »gebrannte Kinder« seien, die sich in ihr Privatleben flüchten. Ich schrieb: »Immer mehr Frauen kommen an öffentliche Stellen in Politik und Verwaltung. Man macht es uns sehr schwer, denn Deutschland ist ein Männerland ...« (1949). Ich selbst lehnte freilich jedes Angebot politischer Art ab. (Meine Aufgabe war eine andere.) Man bot mir gleich nach dem Krieg die Leitung des Frauenfunks am Bayerischen Rundfunk an. Man bot mir eine Position in der SPD an. Auch aus der DDR kam eine inoffizielle Anfrage, sie wurde mir persönlich vorgetragen: der spätere Kulturminister, der Schriftsteller Johannes R. Becher, aus München stammend, wollte mich »nach drüben« holen. Er bot mir eine führende Stellung in der Partei oder in der Regierung, er bot mir ein Haus und ein Dienstauto. Und er bot mir seine Liebe an, die in normalen Zeiten hätte als Freundschaft gelebt werden können (und so auch eine Weile anhielt), wäre der ideologische Graben, der uns trennte, nicht doch zu tief gewesen. Schade. Ich mochte ihn gern. Und ich neigte dem Sozialismus zu, der radikaler war als jener der SPD. Aber trotz Bertolt Brechts Aufruf zur Gewährung der Kultur-Freiheit mißtraute ich, vom Nationalsozialismus »gebranntes Kind«, jeder autoritären Regierung.

Schon war Deutschland zweigeteilt, und so zerbrach auch der PEN-Club, zu dessen Charta es wesentlich gehörte, daß er übernational war. Das Prinzip ließ sich nicht halten. Ich erinnere mich genau des schneidenden Schmerzes, den ich beim endgültigen Bruch in Wiesbaden empfand. Auch Becher erlebte ihn so: wir umarmten uns weinend. Wir wollten unsere Freundschaft über den tiefen politischen Graben hinweg halten. Es war nicht Becher, der es unmöglich machte: es war sein Regime, das mich absurderweise verdächtigte, als US-Spionin zu arbeiten. Wie kam man denn auf diese Idee? Ich war 1950 von der Zeitschrift ›Der Monat‹ eingeladen worden, an einem Treffen in Berlin teilzunehmen. Da ich ja schon lange für das US-Blatt ›Die Neue Zeitung‹ arbeitete, schien es mir nicht abwegig, dieser Einladung von der ›Monat‹-Redaktion zu folgen. Aber mein politischer Instinkt versagte: es war ein ausdrücklich antikommunistisches Treffen. »Kongreß für kulturelle Freiheit« war der offizielle Titel des Treffens. Ich habe die Teilung Deutschlands nie einfach als vollendete Tatsache hingenommen, aber ich fürchtete mich auch schon früh vor einer Wiedervereinigung.

Ich fand eben einen Brief von Thomas Mann aus jenen Jahren. Einen Antwortbrief. Was ich ihm geschrieben hatte, ist aus seiner Antwort zu entnehmen. Ich habe ihn in jenem Aufsatz ›Thomas Mann und der Sozialismus‹ (1947, gedruckt 1990 in meinem Essayband ›An den Frieden glauben‹) beleidigt, weil ich ihn einen sehr großen Schriftsteller nannte, aber nicht den größten Dichter unserer Zeit. Eine Distinktion, die ich heute zugleich verteidigen und verwerfen könnte. Ich unterstreiche Thomas Manns Satz: »Die

Grenzscheide verläuft ja nicht zwischen den Erscheinungen, sondern im Innern der Persönlichkeit und ist auch da noch fließend... Ich kann nicht sagen, daß ich die Deutschen liebe... Es gibt viele höchst liebenswerte Deutsche, aber im Ganzen neigen sie zum Neid, hämischen Scheelblick und einer Überheblichkeit, die so dumm ist, sich am eigenen Besten zu ärgern... Nach Deutschland bin ich jetzt [1947] nicht gegangen – aus Mißtrauen, unüberwundenem Ressentiment (mir sind in Europa Freunde gemordet worden, die Zierden meines Lebens waren) und andauernder Furcht vor Deutschland.« (»Furcht« unterstrich Thomas Mann). »Haben Sie sich je vorgestellt, was dort geschehen würde, wenn morgen alle Okkupationstruppen abmarschierten? Ich fürchte, die Deutschen wären nicht zu ›todmüde‹ für die Veranstaltung einer solennen Bartholomäusnacht... Zu sehr bin ich unter dem Eindruck, daß dieses Volk nur darauf sinnt und hofft, der Welt recht bald wieder die Faust zu zeigen... Bedenkt man, daß schon Hitler, wäre er nur etwas manierlicher gewesen, alles hätte haben können, was er wollte... In heute unglaublich kurzer Frist mag Deutschland Europa wieder in der Tasche haben... Ein deutsches Europa wird nie ein europäisches Deutschland bedeuten, sondern das Gegenteil. Ich weiß mich einig mit vielen guten Deutschen in der Angst vor deutscher Macht.«

Nachsatz: »Ich tue, als ob ich beliebig viel Zeit hätte. Entnehmen Sie daraus, wieviel Vergnügen mir Ihre Apologie gemacht hat – die Sie nun am Ende bereuen. Tun Sie's nicht. Auch bei mir handelt es sich doch nur darum, ›überall die Wahrheit zu sagen‹, Ihr...«

Eben sehe ich auf der Briefmarke vom September 1947 die Schrift: »Toward United Nations, April 25, 1945.« Und gerade jetzt (30. Oktober 1993) kommen im Fernsehen die aktuellen Bilder vom brennenden Kalifornien. Nun: Thomas Mann schläft längst in der kühlen Schweizer Erde auf dem

Kilchberger Friedhof zusammen mit seiner Frau Katja, seinem Sohn Michael, seiner geliebten Tochter Erika. Und an seinem Haus in Kilchberg hing noch viele Jahre das Messingschild: Thomas Mann. Nichts weiter.
Wo ist er? In seinen Büchern? Was ist »Unsterblichkeit«? Wie lange wird man ihn noch lesen? Wie lange wird man überhaupt noch Bücher lesen?
Nun: obwohl Thomas Mann sich (mäßig) geärgert hat über meine Distinktion von Schriftsteller und Dichter (was ich ja gar nicht qualitativ meinte: Hesse ist eher ein »Dichter« als Thomas Mann, und doch ist Thomas Mann der literarisch Größere), schlug er mich damals für einen Literaturpreis vor.
Aber zurück zu meinem Leben im Jahr 1949.
Ich hatte schon zwei Bücher publiziert: ›Die gläsernen Ringe‹ und ›Gefängnistagebuch‹, auch eine beinahe ganz verschollene Sammlung aus Werken Pestalozzis mit einem langen Essay, und einen kleinen Roman ›Die Stärkeren‹, für junge Leute gedacht; er erwies sich als Skizze für den viel späteren Roman ›Der schwarze Esel‹. Zu meinen Plänen gehörte der Roman, der dann mein Bestseller wurde und in mehr als zwanzig Sprachen erschien: ›Mitte des Lebens‹. Aber er war noch nicht »reif«. Er bedurfte noch eines starken Anreizes.
Mein eigentliches Arbeitsgebiet war der Journalismus und da vor allem die Literaturkritik. Die nahm ich ernst, so ernst, daß ich schwierige Bücher zweimal las. Niemand schrieb mir vor, welche Bücher ich besprechen sollte. Alles in allem war es ein lustiger Betrieb: die ›Neue Zeitung‹ hauste in der Schellingstraße, im Rückgebäude, das Vorderhaus war zerbombt, man stieg über einen Berg von zerborstenen Steinen, Dachziegeln, Kalkbrocken, Sand und Staub. Wir hatten einen schmalen Dschungelpfad ausgetreten. Die Hausherren waren die Amerikaner, genau gesagt: jüdisch-deutsche Emigranten in US-Uniformen. Der Chef war Hans

Wallenberg, später kam dazu ein gebürtiger ungarisch-wienerischer Herr namens Hans Habe, von dem ich lieber schweige, obgleich er mich schätzte und mit mir zusammen eine neue Zeitung gründen wollte, die »Echo der Woche« heißen sollte. (Die gab es sogar dann für kurze Zeit, aber ohne mich und wohl auch ohne Hans Habe.) Er brachte mich viel später beinahe ins Gefängnis, weil er in einem Artikel mich in die Gruppe der Sympathisanten der Terroristen einreihte, indem er ein harmloses Datum veränderte in ein höchst brisantes: ich hatte in meinem Tagebuch ›Grenzübergänge‹ 1972 erzählt, daß 1970 eines Januartages zwei junge, mir fremde, halb erfrorene Deutsche an meinem Gartentor erschienen und ich sie natürlich einließ, wie ich alle einlasse, die meinen Beistand brauchen. Erst nach einer Weile sagten sie mir ihre Namen: Gudrun Ensslin und Andreas Baader. Sie waren auf Ehrenwort für eine Weile aus dem Gefängnis entlassen, aber über die französisch-deutsche Grenze geflohen und in einem alten Mercedes mit Frankfurter Kennzeichen bis Rom gelangt. Was wollten sie hier? Sie wollten nach Sizilien, um dort zu sehen, wie der »linke« Dichter Danilo Dolci mit den von ihm aufgesammelten verlassenen, halbkriminellen Jugendlichen lebte. Denn derlei schwebte auch ihnen vor für die Zeit nach ihrer endgültigen Entlassung aus der Haft.

Ich redete mit den beiden, warum auch nicht, ich sagte ihnen aber, es sei gefährlich belastend für sie, illegal ins Ausland zu reisen. Ich riet zur sofortigen Rückkehr. Das war alles. Das berichtete ich 1972 in aller Offenheit. Hans Habe machte daraus seine Zeitungsnotiz: die deutsche Schriftstellerin L. R. beherbergt Terroristen. Die Terroristen, die bei mir Kaffee tranken, waren keine, sie wurden es viel später. Aber Herrn Habe war es höchst willkommen, daß man das richtige, das so viel frühere Datum nicht kannte. So kam dann, von Interpol geschickt, die italienische Polizei in mein Haus, um die Terroristen zu su-

chen… Es gab nichts als ein Gelächter, als ich dem Colonello meine Tagebuchnotiz aus dem Jahr 1970 zeigte. Der Fall war ohnehin inzwischen in meinem deutschen Vaterland gelöst.
Für mich war der Fall der »Terroristen« so einfach nicht. Was hätte ich getan, wenn sie wirklich von der Polizei gesuchte Mörder gewesen wären? Als sie zu mir kamen, hatten sie noch keine Gewalttat begangen. Erst als Andreas Baader gefangen saß und Gudrun Ensslin ihn befreien wollte, fielen Schüsse. Frage: was tun mit von der Polizei gesuchten politischen Gewalttätern?
Damals lud der Bundespräsident Gustav Heinemann eine Gruppe von Schriftstellern nach Bonn ein, um das Problem mit ihnen zu diskutieren. Es hatte sich ihm ganz direkt gestellt, als seine Klientin aus der Anwaltszeit, Ulrike Meinhof, als mutmaßliche Terroristin im Gefängnis saß. Das Gespräch mit uns war streng geheim. Ich erinnere mich nicht aller Teilnehmer, aber einige weiß ich noch: Heinrich Böll, Günter Grass, Gabriele Wohmann, wohl auch Siegfried Lenz. Heinemann sagte: Bäte Ulrike Meinhof um Schutz und Versteck, würde er sie für eine Nacht beherbergen, aber dann, wenn auch schweren Herzens, dem Gesetz gehorchend, weiterschicken, doch nicht der Polizei ausliefern. Dies zu sagen, war für einen Bundespräsidenten höchst gewagt. Keiner von uns Teilnehmern hat damals darüber gesprochen.
Meine Frage heute: Hätte der als Staatsverbrecher gesuchte Jesus seine Freundin Mirjam (Maria Magdalena) gebeten, ihn zu verstecken, was hätte sie getan? Man mache es sich nicht so leicht, zu sagen, das sei ein ganz anderer Fall. Ja, es ist ein anderer Fall, aber das Prinzip ist das gleiche: es geht um den verfolgten Menschen. Ob zu Recht oder zu Unrecht verfolgt, wer wagt das zu beurteilen, wenn die Konsequenz der Tod des Verfolgten sein kann?
Ich rede nicht wie eine Blinde vom Licht: Kurz nach Kriegs-

ende suchten zwei Soldaten, von denen sich einer als höherer SS-Mann entlarvte, bei mir Zuflucht. Bei mir, die erst vor noch nicht langer Zeit aus dem Nazi-Gefängnis befreit worden war und die jetzt eine Gelegenheit hatte, zwei ihrer Feinde (pars pro toto) den Amerikanern auszuliefern, so sich rächend. Ich tat es nicht, ich riskierte, von den »Amis« der Konspiration beschuldigt zu werden. Es kam nicht so weit, wie es leicht hätte kommen können. Das Problem aber bleibt: haben wir die Pflicht (oder das Recht?), Verbrecher auszuliefern? Ich stelle die Frage an meinen Meister Jeschua: »Was hättest du getan? Hättest du jemanden ausgeliefert?« Ist es richtig, was Simon Wiesenthal, der Nazi-Fänger, tut? Ich habe den Mann, der mich denunzierte, nicht angezeigt. Müssen die Deutschen der Ex-DDR ihre Stasi-Mitarbeiter anzeigen? Ach, diese Kette der Schuld, die wiederum Schuld erzeugt.
Aber wohin brachte mich die Erinnerung an Hans Habe, der mich, weiß Gott warum, so gern ins Gefängnis gebracht hätte, genau wie der württembergische Ministerpräsident Filbinger, von dem ein Brief erhalten blieb, in dem steht, die Indizien reichten nicht aus, mich zu verhaften. Was hatte er gegen mich? Für sich hatte er ehemalige Nazis und für sich hatte er eine Rechtsauffassung, die ihn noch nach dem Kriegsende einen Matrosen wegen Meuterei verurteilen ließ.
Ich habe einen weiten Zeitsprung gemacht. Aber wie nah rücken sich die Zeiten, wenn es um ein und dasselbe Prinzip geht! Abel erschlägt Kain und Kain erschlägt Abel, Tag für Tag erschlagen sie sich und sind doch Brüder, wie jeder Mensch Bruder und Schwester ist, Kind der selben Geist-Natur.
Du sollst deinen Nächsten nicht töten, weder direkt noch indirekt. Wer aber ist dein Nächster? Das Evangelium sagt es: »Der unter die Räuber fiel, der ist dein Nächster.« Und wie verhält sich der Mensch, der wirklich Mensch ist, ob

Christ, ob Jude, ob Buddhist, ob Muslim, ob Atheist? Erschlägt er den Räuber? Nein: er rettet den Ausgeraubten. Nur dies ist seine Sache. Schriebe ich jetzt weiter über dieses Thema, geriete ich in die aktuelle, herzabschnürende Palästina-Israel-Iran-Jugoslawien-Problematik.
Freilich: wohin kämen wir, wenn wir alle Kriminellen so freundlich behandeln würden? Ist nicht Strafe nötig? Meine Frage: wohin kämen wir, wenn wir unsere Mitmenschen so behandeln würden, daß sie keine Kriminellen werden müßten? Wenn wir die soziale Struktur ändern würden, so daß Feindbilder gar nicht entstehen könnten? Wenn wir ... Ich denke an jene kleine buddhistische Geschichte, die zu meinem Leitmotiv wurde: Ein Mann wollte den Buddha sehen. Aber der ist doch schon zweieinhalb Jahrtausende tot, wie kannst du ihn sehen? Ein anderer: Geh auf den Markt, die erste Bettlerin, die du siehst, der erste räudige Hund – das *ist Er*.
Ich kehre in die fünfziger Jahre zurück, in jene Zeit, die so nah an einem dritten Weltkrieg war.
Ich lebte, soweit es die Zeit zuließ, in Frieden mit meinen Kindern in der »Borstei«, wo ich, eben 1950, eine schöne große Wohnung bekommen hatte. Ich arbeitete. Ich schrieb Buchkritiken. Die Bücher suchte ich selbst aus. Sie lagen in der Redaktion auf einem langen Tisch. Lauter Neuerscheinungen. Neue Namen. Jedoch: Es war nicht so wie heute in den ehemaligen Sowjetländern, wo die besten Bücher, die im »Samisdat« vervielfältigt worden und heimlich von Hand zu Hand gewandert waren, jetzt ans Licht kommen: alte Namen mit großartigen, lange unbekannten Büchern, neue Namen mit Büchern von erstaunlicher Qualität. So dachte man während der Hitler-Zeit, die Schubladen würden überquellen von herrlichen, jahrelang verbotenen Büchern. So war es nun nicht. Die großen Autoren waren ausgewandert. Man kannte die meisten. Gab es denn keine bedeutende neue deutsche Literatur?

Jetzt überkommt mich beim Erinnern ein großes Gelächter: eines Tages fand ich auf dem Büchertisch ein dickes Buch, dessen Autor ich nie hatte nennen hören. Ich blätterte darin, fand es faszinierend, nicht leicht verständlich, in einer mir fremden Welt spielend, aber von großer Kraft und Originalität. Ich schrieb eine fast hymnische Rezension. Ich hatte einen neuen großen Autor entdeckt. – Ach, er war nicht neu, er hatte schon vor 1933 den Kleist-Preis bekommen, er war ausgewandert, und wir jüngeren Autoren kannten nicht einmal mehr seinen Namen: Hans Henny Jahnn, Schriftsteller und Orgelbauer. Ich hatte ihn neu entdeckt. Das Buch hieß: ›Das Holzschiff‹. Heute ist es wiederum verschollen. Oder doch nicht?

Die Liste der von mir ausgewählten Bücher ist lang: von Hermann Kasacks prophetischem Roman ›Die Stadt hinter dem Strom‹, Elisabeth Langgässers ›Das unauslöschliche Siegel‹ und ›Märkische Argonautenfahrt‹, Franz Werfels ›Stern der Ungeborenen‹, Ernst Kreuders ›Gesellschaft vom Dachboden‹, Nikos Kazantzakis' Roman ›Griechische Passion‹ bis zu jener Monster-Sammelrezension für die Weihnachtsnummer 1950 der ›Neuen Zeitung‹ über »Neue deutsche Literatur«, für die ich, so steht es im Kalenderchen, sechzig Bücher zu lesen hatte. Viele der von mir genannten und mehr oder minder gelobten Autoren sind vergessen. So werden in einigen Jahrzehnten auch die heute hochgelobten und die heute verrissenen Neulinge vergessen sein. Wer wird noch eines meiner Bücher lesen? Wer wird überhaupt noch lesen?

Wäre ich damals hauptberuflich Literaturkritikerin geworden, wie wäre ich gewesen? Wäre ich dem Fehler der meisten Kritiker verfallen, die ihre Macht mißbrauchen, um unliebsame Personen und literarische Richtungen zu »erledigen« und andere, genehme, »hochzuspielen«, oder um einfach die Lust an der Macht auszuleben? Oder zu zeigen, wieviel mehr sie von Literatur verstehen als diese armseligen Autoren? Oder ist es einfach der Lebensneid des Unschöpferischen auf den Schöpferischen? Der Neid dessen, von dem in fünfzig Jahren kaum noch einer den Namen weiß, während der »verrissene« Autor berühmt wurde. Der Neid auf die Unsterblichkeit?

In den acht Jahren meiner Rezensentenzeit habe ich, so hoffe ich, niemanden gewissenlos leichtfertig »verrissen«. Ich konnte mir vorstellen, wie ein »Verriß« auf einen jungen Autor wirken würde: entmutigend, ja zerstörend. Bücher, die echte Verrisse provozierten, weil sie einfach schlecht waren, habe ich überhaupt nicht besprochen. Ich sah die Aufgabe der Kritik eher didaktisch-pädagogisch, also positiv. Manche jungen Autoren haben sich bei mir bedankt für kritische Hinweise. Einige wenige nahmen es mir übel, daß ich sie nicht »besprach«. Einer, früh bekannt geworden, schrieb zwei schmale erzählende Bücher, die ich, ihre sprachliche und gedankliche Qualität wohl sehend, als erzählerische Literatur mittelmäßig fand, was ich auch schrieb und begründete. Der junge Autor bedankte sich bei mir für die Hilfe. Ich besitze seinen Brief noch, und er besitzt die Photokopie. Er rächte sich später, zur Berühmtheit gelangt, an mir, indem er über mich die Strafe der Nicht-Beachtung verhängte. Ich behielt jedoch recht: er wurde kein berühmter Romancier, aber ein berühmter Essayist. Wir wurden später Freunde.

Wenn ich heute von irgendwelchen Kritikern verrissen oder auch in falscher Richtung gelobt werde, denke ich (falls ich derlei überhaupt lese): Mein Lieber, du urteilst, als seist du im Besitz der Unfehlbarkeit; weißt du nicht, daß du höchst subjektiv urteilst und daß es »Objektivität« schlechthin nicht gibt? Alle Urteile entnehmen ihre Maßstäbe dem jeweils zeitbedingten Stand der Wissenschaften: der Philosophie, der Naturwissenschaft, der Psychologie. Wie sollte es eine objektive Literaturkritik geben!

Nach dem Krieg, 1948, erschien ein Buch, das jeder profes-

sionelle Kunstkritiker lesen sollte: ›Der verkannte Künstler‹, geschrieben von dem Kunsthistoriker Franz Roh. Was für groteske Fehlurteile gescheiten Kritikern unterliefen.
Aus den USA kam die Mode der Bestsellerlisten. Wer setzt da die Maßstäbe? Wer manipuliert sie? Da mein Name mehrmals auf einer solchen Liste stand, kann mir niemand unterstellen, ich schriebe mit Neid und Häme. Diese Bestseller-Methode ist eben eine Form der Werbung. Zu meiner Rezensentenzeit gab es derlei nicht. Ich arbeitete gewissenhaft. Ich las nicht »diagonal«. Heute denke ich manchmal: wäre ich doch Rezensentin geblieben und hätte andere verrissen, statt mich verreißen zu lassen.
Bisweilen denke ich auch: wäre ich doch in die Politik gegangen. Aber hätte ich mich mit einem der Parteiprogramme identifizieren können? Ich machte es anders: ich schaltete mich immer dort ein, wo es mir nötig erschien, etwa bei Willy Brandts Ostpolitik. Heute wenden sich verschiedene politische Gruppen an mich um Mitarbeit. Mein politisches Interesse, mein politisches Gewissen ist so wach wie eh und je.
Aber wiederum zurück in die Zeit um 1950.
Ich hatte meinen ersten »richtigen« Roman geschrieben, ›Mitte des Lebens‹, der nicht nur ein Bestseller wurde, sondern ein »Longseller«: man liest ihn noch nach vierzig Jahren, es liest ihn die dritte Generation, es lesen ihn auch Männer, die ihn früher verächtlich als Frauenliteratur abgetan hatten. Was ist das Geheimnis dieses Buches? Es ist das Thema der noch immer nicht vollzogenen Emanzipation der Frau. Als ich, 1949, das Buch schrieb, ging es mir nicht darum, so wie es mir nie »um etwas geht«; ich schrieb, wie ich immer schreibe, aus der qualvollen Lust am Gestalten jener Bilder, die sich mir aufdrängen. Damals war es der Name Nina, der sich mir zu einer Gestalt verdichtete. Ich trug den Plan zwei Jahre in mir. Ich begann den Roman mehrmals und warf die Blätter ins Feuer. Es mußte etwas

geschehen, das mich über die Hürde springen ließ. Und das geschah im Juni 1949. Ich schrieb andeutungsweise darüber auf den letzten Seiten des ersten Bandes meiner Autobiographie. Ich will es hier noch einmal erzählen, ohne nachzulesen, was ich damals schrieb. Der, von dem da die Rede war, ist tot. Wir blieben lebenslang Freunde. Es war eine ungemein schwierige Freundschaft. Sie begann, wie ein Märchen, unter einem Kletterrosen-Bogen über dem Gartentürchen vor dem Frankfurter Verlagshaus in der Falkensteiner Straße. Der einstige S. Fischer Verlag hieß damals Suhrkamp Verlag. Die Besitzer, Gottfried und Brigitte Bermann Fischer, hatten 1936 Deutschland verlassen müssen. Der kommissarische Leiter Peter Suhrkamp war kein Nazi. 1944 wurde er inhaftiert und kam 1945 noch ins KZ Sachsenhausen, wo man ihn so prügelte, daß er lebenslang einen Schaden am Rückgrat behielt. Er hatte den Verlag, dessen jüdischer Name »S. Fischer« 1942 verboten worden war, tapfer und erfolgreich durch die Nazi- und Kriegsjahre gesteuert. 1941 hatte er es gewagt, mein Buch ›Die gläsernen Ringe‹ herauszubringen. Wieso war es ein Wagnis? Steht darin etwas gegen den Nationalsozialismus geschrieben? Gewiß nicht, denn das hätte nicht gedruckt werden dürfen. Aber es war dennoch ein anstößiges Buch: es war so sehr gegen den Strom geschrieben, daß es der »Reichsschrifttumskammer«, der obersten Zensurbehörde, denn doch auffallen mußte. Was steht da am Schluß des Buches dieser jungen Autorin (als sie es schrieb, war sie 28 Jahre alt): »Da erkannte ich zum ersten Male, daß nicht das wirre dunkle Leiden der Kreatur, sondern das scharfe klare Gesetz des Geistes mein Leben leiten würde.«

War das antifaschistisch? Das war es, und so wurde es verstanden: als eine Absage an die irrationale Dumpfheit der Nazi-Mentalität. Das Wort »Geist« war sozusagen ein Code-Wort. Derlei war gefährlich. Das durfte man nicht durchgehen lassen, noch dazu, da von diesem Buch eines

Neulings der ersten Auflage rasch eine zweite folgte, und da einige geistverdächtige Kritiker (so in der ›Kölnischen Zeitung‹) es über das Maß lobten. Das Buch wurde verboten. Und auch die beiden anderen Manuskripte, die bei Suhrkamp lagen, ›Hochebene‹ und ›Daniela‹, durften nicht gedruckt werden: der Verleger bekam für sie kein Papier bewilligt. So würgte man Unliebsames ab. Nach dem Krieg erfuhr ich, daß mein Buch ›Die gläsernen Ringe‹ im Ausland gelobt worden war als ein Zeichen dafür, daß es »das andere Deutschland« gab, das nicht-faschistische, das geistige. Hermann Hesse vor allem liebte es und sorgte dafür, daß es außerhalb Deutschlands bekannt wurde.

1949 wartete Peter Suhrkamp auf den Roman, den ich ihm vorzeitig angekündigt hatte und der mir nicht gelingen wollte. Er wurde ungeduldig und rief mich nach Frankfurt. Ich erzählte ihm, daß ich einfach keinen konventionellen Roman schreiben könne. Mir schwebte etwas für die damalige Zeit Neues vor: ein »zerrissener« Roman, einer mit Einschüben, mit Rückblenden, brüsken Abbrüchen. Aber es gelang mir nicht. Peter Suhrkamp sagte, er sei überzeugt, daß ich den Roman schreiben werde, und er machte den Vertrag. So war ich gebunden. Daß sich genau an diesem Tag mein Schicksal zugunsten dieses Romans wendete, ahnten wir beide nicht.

Als ich das Verlagshaus, eine Privatvilla damals, verließ, kam gerade ein anderer Besucher. Wir begegneten uns unter dem Rosenbogen. Ich hätte mir denken können, wer er war: der Teilhaber der Verlagsgesellschaft Bermann-Fischer/Querido in Amsterdam, Emigrant auch er: Dr. Fritz Landshoff. Wenn ich hätte denken können... Ich konnte nicht denken. Ich starrte den Fremden an: eine Figur aus Tausend-und-einer-Nacht, ein Kalif, europäisch verkleidet, aber unverkennbar ein Herr von großem Format und fremder Art: ein Wall schwarzer Haare, die Haut braun, sehr große dunkle, halbverschleierte Augen. Mit diesen Augen sah er mich an. So hatte mich vorher nie einer angesehen: so einhüllend, so verhexend, so unwiderruflich besitzergreifend. Er war schön, auf eine besondere Art. Auf der Straße drehten sich Leute, Frauen wie Männer, nach ihm um; in Restaurants starrten sie ihn an.

Während ich diese Zeilen schreibe, sehe ich sein letztes Foto in seinem schönen Erinnerungsbuch, das zugleich eine bewegende Zeitchronik ist. Das Bild eines alten Mannes. Er ist immer noch schön. Die einst rabenschwarze Mähne ist schlohweiß, die exotischen Augen haben ihren intensiven Reiz bewahrt. Unsere Freundschaft, 1949 als leidenschaftliche Liebe begonnen, dauerte, ganz sanft geworden, bis zu seinem Tod. Wir sahen uns, wie es sich gerade traf, in seinem italienischen Haus in Camaiore oder in meinem Haus hier, oder auf der Frankfurter Buchmesse, oder in Paris, oder in New York. Er rief mich oft an. Seine Telefonate, meist um Mitternacht mich aufschreckend, dauerten bisweilen eine Stunde. Unser allerletztes Telefongespräch war unser Abschiedsgruß für dieses Leben. Er starb am 30. März 1988. In jenem Telefongespräch klagte ich ein wenig darüber, daß mein Roman ›Silberschuld‹ kein Erfolg sei. Er sagte: »Es ist dein bestes Buch. Das wird man später wissen. Es ist ein großes Buch.« Ich sagte: »Sagst du das als Freund oder als Verleger?« Er sagte: »Ich war nie bestechlich.«

Sein Erinnerungsbuch schrieb er für den Aufbau-Verlag, damals noch in der DDR. Es erschien 1991, nach der Wende.

Es ist ein Ruhmesblatt für die DDR, daß sie sich um die Emigranten, vor allem des linken Flügels, bemüht hat.

Johannes R. Becher gründete den Aufbau-Verlag, der sich einer Reihe von Autoren annahm, die, unter Hitler zur Emigration gezwungen, nach 1945 mit ihrem Werk zurückkehrten nach Deutschland: Heinrich Mann, Anna Seghers, Arnold Zweig, Günther Weisenborn, Lion Feuchtwanger.

Daß Landshoff, der immer links-liberal war, sich in der emigrantenfreundlichen DDR wohler fühlte als im Westen, weiß ich.

Ich ahnte freilich an jenem Junitag in Frankfurt nicht, daß ich es mit Odysseus zu tun hatte, dem Irrfahrer, der in so vielen Ländern den Versuch gemacht hatte, Fuß zu fassen, und immer wieder Schiffbruch erlitt und dennoch weitersegelte und gastfreundliche Orte traf, darunter die USA und Holland. Deutschland blieb dem jüdischen Exil-Deutschen immer etwas fremd.

Damals also, unter dem Rosenbogen, »fielen wir in Liebe« (im Englischen ein sehr treffendes Bild: »fall in love«).

Peter Suhrkamp, mein damaliger Verleger und guter Freund, lud uns zum Abendessen ein. Er setzte uns so, daß Landshoff am oberen Ende des Tisches saß, ich am unteren, rechts von Landhoff saßen Fred von Eugen, der holländische Verleger des Querido-Verlags, und seine Sekretärin Elly Rehbein. Landshoff aß nichts, ich aß nichts, wir schauten uns in die Augen, verhext. Suhrkamp, diabolisch-väterlich-kupplerisch, rief uns zur Ordnung. »Wacht doch auf!« Er sah uns als die, die wir waren: Tief-Träumende. Am nächsten Tag fuhren wir in den Taunus, Fred und Elly das eine Paar, Landshoff und ich das andere. Was für ein Zauber-Tag. Ich lag neben Landshoff auf einem warmen Felsen. Der Wind spielte in meinem Haar: es war nicht der Wind, es waren Landshoffs Finger. In der Nacht schliefen wir zusammen in einem Hotel in Bad Homburg. Ich war sonst ein sprödes Mädchen. In dieser Nacht, Mittsommer-Nacht, verfiel ich dem Zauber.

Später, als ich wußte, daß er Morphinist war, hatte ich den Verdacht, er habe in jener Nacht unter Einfluß der Droge gestanden. Er riß mich mit in große Höhen. Wir flogen viele Stunden lang in anderen Welten. Ich brauchte dazu keine Droge.

Am Morgen sagte er mir, er sei verheiratet. Traf es mich

wie ein Keulenschlag? Keineswegs. Es änderte nichts an der Schicksalslage. Ich war keine Moralistin, aber auch keine Abenteurerin, ich war ihm einfach treu, zumal ich bald wußte, daß seine Frau ihn ablehnte und seine Berufskollegen und Freunde ihn für verloren hielten. Er sagte später, ich sei der einzige Mensch, der damals auch nur einen Heller für ihn gegeben hätte. Drei Jahre lebte ich mit diesem Wolf eine überaus schwierige Liebe oder besser: Leidenschaft. Sie hat mich einmal (*ein-mal*, aber das genügt) zur Erpresserin gemacht. Er kam nach München in einem Zustand der Aufgelöstheit, er hatte kein Morphium mehr, er tobte, er wollte sich umbringen. Verschaff mir sofort ... Ja, wie denn, ohne Rezept? Schließlich mein Einfall: Ich kannte einen Arzt, der, wie ich von einer Freundin wußte, Abtreibungen vornahm. Darauf stand damals Gefängnis. Ich ging zu ihm. Er weigerte sich natürlich, mir Morphium zu geben. Ich erpreßte ihn: Wenn Sie nicht ... Ich nannte ihm Namen von Frauen, bei denen er Abtreibungen gemacht hatte. Er gab mir zwei oder drei Ampullen, mehr hatte er nicht. Landshoff war für dieses Mal gerettet. Hatte er eben noch getobt, war er im nächsten Augenblick fähig, schwierige Verlagsverhandlungen zu führen. Ein einziges Mal versuchte er, mich zur Droge zu verführen. Es kostete mich keine Mühe zu widerstehen. So fehlt mir bis heute jede Drogen-Erfahrung, und ich bedaure das. Freilich: ich kannte andere Formen der Erweiterung meines Bewußtseins: Momente mystischer Vereinigung mit dem universellen Licht.

Die Begegnung mit Landshoff öffnete mir ein Tor: jener Roman (›Mitte des Lebens‹), der mich so lange gequält hatte, war plötzlich reif. Ich konnte ihn schreiben, so schreiben, wie ich ihn mir vorgestellt hatte.

Was für eine Zeit, dieser Sommer 1949. Ein schrecklich heißer Sommer. Ich schickte die Kinder mit meiner »Haushaltssekretärin« Dolli an die Nordsee. Ich war für Wochen allein. Ich schrieb und schrieb. Mein Verleger war Gottfried Bermann Fischer, nicht Suhrkamp, bei dem ich eigentlich lieber gewesen wäre; aber Landshoff war durch seine Teilhaberschaft an dem holländischen Exilverlag mit Bermann Fischer verbunden, also blieb ich bei ihm. Als ich Bermann das Manuskript geschickt hatte, erbat ich es sofort zurück. Ich sah plötzlich viele Fehler und große Längen. Bermann schickte es zurück. Ich verbesserte. Ich schickte es wieder an den Verlag. Ich erbat es von neuem zurück und strich und strich... Bis Bermann schrieb, einen Aphorismus könne er nicht als Buch erscheinen lassen. So blieb die Arbeit, wie sie nun einmal war.

Daß ich dieses Buch schreiben konnte, danke ich Landshoff. Er ist der »Maurice« der Geschichte. Ich machte aus ihm (der in der Realität übrigens nicht nur Dr. phil., sondern auch ein recht guter Cellist war) einen Sänger, und aus dem Morphinisten einen Trinker. Ist der Roman autobiographisch? Ja und nein. Er ist es so weit, daß Landshoff sich nach der Lektüre des zweiten Bandes (›Abenteuer der Tugend‹) trotz so vieler Tarnung erkannte. Das war viele Jahre nach dem Ende der leidenschaftlichen Phase unserer Freundschaft. Es war mir schrecklich, als er es mir sagte: »Wie kannst du das tun?« Aber er war zu sehr Literat und Verleger, als daß er mich nicht hätte verstehen können. Seine Großmut übertraf seine Trauer über meine Indiskretion, die freilich nur sehr wenigen der engsten Freunde auffiel. Wir kamen nie mehr darauf zurück. Spätere Leser rätselten herum, wer denn das Urbild des Maurice sei. Überhaupt hat dieses Buch (auch später als Doppelband ›Nina‹) jahrelang Diskussionen ausgelöst. Frauen liebten und lieben diese tapfere »feministische« Nina. Sie nahmen und nehmen sie als Modell. Aber die Männer! Was sie ärgerte, war nicht die Figur des Maurice, mit ihm konnten sie sich nicht oder zu gut identifizieren. Aber der Doktor Stein! In ihm erkannten sich viele wieder. Es ist der Mann der Vorkriegsgeneration, ein Intellektueller, »von des Gedankens Blässe angekränkelt«, einer, der kein Faschist werden kann, da er die brutale Gewalt und Geistlosigkeit haßt, der von sich aus kein Widerstandskämpfer ist, aber von Nina zu gefährlichen widerständischen Aktionen angetrieben wird, und später doch noch in »die Partei« eintritt, um Kollegen zu retten (verwechsle ich jetzt den Dr. Stein des Romans mit seinem Modell? Gleichviel: es paßt zu seinem Charakterbild). Und dieser Dr. Stein liebt Nina, die Starke, die sich Riskierende. Er liebt sie hoffnungslos. Schließlich, seines Lebens müde und krank, bringt er sich nach dem Krieg um. Das Bild des Nachkriegs-Mannes, dessen Mann-Welt mit der militärischen Niederlage Deutschlands zusammengebrochen war.

Dieses Bild empörte die männlichen Leser und Kritiker. Aber es stimmte. Sie waren die tief Enttäuschten, die Entmutigten. Ich lernte sie kennen, als ich im Umschulungslager in Ludwigsburg zu ihnen sprach und sie (damals, 1947!) über ihren Irrtum und ihre verlorenen Jahre weinten. (O ja: viele weinten.) Sie hatten es schwer, die Männer. Wir Frauen hatten jahrelang die Männer, die im Krieg und in der Gefangenschaft waren, ersetzt; wir taten harte Männerarbeit und wurden sehr hart und zäh. Die heute Siebzig- und Achtzigjährigen sind erstaunlich jung und furchtlos. Haben wir die Hölle Hitlers, des Bombenkriegs, der Gefängnisse, des Hungers, des Todes unserer Männer und Söhne überlebt: was kann uns da noch geschehen.

Meine Nina ist eine dieser Frauen, Feministinnen, ohne das Wort zu kennen und ohne zu wissen, daß sie »die Emanzipierten« waren. Sie agitierten nicht für ihre Rechte, sie taten ihre Pflicht. Nina kann den Zögerer Dr. Stein nicht lieben. Aber liebt sie nicht, inkonsequenterweise, doch einen Schwacheren: den Trinker Maurice? Es ist die ältere, die reif gewordene Nina, die nicht mehr die leidenschaftliche Geliebte ist, sondern die »Mutter«, die groß Mitleidende.

Dieser zweite Band der ›Nina‹-Romane ist sieben Jahre nach dem ersten geschrieben. Nina, vielmehr ihre Autorin, ist ihren Weg weitergegangen.
Als sie ›Mitte des Lebens‹ schrieb, stand sie am Anfang ihres Berufslebens, aber schon mitten im Gespräch. Mir kam eben dieser Tage beim Suchen nach einem Buch ein anderes in die Hand, und aus dem Buch fiel eine Postkarte von 1949, noch mit der blauen »Notopfer-Berlin-Steuermarke« von zwei Pfennigen (hielten wir damit Berlin über Wasser?). Die Karte ist bezeichnend für unsere Verrücktheit von damals. Die Anschrift: »Frau L. R., Mensch, Mutter, Weib, Schriftstellerin«, ein Geburtstagsgruß: »... auch wir wünschen Gesundheit, Lebensfreude und viele profunde Einfälle zur Stellerei der Schrift... Und mögen Sie nimmer unter die Fuchtel mistiger Kritiker geraten...« Die Karte war von dem Kunstkritiker Franz Roh.
Ich kam sehr bald unter diese Fuchtel. Man lobte mich, man verriß mich. Und so blieb es mein Leben lang. Wie absurd Literaturkritik ist, sehe ich am Beispiel einer ausdrücklich katholischen Kritikerin, die vergessen hatte, daß sie ›Mitte des Lebens‹ 1950 als ein »unmoralisches Buch« bezeichnet hatte, »dem jede Spur von Metaphysik fehlt«. 1961 rezensierte sie denselben Roman, der in dem Doppelband ›Nina‹ neu erschien: »Ein Buch mit metaphysischer religiöser Belastung, ein Erbauungsbuch...« Nun: 1950 war Religion Mode, 1961 gerade nicht. Es kamen auch unprofessionelle Briefe: ich solle mich schämen, eine solche Negativ-Figur wie diese Nina dem Leser zuzumuten: eine Ehebrecherin, die in einer Bar Whisky saufend (die Autorin hatte damals noch nie Whisky getrunken) den Geliebten erwartet, und, noch schlimmer, ihre Kinder aus erster Ehe (eins ist unehelich! Im Roman!) einfach ins Internat steckt und nach England geht, dem Geliebten entfliehend... Man rügte nicht nur meine literarische Erfindung, sondern meine Person: man identifizierte mich mit Nina. Das tun meine Leser bis

heute mit stiller Hartnäckigkeit. »Das können Sie doch nicht erfinden, das müssen Sie doch erlebt haben.« Sie glauben nicht an die Kraft der Imagination. Sie wissen nicht, daß dem Schriftsteller ein Körnchen »Realität« genügt, um in ihm die weiterleitende Phantasie zu erregen.

Meist gab ich den Reportern geduldig Antwort auf die Frage, welches Erlebnis etwa der Geschichte ›Jan Lobel aus Warschau‹ zugrunde liege. Sie sind enttäuscht, wenn ich sage: Ich habe keinen Jan Lobel gekannt, die Geschichte ist frei erfunden. Und doch gab es einen Anlaß zu dieser Erzählung: Im Mai 1945 hörte ich nachts einige Schüsse. Der Krieg war zu Ende. Wer schoß da? Am nächsten Tag erfuhr ich, daß ein Zug von KZ-Insassen von einem Lager im Norden nach einem anderen im Süden durch unsere Gegend geführt wurde. Ist dabei jemand erschossen worden? Ein Flüchtender? Es wurde keine Leiche und kein Verwundeter gefunden. Das ist alles. Aus so wenig Stoff wurde 1947 die Erzählung, eine meiner besten, und pure Erfindung.

Diese Geschichte brachte mir eine der merkwürdigsten Begegnungen der damaligen Jahre. Ein Mann, polnischer Jude, der sie gelesen hatte, schrieb mir, er wolle mich besuchen und über den Kern jener Erzählung reden. Er kam. Er hieß Zygmunt H. Er sprach deutsch. Ein großer, breitschultriger Mann, dessen Erscheinung mich ängstigte. Er war besitzergreifend, fast bedrohlich. Er wollte wissen, wie ich, die Deutsche, dazu gekommen sei, ein jüdisches Schicksal zu erzählen. Auch er wollte nicht glauben, daß es pure Erfindung sei; ich müsse doch eine tiefe Verbindung mit Polen haben. Hatte ich das? Ich kannte keinen Polen, aber freilich: der Einmarsch der Nazi-Truppen in Polen hatte mich tief betroffen, und der Anblick der Polinnen, die als »Kriegsbeute« im Lager Laufen Drecksarbeit leisten mußten, hatte mich empört, und ich wagte es, ihnen von meinen eigenen knappen Rationen Seife und einige Kleidungs-

stücke (Schuhe waren es, glaube ich) einzuschmuggeln, was denn auch von der mich überwachenden Gestapo notiert worden war und in der Liste meiner landesverräterischen Taten erschien und bei meiner Verhaftung eine Rolle spielte. Das war alles, was mich damals mit Polen verband. Von Auschwitz wußte ich bis 1945 nichts. Selbst ich nicht, die doch politisch so wach war. Und nun dieser vierschrötige Warschauer aus großbürgerlicher Familie, studierter Physiologe. Der heftete sich an mich. Er kam allzu oft. Er wurde mir unheimlich, denn er liebte mich mit einer bedrohlich heftigen eifersüchtigen Leidenschaft.
Eines Tages kam er ungemein bedrückt. »Ich werde mich umbringen müssen.« Er meinte es ernst. Er zeigte mir ein Glasröhrchen mit Zyankali. Das, so sagte er, bleibt mir. Was war geschehen?
Eine absurde Geschichte, deren ersten und zweiten Teil ich glauben konnte und auch wirklich glaubte, deren dritten Teil ich miterlebte. Der erste Teil spielte vor 1939 in Warschau. Reiche Polen übergaben Zygmunt H. ihre Juwelen und Dollars. Er nämlich hatte die Möglichkeit, zu fliehen, da er einen Geheimweg kannte und Beziehungen aller Art hatte. Die Flucht gelang zunächst, aber als er sich in den Karpaten sicher wähnte, fielen die Deutschen vom Westen her dort ein. Sich selbst konnte er retten, nicht aber den Koffer mit den kostbaren Juwelen und den Dollars. Er bestach einen Gebirgsbauern, der den Koffer vergrub. Die Stelle war unauffindbar, wenn man sie nicht kannte. Zygmunt war sicher, sie nach dem Krieg wiederzufinden. Ihm gelang die Flucht, auf Abenteuerwegen kam er bis Jerusalem. Ich, diese Vorgeschichte nicht kennend, ließ den Jan Lobel meiner Geschichte nur bis Triest gelangen, wo er »beim Versuch sich nach Palästina einzuschiffen, ertrunken ist«. Zygmunt H. erreichte Palästina, blieb einige Jahre dort, heiratete. Seine Frau starb (sagte er), und er kehrte zurück, nicht nach Polen, sondern nach Deutschland, wo er

einst studiert hatte. Und an diesem Punkt beginnt der zweite Teil der Geschichte. Der Krieg war zu Ende; die Polen, die irgendwo überlebt hatten, erinnerten sich des Mannes, dem sie vertrauensvoll ihre Schätze übergeben hatten, und forderten sie zurück. Er reiste auf wiederum abenteuerlichen Wegen in die Karpaten, ganz sicher, den Schatz wiederzufinden. Er fand den Platz, nicht aber den Koffer mit den Schätzen. Der Krieg war darüber hinweggegangen, und vielleicht hatte jener Karpatenbauer den Koffer schon vorher an sich genommen. Wo waren Mann und Koffer? Unauffindbar. Zygmunt erklärte es denen, die ihn bedrängten. Sie glaubten ihm nicht. Er habe, so meinten sie, sich diese Schätze längst angeeignet. Das wäre denkbar gewesen, zumal er die Adressen jener Polen nicht kannte, die nach dem Krieg emigriert waren. Er wußte lange nicht einmal, ob von ihnen noch jemand lebte.
»Sie halten mich für einen Dieb, einen Betrüger, mich, mich! Ich habe selbst kein Geld mehr. Auch mein Eigentum ist verschollen. Sie glauben es mir nicht. Ich muß mich umbringen. Das bin ich meiner Ehre schuldig. Meiner Ehre und meiner Familie.« (Von der niemand überlebt hatte.)
Es war unmöglich, mit ihm zu reden. »Ich werde heute nacht Selbstmord begehen. Aber vorher gehe ich noch in die Synagoge. Ich werde dem Schicksal eine Chance geben. Ich bete zu meiner Mutter. Sie wird mir helfen. Und du gehst mit mir.«
Ich ging mit ihm. Von der Frauen-Empore aus sah ich ihn stehen. Ich konnte die wütende Inbrunst spüren, mit der er um Rettung flehte. »Nun«, sagte er, »wenn bis morgen kein Wunder geschieht, findet man mich tot.« Ich wollte ihn in der Nacht nicht allein lassen. Aber er bestand darauf: wenn keine Hilfe kommt, bin ich morgen tot.
Ich schlief nicht in dieser Nacht. Sollte ich die Polizei alarmieren, den Selbstmord verhindern? Nein. Es war sein Schicksal, das seine ganz allein. Ich wartete. Und dann ge-

schah der dritte Teil der Geschichte, der ganz unglaubliche, den zu glauben ich selbst größte Mühe hätte, wäre ich nicht Zeugin gewesen.
Am nächsten Morgen rief er an, schluchzend: »Das Wunder ist geschehen. Eben kam ein Telegramm: ich habe den Hauptgewinn der Klassenlotterie. Hunderttausend. Ich muß das Geld in Köln abholen. Ich bin aber nicht deutscher Staatsbürger. Ich brauche einen deutschen Zeugen. Du mußt mitfahren.« Ich fuhr mit. Wir nahmen das Geld in leinenen Säckchen in Empfang. Im Nachtzug ließen wir keinen Blick von dem Koffer im Gepäcknetz. Wer von den Mitreisenden konnte ahnen, was darin war? Und wer konnte ahnen, welches Schicksalsgefüge sich ereignet hatte? War es ein Wunder? Nennen wir es so.
Mit dem Geld bezahlte er die unverschuldeten Schulden. Er behielt nichts für sich. Ein polnischer Ehrenmann.
Bald darauf zog er nach Berlin. Ich war froh darüber. Vor einigen Jahren bekam ich ein Kärtchen, von Frauenhand geschrieben, das mir seinen Tod mitteilte.
Die Geschichte mit diesem Polen: ist sie ein Wunder? Und was ist das: ein Wunder?
Ich habe vergessen zu erzählen, daß er mich einmal auf eine Reise mitgenommen hatte. Vermutlich hatte diese Reise mit seinen Gläubigern zu tun. Ich fragte nicht. Ich reiste nicht gern mit ihm. Aber ich tat es. So sah ich zum ersten Mal Brüssel und Antwerpen, Bordeaux und schließlich die Pyrenäen. Von dort reiste er allein weiter. Ich blieb einen Tag in Lourdes.
Es war nicht meine erste Frankreich-Reise. Die erste hängt zusammen mit Fritz Landshoff, und sie gehört eigentlich in jenes Kapitel, in dem er die Hauptrolle spielt. Aber sie gehört auch zu einem anderen Kapitel, wie denn in meiner Geschichte nichts glatt chronologisch sich ereignete; vieles überschnitt, verknüpfte, ergänzte sich.
In der Zeit, als jener finstere Pole mich bedrängte, tat es auf

seine Weise auch Landshoff, und dazu kam in Paris ein dritter, auch er Jude; ein seltsamer Zufall, über den ich mir keine Gedanken gemacht habe. Vermutlich verdanke ich meine Offenheit gegenüber allen Menschen meinen Eltern. Bei uns in Übersee am Chiemsee verkehrten Leute verschiedenster Herkunft, vor allem wenn sie Musiker waren. Nur die typischen Preußen mit ihrer spitzen Sprache und ihrer unbewußten Arroganz hatten es schwerer mit meinen so urbayrischen Eltern. Mein erster Freund, Ernst Gärtner, so alt wie ich, etwa sieben Jahre, war Jude. Ich schrieb über ihn die Geschichte ›David‹, in der einiges autobiographisch ist, nicht aber die Sache mit der Taufe. Das wäre mir als Kind nicht eingefallen.

Nun: ehe der polnische jüdische Bär mich ängstigte, war es der Berliner Jude askenasischer Herkunft, Landshoff. Der dritte, zu dem Landshoff mich brachte, war Wiener Jude, Franzose geworden: Martin Flinker. Er war Buchhändler in Paris. Seine Buchhandlung am Quai des Orfèvres war berühmt. Wie viele Menschen stiegen die Stufen hinunter zu dem engen Laden mit dem kleinen (immer schon alten) Mann. Selbst Thomas Mann kam zu ihm, er schätzte Flinkers profunde Bildung und seine Originalität. Wie kam denn ich dorthin?

Eines Tages bekam ich ein Telegramm vom holländischen Querido-Verleger Fred von Eugen, ich müsse sofort nach Mentone kommen, Landshoff habe eine schwere Krise. Mentone liegt an der französischen Küste nahe Monte Carlo. Im Ausland also. Na, und? Warum sollte ich nicht sofort hinfahren? So fragt jemand, der keine Ahnung von der Nachkriegszeit hat. Ich hatte nämlich keinen Reisepaß. Den früheren hatte Hitler uns abgenommen. Ungültig. Wir Deutschen hatten noch keinen, selbst wenn wir Antifaschisten gewesen waren. Wie kam man zu einem Paß?

Meine private Lebensgeschichte ist also Zeit-Geschichte.

Wer einen Paß wollte, der mußte zur US-Militärregierung.

Wer wagte das? Wir waren alle tief entmutigt. Man mußte außer Mut einen stichhaltigen Grund haben, um einen Paß anzufordern, nein: zu erbitten oder zu ergattern. Welchen Grund konnte ich anführen?
Vor mir eine lange Schlange. Mitleidige Blicke auf mich. »Nur Geschäftsleute bekommen einen Paß, und nur wenn ihr Geschäft dem Ami wichtig erscheint.«
»Der Ami« hieß Mister Oermen, Uhrmann auf deutsch, er war Wiener und sprach wienerisch, wenn er einen überhaupt einer Antwort würdigte. Ich kam an die Reihe. Ich sprach absichtlich Englisch (besser als er). Ich sagte: Mister Oermen, ich habe überhaupt keinen für Sie wichtigen Grund. Mein Freund ist schwer krank und liegt an der französischen Riviera, und ich muß zu ihm fahren. Ich fügte vermutlich hinzu, daß ich »politisch verfolgt« und im Gefängnis gewesen sei. Das sagten viele, ob es stimmte oder nicht. Bei mir stimmte es. Aber was Mister Oermen sichtlich mehr Eindruck machte, war meine Offenheit. Ich sagte die Wahrheit. Ich sagte sie ohne Hoffnung. Er hörte auf, Männchen zu zeichnen, und schaute mich an. Sie müssen zuerst eine Einladung vom französischen Innen- (oder Außen?-)Ministerium haben. Gehen Sie zur französischen Militärverwaltung in der Kaulbachstraße, dann kommen Sie wieder. Er sagte es so, daß ich jede Hoffnung aufgab, schon ehe ich das endgültige Nein hörte.
Die Kaulbachstraße. Mein Gott: das Haus meiner alten Freundin, Freda von Kaulbach, der Witwe des berühmten Porträtisten Friedrich August von Kaulbach, der Schwiegermutter des Malers Max Beckmann. Das Vorderhaus zerbombt. Im Hinterhaus die französische Militärbehörde (später die Internationale Jugendbibliothek). Eine deutsche Sekretärin hörte mich an und schob mir ein Formular zu. Ich füllte es aus. Als ich es ausgefüllt hatte, ereignete sich das Wunder: ein Herr trat ein, nahm das Formular, las es, nein: er las nur den Namen, und dann umarmte er mich. In

tadellosem Deutsch sagte er: »Wie freue ich mich, daß ich etwas für Sie tun kann. Ich habe Ihr Buch ›Die gläsernen Ringe‹ gelesen. Sie waren mir in finsteren Zeiten ein großer Trost: ein Mensch, der so ein Buch zu schreiben wagt, der ist mir ein Zeichen dafür, daß es ›das andere Deutschland‹ wirklich gibt.«

Träumte ich? Er ging ans Telefon und ließ sich mit einer zuständigen Behörde in Paris verbinden. Ein kurzes Gespräch. »Kommen Sie morgen wieder« (oder sagte er übermorgen, oder was sonst, ich träumte ja). Ich kam wieder und hielt die offizielle schriftliche Einladung (ohne Begründung) in Händen, und ich lief zur US-Militärregierung. Dieses Mal brauchte ich nicht zu warten. Jemand rief meinen Namen. Mister Oermen unterdrückte sein Erstaunen, füllte wortlos ein Formular aus und schickte mich in ein anderes Büro. Und dort bekam ich meinen Paß.

Es war die Zeit, in der wir, zumindest in Süddeutschland, enge kulturelle Beziehungen zu Frankreich hatten. Baden-Baden war der Sitz der französischen Militärregierung. Der Verkehr zwischen Franzosen und Deutschen jener Zone spielte sich ziviler ab als der zwischen den Amerikanern und uns. Die »Amis« und wir hatten nichts Gemeinsames, nicht einmal die Sprache, falls sie nicht jüdisch-deutsche Emigranten waren. Daß aus Deutschland vertriebene Juden, die oft von ihrer Familie die einzigen Überlebenden des Holocaust waren, keine Liebe und kein Mitleid aufbrachten für die hungernden Trümmer-Deutschen, ist begreiflich. Es gab auch andere, gewiß. Aber für Intellektuelle war es besser, in der englischen oder französischen Zone zu leben. Die Engländer waren distanziert, steif, korrekt, die Franzosen, die allen Grund hatten, uns zu hassen, neigten zur kulturellen Zusammenarbeit. Die alte Querverbindung Frankreich Pfalz-Bayern-Österreich, sie ist historisch-kulturell begründet. So kam denn nach der ersten Welle der amerikanischen Literatur, nach der Hemingway-Wilder-Graham

Greene-Phase die französische: André Gide, Charles Péguy, Jean Giraudoux, Julien Green, Francis Jammes, Léon Bloy, Joseph Breitbach, Jean Schlumberger, der deutsche Emigrant Alfred Döblin, Georges Bernanos und der sprachmächtige große Paul Claudel, dessen kompliziertes, überlanges, schönes Theaterstück ›Der seidene Schuh‹, wenn auch erheblich gekürzt, sehr lange auf dem Münchner Spielplan blieb. Eine Welle intellektuell-humanistisch-katholischer Einflüsse, die uns, nachdem wir lange genug Hemingway nachgeahmt hatten, auf einen anderen, einen spirituelleren, einen neuen europäischen Weg brachte.

Der deutsch-französischen Sympathie verdanke ich also meinen Paß und meine Reise zu Landshoff, der, in einem gefährlichen seelischen Tief nach der ersten Entziehungskur, mich wirklich brauchte. Meine Nähe tat ihm wohl. Er wurde sogar heiter, wenngleich ich immer auf jähe Umschwünge gefaßt sein mußte, auf unberechenbare Vulkanausbrüche. Für mich unvergeßlich der Blick aufs Mittelmeer, das in der Frühlingssonne leuchtete. Abend für Abend gingen wir ins Spielkasino, entweder nach Mentone oder nach Monte Carlo. Ich hatte derlei bis dahin nur im Film gesehen. Ich kam mir ungeheuer verrucht vor in dieser Umgebung. Sie ängstigte mich. Das war doch ein kapitalistisch-räuberischer Sündenpfuhl. Leute, meist alte, in Smoking und Abendkleid, die Finger voller Ringe. Unvergeßlich eine sehr alte Dame, schmuckbehangen, das gelbe Schnabelgesicht eines Geiers, die arthritischen Händekrallen, die starr auf das Roulette gerichteten Augen. Und die Stimme des Croupiers: »rien ne va plus.« Gehen wir, bitte, gehen wir! sagte ich zu Landshoff. Aber er und die von Eugens spielten. Die Einsätze waren vorsichtig niedrig. Einige Male wagte es auch ich, und ich gewann ein bißchen. Jeden Abend gewannen wir ein bißchen, so viel, daß es für ein teures Abendessen in einem der bekanntesten Schwulenrestaurants reichte.

In welche Welt war ich geraten? So also konnte man auch leben. Wie trostlos. Rien ne va plus. Eine neue Erfahrung: ich, die Geliebte eines verheirateten Morphinisten, in einer Spielhölle, mitspielend... wenn meine Eltern das wüßten. Die anderen drei amüsierten sich. Für Landshoff war es eine Therapie. Er war heiter. Ich war aber heilfroh, als wir abfuhren. Der Hölle entronnen. Eine Frühlingsfahrt in Fred von Eugens großem Wagen, der so weich gefedert war, daß mir schlecht wurde. Man mußte mehrmals halten. Landshoff ärgerte sich über mich. Ich war froh, als wir in Paris ankamen.

Die drei fuhren weiter nach Amsterdam. Mich lieferten sie in einem kleinen Hotel ab, nachdem sie mich mit Martin Flinker bekanntgemacht hatten. Er hatte auf der Flucht aus Wien seine Frau verloren. Seinen kleinen Jungen an der Hand und sein gerettetes Geld im Koffer, hatte er sich nach Paris durchgeschlagen. Er mietete oder kaufte am Quai des Orfèvres einen winzigen Raum im Souterrain, der die magische Eigenschaft besaß, immer mehr Bücher aufzunehmen, ohne je größer zu werden. Die teuerste Buchhandlung von Paris, ausländische Literatur. Man verlangte ein Buch, ein seltenes vielleicht, und man bekam es, oder auch nicht. Flinker schaute sich den Käufer an, griff dann, oft ohne zu suchen, irgendwohin im Chaos, das eine nur ihm bekannte Ordnung hatte, und das verlangte Buch war augenblicklich zur Hand. Ich habe aber erlebt, daß er, den Käufer ins Visier nehmend, ohne nachzusuchen, unfreundlich sagte: »Das führe ich nicht.« Ich wußte, er hatte es. Zu mir: »Dem gebe ich das Buch nicht.« Warum? »Weil er ein Idiot ist.«

Zwischen uns entstand rasch eine recht merkwürdige Freundschaft. Ich wollte nur einige Tage in Paris bleiben. Ich wollte heim zu den Kindern und in meine gewohnte Ordnung.

Da geschah wieder einmal ein Wunder: ich bekam vom S. Fischer Verlag ein Telegramm, daß der Pariser Verlag

Calmann-Lévy meine ›Mitte des Lebens‹ zur Übersetzung angenommen habe, und ich könne mir einen Vorschuß dort abholen. Der literarische Direktor war Manès Sperber, selbst Schriftsteller. Wir verstanden uns sofort. Wir sahen uns später oft, zuletzt, als er 1979 die Buber-Rosenzweig-Medaille bekam für seine Verdienste um christlich-jüdische Verständigung.

Damals, 1950, mit einem (für mich) ansehnlichen Haufen Francs in der Tasche, blieb ich länger in Paris, als ich wollte. Ich hatte ein schlechtes Gewissen meiner Kinder wegen, die ich freilich in guter Hut wußte: meine Eltern waren bei ihnen und auch Dolli, meine Haushalts-Sekretärin. Dennoch zog es mich nach Hause. Aber Paris hielt mich fest. Zum ersten Mal Paris... Eine von der Hitlerzeit kulturell ausgehungerte junge Frau aus der Provinz (München war wirklich Provinz geworden) plötzlich inmitten französischer Intellektueller, und verzaubert von dieser nervös vibrierenden Weltstadt. Soviel Neues! Es ist lächerlich rührend, daß mein erster starker Eindruck von Paris ein Abendessen war, zu dem Martin Flinker mich einlud. Mir, aus dem immer noch recht schäbig armen Provinz-München kommend und an Sparen und Lebensmittel-Marken gewöhnt, erschien dieser Abend unerhört luxuriös: ein Lokal im ersten Stock am »Boul' Mich« (ich schämte mich meiner schlechten Aschenputtel-Nachkriegskleidung) und ein Gericht, dessen Name mir so märchenhaft klang, wie es sein Geschmack war: »Canard à l'orange«, Ente auf Orangenscheiben gebraten. Und Wein natürlich. Martin genoß mein Genießen. Er fühlte sich beschenkt, indem er schenkte, und er erinnerte sich seiner früheren Armut und aller Demütigungen seines Lebens. Jetzt war er reich. Ja, das war er. Der kleine Laden gehörte ihm und dazu der Oberstock mit dem Doppelblick nach Norden und Süden auf die breitfließende Seine zwischen Notre-Dame und dem Pont Neuf. Und er war berühmt. Und er hatte einen sehr schönen Sohn, groß

und schlank, die Mutter muß eine Wiener Schönheit gewesen sein. Dem Vater glich er nicht im mindesten, äußerlich; er glich ihm aber im Geschäftssinn. Mit dem Buchladen des Vaters wollte er jedoch nichts zu tun haben: er kaufte (mit Vaters Geld) eine Galerie für moderne Kunst in der rue Danton. Die – ich scheue mich zu schreiben: Häßlichkeit seines Vaters vergaß man: was zählte, war der Geist des Mannes und seine traurige Güte, die so leicht in eine schmerzhafte Bitterkeit umschlug. Für mich wurde dieser schon alte Mann bald zum Verhängnis: er verliebte sich in mich und bedrängte mich mit seiner sehnsüchtigen Liebe.
Bleib bei mir, sagte er, ich biete dir alles, was du willst. Ich bin reich. Und ich habe die französische Staatsbürgerschaft. Du kannst Französin werden. Du kannst heraus aus diesem miesen Deutschland. Ich schaffe dir einen literarischen Zirkel. Deine Kinder studieren dann an der Sorbonne...
Das alles war in der Tat verlockend. Aber ich liebte ihn nicht. Ich hing an Landshoff, der mir rein gar nichts zu bieten hatte als seine wilde exotische Schönheit. Martin wußte das. Er gab nicht auf. »Schau, der ist doch ein verlorener Mann.« (Damit hatte er, Gott sei Dank, nicht recht. Landshoff, nach einer zweiten Entziehungskur, wurde schließlich einer der Direktoren des großen amerikanischen Kunstverlags Harry N. Abrams. Er wurde wieder ein höchst angesehener, auch reicher Mann.)
Eines Abends lud mich Martin in seine Wohnung ein. Er hatte ein köstliches Essen bereit. Ich brachte keinen Bissen hinunter, denn der besessen verzweifelt Verliebte erwartete mein entscheidendes Wort. Martin, bitte, versteh... Ja, sagte er, ich verstehe; ich bin ein alter mieser plattfüßiger Wiener Jidd... Er sagte es ganz ruhig, und diese Ruhe war so entsetzlich herzzerschneidend bitter, daß ich nahe daran war zu sagen: Martin, ich heirate dich.
Ich sagte es nicht. Unsere Freundschaft überdauerte jenen

Abend und viele andere. Wir sahen uns bis zu seinem Tod jedes Jahr auf der Frankfurter Buchmesse.
Vor zwei Jahren faßte ich mir ein Herz und stieg die Stufen am Quai des Orfèvres hinunter. Es war immer noch die Librairie Flinker, aber sie war es nicht mehr. Es war ein ganz gewöhnlicher, sehr ordentlicher Buchladen, geführt von einer höflichen Frau. Ich spürte einen scharfen Schmerz. Aber hätte ich damals, 1950, anders handeln können? Und hätte ich es getan, was wäre aus mir geworden? Eine reiche Pariserin, Mittelpunkt eines literarischen Zirkels, ja, so wie er es mir versprochen hatte. Nun, und?
Nach jenem tristen Abend erlebte ich Paris auf eigene Faust. Notre-Dame natürlich, mit jener Steinplatte, die berichtet, daß hier der große Dichter Paul Claudel seine Bekehrung zum Katholizismus erlebt habe. Nun gut, wo auch immer: er wurde ein leidenschaftlicher konservativer Katholik wie viele der Konvertiten aus jener Zeit. Wie sehr bedrängte er den unsicheren André Gide, von Natur aus religiös, den er ums Haar ebenfalls zum Katholizismus gebracht hätte, wenn er seine Missionierungsversuche weniger fanatisch betrieben hätte. Ich setzte dem so penetrant missionarischen Claudel ein Negativ-Denkmal in meinem zweiten Nina-Roman; da erscheint er als der harte Moralist »Herr C.«. Dennoch: er ist ein großer Dichter. Ich liebe vor allem seine Prosa: seine Schilderung des Erdbebens und Brandes von Tokio ist gewiß ein literarisches Meisterstück. Ein nachdenklich machendes Phänomen: jede zu enge Bindung an eine Ideologie oder Religion gefährdet den Dichter und Künstler. Man muß schon das Format von Claudel und von Bertolt Brecht haben, um durch das ideologische Dogma nicht zum Verräter an der Kunst zu werden.
Notre-Dame also, die Rosette an der Westfassade; der kleine Garten an der Südseite, wo ich stundenlang stillsaß; die Boutiquen am Seine-Ufer; die Clochards unter den

Brücken; der alte Markt (»die Hallen«, heute verschwunden), das Zigeunerlager hinter Saint Gervais, Montmartre; der Jardin du Luxembourg... alles erwandert in jenen Wochen. Und natürlich der Louvre.

Da hing doch jenes Bild von Degas mit dem Don Quichote... Welches Bild? fragen alle, die ich befrage. Das kleine, hochformatige, mit dem Don Quichote im roten Mantel auf dem weißen Pferd allein inmitten der fahlgrünen Landschaft, es hing links vom Eingang zu einem Saal... An dieses Bild erinnert sich niemand. Es hängt nicht mehr dort, es gibt es nicht mehr, es hat es vielleicht nie gegeben, ich beginne zu glauben, daß, wenn es je dort hing, ich es auf magische Weise gestohlen habe, entmaterialisiert und mit mir fortgetragen... Oder ich hatte es nur phantasiert. Daß ich an Magie glaube, bekenne ich offen und in allem Ernst.

Aber die anderen, die vielgeliebten Bilder, die gab es. Ich entdeckte (ohne Stadtplan laufend) durch Zufall das »Jeu de Paume«. Ich trat ein, ahnunglos, und befand mich im Zaubergarten. Da hingen sie alle, die ich längst kannte von Abbildungen. Hier sah ich sie zum ersten Mal im Original: Degas, Manet, Monet, Renoir... Das Museum wurde geschlossen. Schon? Ich war doch nur eine Stunde dagewesen? Es waren vier Stunden. Ich kam aus der Welt der materialisierten Imaginationen in die »reale« Welt. Ich fand mich stundenlang nicht mehr zurecht. Sooft ich in den folgenden Jahren nach Paris kam, ging ich in jenes Zauberhaus. Seit einiger Zeit sind die geliebten Bilder an anderen Orten. Und den roten Don Quichote kennt niemand...

Daß ich damals auf dem Friedhof »Père Lachaise« war, ist sicher. Ich habe in einem meiner Tagebücher darüber geschrieben. Ich erinnere mich, Gräber berühmter Leute dort gefunden zu haben, sicher auch das Doppelgrab von Abaelard und Heloise. Warum hat es mich nicht damals schon inspiriert zu einem Roman? Ich kannte doch die Geschichte. Nein, ich kannte sie nicht. Ich kannte nur den hochliterarischen Klatsch über das berühmte Liebespaar. Seit dem frühen Mittelalter schrieb man über die beiden. Das konnte mich nicht so interessieren, daß auch ich darüber hätte schreiben mögen. Und doch: als ich an diesem Doppelgrab stand, wurde der Köder ausgworfen. Ich nahm ihn an, ohne es zu wissen. 1950 war das. Und 1990 schrieb ich meinen Roman ›Abaelards Liebe‹. So lange trug ich diesen Stoff in mir. Jetzt erst, da er geschrieben ist, weiß ich, was für Anstöße ich brauchte, um mich an diesen so oft benutzten Stoff zu wagen. Der eine war theologischer Natur. In einem der Bücher, die mir im Lauf der Jahre unterkamen, las ich über Abaelard, den Ketzer, daß er bei seiner Antrittsvorlesung an der Pariser Sorbonne gesagt habe: »Denken müßt Ihr, nicht blind glauben. Begreifen müßt Ihr, statt nachzuplappern.« So blieb's mir im Gedächtnis. Tief eingegraben blieb es mir. Der Satz verband sich mir mit dem eines Theologen, der in der ersten Vorlesung, die ich bei ihm hörte, sagte: »Was meinen wir denn, wenn wir sagen: Jesus war Sohn Gottes.« Das sagte Karl Rahner 1962 in Innsbruck. War es nicht im Grund das gleiche, was jener Ketzer Abaelard im 12. Jahrhundert in Paris gesagt hatte? »Denken müßt Ihr!«

Und ich dachte! Ich lernte, mich der Frage der Interpretation zu stellen. Was meinen wir wirklich... Dieser Abaelard, der vor rund achthundert Jahren gelebt hatte, begann mich theologisch zu interessieren. Ich suchte Literatur über ihn. Es gibt so viel, daß ich verzweifelte und den Plan beiseite legte, für immer, wie ich betrübt dachte.

Dann kam der zweite Anstoß: der Feminismus. Jene Heloise, die junge Geliebte ihres doppelt so alten Philosophieprofessors, war eine »emanzipierte« Frau, das heißt, sie hatte das übliche Los der Frauen jener Zeit verschmäht: die Ehe. Sie studierte, sie lernte Latein und Griechisch und He-

bräisch, sie war, als Mädchen, schon berühmt, nicht ihrer Schönheit, sondern ihrer Gelehrsamkeit wegen. Daß sie dann den Geliebten, mit dem sie einen Sohn hatte, dennoch heiratete, begriff ich erst später. Aber diese weibliche Einzelgängerin in einer Männer-Gelehrtenwelt, von den Kollegen respektiert, sie faszinierte mich.
Der dritte Anstoß: das Thema des Verzichts auf die Erfüllung der großen, der einzigen Liebe. Das war ja nun eines meiner ureigenen Themen. Schließlich begann ich zu schreiben. Ich kam nicht weiter. War nicht alles schon gesagt? Da kam der rettende Einfall, er kam in einem kurzen Absatz einer der Biographien. Abaelard und Heloise hatten einen Sohn. Was war denn mit dem Kind? Abaelard, kastriert, wurde Mönch, Heloise wurde Nonne und Äbtissin. Und das Kind?
Hier setzte meine Phantasie ein. Die so oft und von so vielen geschriebene Geschichte wurde mir zur Geschichte des Sohnes. Von ihm aus schrieb ich die Geschichte seiner Eltern; die Geschichte ihres Sohnes wurde mir zur Anklageschrift der berühmten Eltern, die ihr Kind verließen um der eigenen Karriere willen. Ein hartes Buch, ein tiefenpsychologisches, ein feministisches, ein politisches, ein theologisches. Ein ungeheurer Stoff, zusammengedrängt in einem relativ dünnen Buch.
Der Wissenschaftler Adalbert Podlech gab seinem Buch den Titel: ›Abaelard und Heloise. Die Theologie der Liebe‹. Als er mein Abaelard-Buch gelesen hatte, schenkte er mir das seine und schrieb hinein: »Nur die Imagination macht aus Vergangenheit Geschichte.«
All das war vom Schicksal schon bestimmt, als ich in Paris zum ersten Mal am Grab der beiden Liebenden stand. Sonderbarerweise vermischte sich das wenige, was ich 1950 von ihnen wußte, mit einer Legende, die aus dem fünften Jahrhundert stammte, der Geschichte eines anderen Liebespaares, das in der Kirche St. Jean in Dijon beisammen liegt in

einem Grab: Hilarius und Quieta, vielmehr: da lagen sie, ehe man sie in getrennte Gräber in der Krypta umbettete. Hilarius starb zuerst (auch Abaelard starb zuerst), und als man Quieta in ein Grab neben dem seinen legen wollte, hob Hilarius den Arm und zog sie an sich.
Diese Geschichte bewegte mich sehr; sie bildet den Schluß meines Buches ›Septembertag‹ aus dem Jahr 1964. Als ich in Paris auf dem »Père Lachaise« stand, ahnte ich nicht, daß eines Tages von mir ein lebensbedrohender Verzicht gefordert würde, der mich endgültig fähig machte, mein Abaelard-Buch zu schreiben.
1950 aber erlebte ich Paris mit allen Fasern. Ich war glücklich auf eine, wie ich heute meine, hektische Art. Man machte mir den Hof. Ich war »jemand«. Antifaschistin war ich gewesen und eingesperrt. In den ersten Nachkriegsjahren hatte ich für die Völkerverständigung gearbeitet (geredet, geschrieben). Ich galt schon als begabte Autorin, man übersetzte bereits mein zweites Buch ins Französische. Man lud mich hierhin und dorthin ein. Einmal war ich eingeladen bei dem Philosophen Gabriel Marcel, bei dem man keinen Platz zum Sitzen fand, wenn man nicht, auf Marcels Aufforderung, von einigen Stühlen Bücher abräumte und auf den Boden häufte. Marcel, der mir später eine höchst ehrende Kritik als Widmung in ein Buch schrieb. Ein andermal war ich durch Jean Schlumberger eingeladen, teilzunehmen an der pompösen Staatsfeier zu Ehren des verstorbenen sozialistischen Ministerpräsidenten Léon Blum, der während des Krieges in einem deutschen KZ gesessen hatte; ich stand ganz vorne; mein Gegenüber war der damalige Staatspräsident Auriol. Es muß im »Pantheon« gewesen sein. Als ich dann auch noch vom französischen Rundfunk zu einem Interview eingeladen wurde (auf deutsch, Gott sei Dank) wurde ich (mir selbst peinlich) eitel und eingebildet. Verzeihlich bei jemandem, der so etwas zum ersten Mal erlebt. Der mir ungemäße Zustand war von kurzer Dauer, aber

während dieser kurzen Dauer genoß ich diese frühe Form der »Berühmtheit«.
Das Glück war nicht rein: 1950 lag noch zu nahe an 1945, zu nahe an Deutschlands Einmarsch in Frankreich. Ich bin unfähig, derlei zu vergessen. »Aber du warst doch selbst ein Opfer Hitlers, und dein Mann doch auch...« So sagten die französischen Freunde. Aber ich, sonst fern jedes Nationalismus, fühlte mich als Deutsche, und ich trug meine frühe kleine Berühmtheit wie einen aus Versehen verliehenen Orden.
Dieses Gefühl der nicht zu verdrängenden Scham und dazu die Sehnsucht nach meinen Kindern trieben mich schließlich nach Hause.

Warum nicht die »friedlichen Jahre«? Warum die Relativierung? Friedlicher als vorher, und friedlicher als später, ja, aber wirklich friedlich: nein. Ich spreche von mir, aber ich war ja nicht eine einzelne, ich war immer bewußt in das allgemeine Schicksal eingeflochten. Es waren politisch unruhige, ungesicherte Jahre. Der große Krieg lag hinter uns, aber wir hatten keinen Friedensvertrag. Wir waren gevierteilt, in Zonen eingeteilt, und außerdem (das war Ursache und Folge) ideologisch zweigeteilt in den sozialistisch-kommunistischen Osten und den – ja, wie soll man es tatsachengemäß sagen? – in den liberal-kapitalistischen, den jedenfalls antikommunistischen Westen. Wir wurden nicht gefragt, ob wir hier oder dort leben wollten, wir wurden eben auf- und eingeteilt, und auch unser Bundeskanzler Adenauer hatte Angst, ein ungeteiltes Deutschland würde alsbald wieder mächtig. Freilich: letzten Endes blieb ihm keine Wahl. »Re-education« hieß hier das offizielle Programm. Erziehung zur Demokratie.
Noch gab es die Berliner Mauer nicht, aber politisch wurde sie bereits aufgebaut. Noch konnten wir vom Westen in den Osten reisen, aber schon brauchte man im Osten Sondererlaubnis für West-Reisen, und eines Tages konnten wir nicht mehr mit Ostberliner Freunden telefonieren. Tausende, Zehntausende flüchteten aus der sowjetisch besetzten Zone. Die ideologische Mauer wuchs: der Osten baute eine Militärmacht auf, und der Westen, ausdrücklich unterstützt von den USA und von Churchill, der eine Europa-Armee gegen den »Bolschewismus« verlangte, remilitarisierte sich auch. Die ideologische Mauer war weltweit zu finden: in den USA gab es eine Hexenjagd gegen alle, die »unamerikanisches Verhalten« zeigten, also »links« waren. Die Furcht vor dem »bolschewistischen Gespenst« ging überall um und

wurde zum Alptraum vieler. 1952 machte die Sowjetunion Vorschläge zur Wiedervereinigung, die aber lag damals keineswegs im Plan der westlichen Alliierten: da wären »die Russen«, die Kommunisten, ja viel zu nah am Rhein ... Und die Sowjetunion baute Atombomben, und das taten die USA auch und entwickelten die erste Wasserstoffbombe. Die schlechten Nachrichten häuften sich, der Kalte Krieg lief, aber bei uns »ging's aufwärts«, dank unserer deutschen unverwüstlichen Tüchtigkeit und der US-Dollars.

Eine seltsam gespannte Lage. Wir gewöhnten uns an sie. Wir lebten besser als vorher, und da es besser ging als früher, glaubten wir, es gehe uns gut. Wer nicht politisch engagiert war, der konnte friedlich leben und, wenn er kaufmännisch geschickt war, reich werden. Ich war, wie von eh und je, politisch interessiert, wenngleich an keine Partei gebunden und jede Funktion ablehnend. Ich verteidigte in jenen Jahren mit dem einzigen Mittel, das mir zur Verfügung stand, dem Wort, den Sozialismus, der sich mit der Grundforderung meines damals agnostischen Gottes-Glaubens nach Gerechtigkeit deckte: »Liebe deinen Nächsten.« Von Albert Camus, dem Atheisten, übernahm ich einen Satz, dessen Sinn ich hier frei wiedergebe: »Sozialismus bedeutet: so lange auf dem nackten Boden zu schlafen, bis der Bruder ein Bett hat.« (So behielt ich es im Gedächtnis. Für immer.)

Es gibt aus jenen Jahren mehrere Aufsätze von mir, die ausführlich das sagen, was jener Satz von Camus mir einprägte. Wenn ich seither nach meinem politischen Bekenntnis gefragt werde, zitiere ich Camus. In diesem Sinne, sage ich, bin ich »links« und kann nichts anderes sein als das, und daraus folgt, daß ich auch keine »Nationalistin« sein kann, und daraus wiederum folgt, daß ich für den Frieden arbeite. Der zeitliche Sprung von mehr als vierzig Jahren scheint groß: er ist für mich kein Sprung, sondern nur die logische Fortsetzung jener frühen Zeit, in der ich, beispiels-

weise, 1946 meine erste Friedensrede vor der Internationalen Frauenliga für Frieden und Freiheit in Stuttgart hielt. Am Schluß dieser Rede hieß es: »Nur was dem Leben dient und dem Frieden, ist heilig: das Gefühl der Menschenliebe und seine Gebote: Gerechtigkeit und Duldsamkeit.«
Daß ich im Oktober 1983, wiederum in Stuttgart, eingereiht war in die berühmte Menschen-Friedenskette, die von Stuttgart bis Ulm reichte, ist selbstverständlich wie alle meine Teilnahmen an ähnlichen Demonstrationen, zuletzt jener bei Fulda im September 1984, bei der ich mit Rudolf Bahro in das US-Übungs-Schießgelände eindrang, das die Amerikaner provozierend genau an der Grenze zwischen Ost- und Westdeutschland aufgebaut hatten. Eine Situation, der standzuhalten einigen Mut von uns forderte, weniger weil die US-Nato-Kugeln über unsere Köpfe hinwegflogen, sondern weil von deutscher Seite die Teilnahme an der Demonstration verboten war, so streng verboten, daß mich die Polizei abfing und meine Personalien feststellte, was mir die Forderung einer Geldstrafe einbrachte, die zu zahlen ich ablehnte, worauf sie erhöht wurde, bis ich erklärte, ich zöge die angedrohte Alternative, die Gefängnisstrafe, vor. Ich wäre gern ins Gefängnis gegangen, und das schrieb ich der Fuldaer Polizei: es hätte mich interessiert, den Unterschied zwischen einem heutigen Gefängnis und jenem, in dem ich unter Hitler war, zu erleben. Damit brachte ich die Herren denn doch in einige Verlegenheit: sie erklärten den Fall für unwichtig und ließen ihn fallen.
Zur selben Zeit hielten die deutschen Bischöfe in Fulda ihre Konferenz. Einige von uns wären gern in den Dom gegangen, zum Beten, nicht zum Randalieren. Aber in völliger Verkennung unserer ausdrücklich friedlichen Absicht versperrten die schwarzen Herren den Dom. So hörten sie denn auch nicht unsere öffentlichen Friedensreden auf dem Domplatz, und keiner von ihnen hatte den Mut, bei unserem Demonstrationszug für den Frieden mitzugehen.

»Selig sind die Friedensstifter...« Und später, als ich in Wackersdorf gegen den Bau der atomaren Wiederaufbereitungs-Anlage reden sollte, erhielt ich offiziell polizeilich Redeverbot, und auch der evangelische Pfarrer verbot mir das Sprechen in seiner Kirche. Weshalb? Wer erklärt mir das schlüssig? Heißt es nicht »Du sollst nicht töten«? Und jener, der Atomkraftwerke fördert, ist der nicht der Mithilfe am Massenmord schuldig?
Im Dezember 1983 versuchten wir Schriftsteller am amerikanischen Raketenstandort in Heilbronn mit dem dort stationierten US-Kommandanten zu verhandeln, das heißt mit ihm zu reden. Über den Friedenswillen der Deutschen zu reden. Ein naives Unternehmen, zugegeben. Wir wurden von GI's wortlos abgewiesen. Wir verfaßten einen Brief, gaben – so habe ich es in Erinnerung – ihn einem der wachestehenden, bewaffneten Soldaten, der ihn mit äußerstem Mißtrauen entgegennahm (als enthielte er Sprengstoff), und warteten stundenlang in der Winterkälte auf Antwort. Man ließ uns vor der Einzäunung stehen. Wir waren nicht vorhanden. Wir waren weniger als streunende räudige Hunde.
Ich erzähle das heute, um zu zeigen, wie der rote Faden (ja, er war rot, ehe er sich mit Grün mischte) von 1950 an durch mein Leben lief, und wie der Frieden, für den ich lebte, immer ein Phantom blieb, und dennoch meine große heilige Utopie.
In jenen frühen fünfziger Jahren also versuchte ich, Christentum und Sozialismus in Einklang zu bringen. Warum trat ich dann nicht jener Partei bei, die für sich in Anspruch nahm, ebenso christlich wie sozial zu sein?
Die Antwort gibt die Zeitgeschichte. Eine meiner Hauptsorgen in jener Zeit war der wiedererwachende Antisemitismus, jenes Phänomen, das weit mehr ein irrationales als ein konkret politisches ist. Die »besseren« Deutschen hatten den Juden gegenüber ein schlechtes Gewissen. Aber

sie beruhigten sich bei dem Gedanken, daß wir den Juden (dem neuen Staat Israel) hohe Entschädigungen zahlten. Als seien einige Millionen toter Juden mit Geld aufzuwiegen. Wir taten ein übriges: wir pflanzten Bäume in der israelischen Wüste in einer Aktion »Bäume für Israel«. In einer Rede zum 9. November (zum Gedenken der »Kristall-Nacht«, jener Nacht 1938, als man Synagogen und jüdische Geschäfte zerstörte), die ich 1951 im Maximilianeum in München hielt, sprach ich von der Verlogenheit dieser Aktion. Es war eine offizielle Veranstaltung der Lessing-Gesellschaft. Ich war nicht die einzige Rednerin, aber wohl die leidenschaftlichste. Vor mir saß der bayerische Kultusminister und damalige Landtagspräsident Hundhammer. Die Rede ist abgedruckt in meinem Essayband ›An den Frieden glauben‹. Ich sagte, der Antisemitismus sei die moderne Form des Hexenwahns. Und dann rief ich mit einer Emphase, zu der ich später so nicht mehr fähig war: »Nun frage ich Sie alle: sind wir Christen oder nicht?... Ich frage die Regierung ›Wollen Sie, die Vertreter des Volkes, durch die Tat beweisen, daß der Ruf ›Friede mit Israel‹ nicht nur politische Berechnung ist?‹ Und ich frage die Kirchen?: Wollen Sie, die Vertreter Gottes, gutmachen, was auch Sie an Schuld auf sich geladen haben, indem Sie jahrhundertelang gegen die Juden zu Felde zogen mit dem Schlachtruf: Im Namen Christi Rache an seinen Mördern! Wollen Sie, die Religionslehrer in unseren Schulen, den Kindern sagen, daß... jeder Nichtjude, der einem Juden ein Leid antut, und sei es nur in Worten, in diesem Juden Christus von neuem kreuzigt?«

Großer Beifall. Aber der Landtagspräsident stand brüsk auf und verließ den Saal. Als ich ihn in der Pause fragte, warum er denn so zornig reagierte, sagte er mit erhobenem drohenden Zeigefinger: (die Szene wurde vielfach photographiert) »Und Sie vergessen, wie vielen Juden der Vatikan Zuflucht gab!«

Nun: so viele waren es nicht. Und das war auch nicht das Problem. Das Problem war, daß die Kirche, die christkatholische, mit Hitler ein Konkordat schloß, das heißt, daß der Staat mit der deutschen Kirche friedlich leben wollte. Kirche und Volk sahen friedlich zu, wie die Juden in die Lager getrieben und vergast wurden. Wußte der Papst nichts davon? O doch: der Kardinal Preysing berichtete, und ehemalige KZ-Häftlinge berichteten... Pius XII. zog es vor, zu schweigen. Ein anderer Kirchenvertreter erhob seine Stimme, freilich erst sehr spät und erst, als der Staat die Klöster seiner Diözese beschlagnahmte: der Münsteraner Kardinal Galen. Zu spät, zu spät. Die anderen, nun, die versuchten, den mächtigen deutschen Staat nicht zu provozieren.

Das war so, aber als ich es damals, 1951, laut sagte, erhob sich in den katholischen Zeitungen ein Sturm. Die Münchner Kirchenzeitung schrieb unter der Überschrift: »Schwerer Angriff der Schriftstellerin L. R. gegen die katholische Kirche.« Anstatt sich an die Brust zu schlagen, machte man mich zur Verleumderin. Meine Mutter, ach, wie immer auf der Seite meiner Feinde, schrieb mir, ich solle es nur ja nicht wagen, nach Rosenheim zu kommen, ich würde gelyncht...

Damals, nach meiner Rede, kam ein Mann auf mich zu und rief: »Kleine heilige Johanna!« Es war der Schauspieler und Regisseur Fritz Kortner. Die Szene hat eine politische und eine private Vor- und Nachgeschichte. Es muß 1949 gewesen sein, als die Lessing-Gesellschaft im Studio der »Bavaria«-Filmgesellschaft vor geladenen Gästen einen Film vorführen ließ über den Selbstmord und die Beerdigung eines Schauspielers im Dritten Reich. Der Film war zu Ende, und es war noch dunkel im Saal, als eine Stimme rief: »Das ist ein antisemitischer Film.« Das war er nun ganz und gar nicht, und jemand widersprach. Aber der Rufer schrie: »Ich liefere Ihnen den Beweis. Wer von Ihnen hat das Hakenkreuz auf dem Bild gesehen?« Niemand hatte es gesehen. »Da haben Sie es!« rief die Stimme aus dem Dunkel: »Sie haben es nicht gesehen, weil Sie es nicht sehen wollten, Sie haben es verdrängt.«

Das war nun, in diesem Kreis von Antifaschisten geäußert, eine absurde, eine gehässige Rede. Ich rief so etwas wie: »Und Sie, der Sie das sagen, projizieren etwas in uns hinein, das gar nicht da ist. Und das ist psychologisch zu verstehen, aber politisch irreal.«

Die unerbittliche Stimme schrie: »Und Sie, die Sie das zu sagen wagen, beweisen, daß Sie Antisemitin sind.«

Jetzt ging das elektrische Licht an, aber das half nicht zur Klärung, denn weder erkannte ich den Schauspieler und Regisseur Kortner, noch kannte er mich. Hans Schweikart, der Leiter des Treffens, versuchte zu vermitteln, aber Kortner beharrte verbissen auf seiner Meinung; die Deutschen seien nach wie vor Antisemiten. Alle! Daran war Zutreffendes, aber der Antisemitismus der ersten Nachkriegsjahre war ein anderer als Kortner meinte. Ich versuchte zu analysieren, jedenfalls zu erklären, daß der Normalbürger ganz einfach empört war über die Schieber-Wucher-Geschäfte, die so kurz nach der Währungsreform noch in der damals berüchtigten Möhlstraße in München blühten, und daß es eine bestimmte Gruppe jüdischer Händler war, die diese Geschäfte in festen Händen hatte; es seien aus dem Osten eingewanderte Juden. Kortner hörte »Juden«, und er hörte »Osten«, und so hörte er einfach »Ost Juden«. Das war genau das Kortners östliche Herkunft Betreffende. Es war töricht von mir, unterscheiden zu wollen zwischen jenen Juden, die wir als Kulturträger begrüßten, und jenen, die den Schwarzhandel trieben. Kortner sprang auf und lief weg. Ich eilte ihm nach. Er schüttelte mich ab. Fortan hatte ich einen Feind. Absurderweise.

Bis zu jenem 9. November 1951. »Kleine heilige Johanna«. Eine vollkommene Konversion. »Wir müssen uns wiedersehen.« Wir sahen uns wieder, einige Male, immer im Café »Carlton«. Kortner plante einen Film über einen noch zu findenden Stoff. Warum bot ich ihm nicht meinen ›Jan Lobel aus Warschau‹ an? Oder tat ich es, und er sprang nicht darauf an?

Vielleicht fand er ihn »antisemitisch«, so wie ihn Jahre später der Regisseur Peter Beauvais, der ihn bereits gekauft hatte (ich hatte das Drehbuch geschrieben), plötzlich gefährlich fand: er könne antisemitische Wirkung haben. Kein Filmglück mit meiner schönen Geschichte.

Als ich eben im ›Spiegel‹ den wundervollen Brief des politischen Schriftstellers Andrzej Szczypiorski an einen Kollegen polnischer Herkunft las, fand ich den Satz: »Manche Menschen werden weinen, wenn sie Ihr Buch lesen. Und das ist gut so, denn unsere Zeit braucht Tränen...« Auch über meinen ›Jan Lobel‹ haben Menschen geweint, vor vier Jahrzehnten. Vielleicht würde Kortner heute den Film machen. Vielleicht wird ihn jemand anderer machen. Damals aber geschah nichts, vielmehr: jene beiden Szenen, die im »Bavaria«-Studio und die im Maximilianeum, hatten ein Nachspiel, das nicht schön war. Eines Tages kam Kortner in meine Wohnung und wurde so männlich deutlich, daß ich ihn beinahe hinauswerfen mußte. (Ich war nicht die einzige, die derlei mit ihm erlebte.) Danach haben wir uns nie mehr gesehen außer im Theater in der Distanz zwischen Bühne und Zuschauerraum. Schade. Schade, sage ich, seit ich seine Autobiographie ›Aller Tage Abend‹ gelesen habe. Es hätte doch eine Freundschaft werden können zwischen uns. Was dieser so heftig umgetriebene Mann suchte, war nicht das Bett-Abenteuer, sondern Bestätigung, immer neue Bestätigung vom Publikum und von Frauen.

Als ich jetzt seine Autobiographie las, weinte ich. Nach so vielen Jahren weinte ich, weil ich ihn damals nicht verstanden hatte. Freilich: lieben konnte ich ihn nicht, und eine flüchtige Liebschaft war meine Sache nicht. Aber ich halte dem Toten die Freundschaft, hoffend, er verstehe mich jetzt. Man wird in dieser Autobiographie sehr oft den Satz lesen von der Freundschaft, die bis zum Tode dauert. In der Tat: meine Freundschaften waren und sind dauerhaft. »Bis daß der Tod uns scheidet.«

Eigentlich wollte ich in diesem Kapitel vor allem von meinen Kindern erzählen. Aber das gibt kein eigenes Kapitel, denn meine Kinder waren eingeflochten in mein Leben. Sie waren auch fast immer dabei, wenn Besucher kamen, falls es sie nicht langweilte, zuzuhören. Freilich wissen sie heute kaum mehr, wen sie da kennenlernten oder jedenfalls sahen und hörten.

Hätte ich meine Kalenderchen nicht, wüßte ich selbst auch nicht mehr alle Namen. Es kamen die älteren Freunde, jene, die in der Flotowstraße die zerbombte Treppe hinaufgestiegen waren, und es kamen neue: die Schauspielerin Ingeborg Hoffmann, die bis zu ihrem Tod meine engste Freundin war: sie heiratete Michael Ende, und die beiden waren in Italien meine Nachbarn. Es kam Max Tau aus seinem norwegischen Exil, der unermüdliche Friedensstifter, der auch andere Norweger mitbrachte; es kam Johannes R. Becher, ein paar Jahre später Kulturminister der DDR, es kam Graf Yorck von Wartenburg, aus der Familie derer, die am 20. Juli 1944 mit den Putsch gegen Hitler riskierten, der nicht gelang; die Aufständischen wurden erschossen. Yorcks Frau war Else Eckersberg, berühmte Reinhardt-Schauspielerin; die beiden blieben meine Freunde bis zu Elses Tod, und heute noch stehe ich mit ihrem Mann in Verbindung. Es kam Albrecht Goes; es kamen der Schauspieler Ernst Ginsberg, der Journalist François Bondy, der Übersetzer Herberth Herlitschka, der österreichische Dichter Heinrich Waggerl, der Schriftsteller Joseph Breitbach aus Paris, und Alfred Grosser (damals weniger konservativ als er später wurde, weshalb wir uns dann nicht mehr verstanden), der Shaw-Übersetzer Siegfried Trebitsch, der Schriftsteller Leonhard Frank, es kam der Staatssekretär Eduard Brenner, der mit mir eine Zeitung gründen wollte, es kam Dr. Hupka vom Bayerischen Rundfunk, der einzige Kritiker, der meinen ›Jan Lobel‹ ganz und gar verriß, weil er, als vertriebener Schlesier, die Polen haßte und allzu »rechts« war, um pro-semitisch zu sein, und der später Vorsitzender der »Landsmannschaft Schlesien« wurde; es kam ein alter Bekannter, Dr. Weddigen (einer der Ärzte Gerhart Hauptmanns in Schlesien), der als radikaler Kriegsdienstverweigerer jenen, die es von ihm wünschten, zwei Sehnen der linken Hand durchschnitt, damit sie wehruntauglich wurden; ein höchst gefährliches Unternehmen. Es kamen auch seltsame Leute wie der Pole Zygmunt H., und jener Indonesier, Achdiat Mihardi, der damals Kulturminister auf Java war und den mir meine holländischen Freunde von Eugen anempfohlen hatten. Ich führte ihn tagelang durch München, und er erklärte mir, er wolle mich zur Frau, zur Zweit-Frau (er war Moslem) oder, wenn mir das nicht genüge, zur Erst-Frau; ein recht seltsames Angebot, das von ihm so ernst gemeint war, daß er mir nach seiner Heimkehr jahrelang viele Briefe schrieb, in Englisch, ich verwahre das Päckchen noch als kuriose Erinnerung. Vom anderen Ende der Welt kam ein Maler, Hans Wiedemann, der Herkunft nach Münchner, der aber eines Tages in den brasilianischen Urwald gegangen war und dort blieb und dort malte. 1952, eingeladen zu einer Ausstellung in der Galerie Hielscher, kam er nach München, blieb ganz kurz und floh dann, angewidert von Europas Zivilisation, wieder in seinen Urwald zurück, ließ mir aber drei seiner schönen Bilder zurück, die heute noch in meiner Münchner Wohnung hängen. An manche Namen in meinem Kalenderchen erinnere ich mich genau: an Hans Paeschke, der die Kulturzeitschrift ›Merkur‹ mitgründete; an Udo Dammert, Konzertpianist, Klavierlehrer meiner Kinder; andere tauchen jetzt lebendig wieder auf: Erich Engel, der Regisseur, der aus meinem

Roman ›Daniela‹ einen Film drehen wollte, was ihm seine »DEFA« in der DDR verbot (ich besuche oft sein Grab im Dorotheen-Friedhof in Berlin); einmal war auch ein Amerikaner da, von Baky hieß er, und machte einen ähnlichen Vorschlag.

Gut erinnere ich mich an den Schweizer Kulturphilosophen Max Picard, einen seltsamen kleinen kompakten Mann, mit dem mich eine jahrelange Freundschaft verband, die von seiner Seite her väterliche Liebe war, oder noch genauer: die Liebe des großen Bruders zur jüngeren Schwester. Er gab mir seine Bücher, ich blätterte darin, jetzt, nach so vielen Jahrzehnten, und finde sie schwer leserlich, genau wie damals, als ich gebeten war, für die ›Weltwoche‹ eine Rezension zu schreiben. Es geht ihm immer um die Sprache als geheimnisvolles Phänomen, ein »Urphänomen wie Natur, Liebe, Geburt und Tod«. Soviel ich jetzt verstehe, schreibt er über Sprache, weil ihm die Sprache gefährdet erscheint: »Wort-Geräusch« nennt er das Reden von heute. Seine Bücher sind wesentlich Zeitkritik. Ich finde im Durchblättern schöne Sätze: »Als ich Stifters ›Wittiko‹ zum ersten Mal las, da wußte ich: die Dichtung war zuerst auf der Erde, und erst nachher kam der Mensch.« (Die Bibel sagt das auch: Im Anfang war das Wort.) Zufällig finde ich einen Satz, den ich unterschreibe: »Bei Ernst Jünger ist das Objekt durch das Wort gefangen gesetzt, als gehöre es nur ihm und als dürfe kein anderer den Gegenstand auch haben. Es fehlt bei Jünger das Du des andern, es fehlt die Liebe... Das Bild ist nicht vollkommen, aber es ist perfekt, wie eine Maschine perfekt ist...«

Ich glaube, läse ich Picards Bücher heute, fände ich vieles, was mich angeht. Aber ich kann sie nicht mehr lesen. Es wäre eine archäologische Arbeit: man müßte aus einem Berg von aufgehäuften Felsbrocken aus Urgestein das für heutiges Denken Brauchbare heraushämmern. Und was mich damals schon störte (ich schrieb es als Bleistift-Notiz in eines der Bücher): »Er sagt alles auf sanft tyrannische Art, apodiktisch, man kann kaum widersprechen auch dort, wo man möchte und müßte.«

Wenngleich seine Bücher mir eigentlich nichts geben, war mir doch seine Person wichtig. Er war, wie seine Bücher, ein Fels aus Urgestein: stark und verläßlich. Aber eben das war es auch, was mich störte, an ihm, an seinen Büchern: die absolute, die so typisch innerschweizerische Sicherheit. Er kritisierte unsere Zeit und stellte sich weit außerhalb, als sei sie nicht die seine auch. Natürlich war es für mich tröstlich, von ihm zu hören, ich sei ein »integrer Mensch«, und seine Kritik am heutigen Menschen (am Intellektuellen) treffe gerade mich nicht, und ich sei, so schrieb er mir einmal, ein »besonders geliebtes Kind Gottes«. Das klingt schön, und es hielt für eine Weile meine Zweifel an allem (an gar allem!) in Zaum. Aber nur für eine Weile. Und außerdem wußte ich nicht, wer dieser Gott war, der mich, laut Picard, liebte. Vielmehr, ich wußte es nicht, wenn ich nachdachte; bisweilen freilich fühlte ich mich geliebt, von etwas Unnennbarem am Herzen gehalten: im Universum geborgen.

Wie ich jene Jahre durchstand, kann ich heute kaum verstehen. Ich schrieb und schrieb, ich mußte verdienen, das hieß, ich mußte einen Artikel nach dem andern abliefern, eine Reportage nach der andern machen, in Ausstellungen gehen, zu Film- und Theaterpremieren, zu Schriftstellertreffen... Das Leben einer gefragten, also gehetzten Journalistin, die nebenher noch einige Romane schrieb ›Die Stärkeren‹ (eine Art Entwurf zu dem Jahrzehnte später entstandenen Roman ›Der schwarze Esel‹) und ›Daniela‹. Daneben nahm ich auch noch Englischstunden bei einem Engländer und einer Anglistikstudentin. Und die vielen Besucher, immer mehr und mehr... Und auch schon viel Post, Leserpost.

Wie schaffte ich das? Ich sagte, ich schrieb, um zu verdienen. So stimmt das nicht. Ich arbeitete auch aus Freude am

Arbeiten, und ich arbeitete, weil ich mit dem, was ich schrieb, etwas zu bewirken hoffte. Wir waren damals alle voller Hoffnung. Wir bauten ein neues Deutschland auf, ein demokratisches, ein freies. Und wir arbeiteten zusammen. Das war wichtig: wir arbeiteten für das selbe Ziel. Und wir mochten uns gut leiden. Es gab keine »splendid isolation« der Arrivierten, es gab keinen Elfenbein-Turm, keine bösartigen Rivalitäten (so habe ich es in Erinnerung!). Es war eine Zeit der Explosion jener Kräfte, die lang unterdrückt waren. Eine gute Zeit. Eine anstrengende Zeit.

Ich lese in meinen Kalenderchen jener Jahre, daß ich öfter »krank« war, zwei oder drei Tage; aber ich schrieb nicht, was mir denn eigentlich fehlte. Nun: ich war einfach überfordert und klappte dann plötzlich zusammen. Wie so oft in meinem Leben. Dann schlief ich zehn oder zwölf, einmal siebzehn Stunden, dann ging's weiter, denn es mußte weitergehen.

Bisweilen war es hart, zum Beispiel, als ich für eine Franz-Werfel-Gedenkfeier in den Münchener Kammerspielen eine Rede vorbereiten mußte. Und ich mochte doch Werfel gar nicht, mit Ausnahme seines letzten Romans ›Stern der Ungeborenen‹, und, in Teilen, ›Die vierzig Tage des Musa Dagh‹. Wenn er nur nicht immer so viel Kitsch eingeflochten hätte. Und jetzt sollte ich die Festrede halten, und eine Festrede muß ja eine Laudatio sein, und die sollte ich innerhalb von drei Tagen schreiben, aber auch noch einige seiner Bücher lesen, die ich nur flüchtig oder gar nicht kannte. Drei Tage Zeit. Jemand sagte mir, man könne ohne Schlaf durchhalten, wenn man jede Stunde einen Schluck Wein trinke und einen Löffel Honig dazu esse. Ich tat es. Und ich hielt durch. Als ich am Sonntag auf die Bühne kam, zitterten mir die Knie. Aber ich schaffte es, und die große Maria Wimmer weinte und war dann kaum fähig, nachfolgend die Gedichte zu lesen, sie schluckte noch auf der Bühne an ihren Tränen. Ich lese die Rede nach, sie ist gedruckt in meinem Essayband. Wie ist es mir denn gelungen, so schön über den Ungeliebten zu reden, glaubhaft zu reden?

Ich fand doch etwas Schönes an und bei Werfel: das Zitat in seinem Roman ›Das Lied von Bernadette‹. Ehe Bernadette, die kleine Visionärin, stirbt, sagt sie: »J'aime«. Sie sagt zu der Madonna, die ihr offenbar noch einmal erscheint, nicht: »Je t'aime«, wie zu erwarten wäre. Sie sagt nur »J'aime«. Ich liebe.

Am Schluß meiner Rede sagte ich: »Mag Werfel unseren literarischen Geschmack ärgern ... er rührt uns da an, wo wir am empfindlichsten sind, in unserer Angst, in unserem Bedürfnis nach Geist und Liebe.«

Und das kann ich heute noch unterschreiben.

Normalerweise mußte ich keine Marathonläufe dieser Art machen. Aber was ich in jenen Jahren an Aufsätzen schrieb, ist schon erstaunlich, nicht nur der Quantität, sondern auch des Inhalts wegen, der viele spätere Gedanken vorausnahm: Friedenswille, Erziehung zur Freiheit, Strafrechtsreform, Frauenprobleme (Kinder berufstätiger Mütter) ...

Das nun war mein eigenes Problem. Genau gesagt: Ich erlebte es rückschauend als mein Problem, als es immer mehr zum brennenden Problem aller berufstätigen Frauen wurde: daß ich zu wenig Zeit hatte für meine Kinder. Ich sage »rückschauend«, denn während ich »berufstätige Mutter« war, hatte ich, seltsamerweise, doch immer Zeit für meine Kinder. Auch wenn ich mich nicht sehr viel mit ihnen beschäftigen konnte, war ich doch meist »anwesend«. Ich saß zwar am Schreibtisch (die Kinder hatten ihr eigenes Zimmer am anderen Ende des Korridors), war aber jederzeit erreichbar. Freilich mußte Dolli (von ihr wird gleich die Rede sein) häufig mahnen: »Still, Minne arbeitet. Schreit doch nicht so.« Diese »Minne« war ich; den Namen hatte Christoph erfunden. Als er etwa sechs Jahre alt war, da nannte er mich plötzlich »Minne-Minne«, was sich dann als zu lang erwies und zu »Minne« wurde. Wieso, wissen wir nicht, ich hieß eben so, für mehrere Jahre, bis die Kinder ›Pu der Bär‹ lasen, und da bekam ich einen neuen Namen, nämlich »Wuschel«. Das ist das Tier, dessen Spuren im Schnee gefunden werden, während das Tier selbst nie gesichtet wird. Das Tier, das es nicht gibt. Aber seine Spuren, die gibt es. So sehr beharrten die Kinder auf diesem Namen, daß auch die nächsten Freunde mich so nannten. Im sechsten Kapitel dieser meiner Autobiographie wird man mit einigem Erstaunen finden, daß mein theologischer Lehrmeister und Freund Karl Rahner mich ebenfalls Wuschel nannte, bis zu seinem Tod. *Das* Wuschel, nicht *die* Wuschel.

Dolli erwähnte ich bereits. Sie war zu mir gekommen als Flüchtling aus Ostpreußen und bei mir geblieben, und sie war mir eine große Hilfe. Tochter eines vertriebenen Gutsbesitzers, Enkelin des Gründers der Wiederhold-Klinik in Kassel, im »Dritten Reich« BDM-Führerin, doch fern von Nazigeist, ein liebevolles Geschöpf, hübsch anzusehen, voller Charme und Heiterkeit, so daß manche meiner Besucher sich in sie verliebten.

Meine Kinder hingen sehr an ihr. Sie war eine zierliche kleine Autorität, immer fröhlich, sie kochte gut, und sie schimpfte nicht über die Unordnung im Kinderzimmer, denn sie war selbst nicht sehr auf peinliche Ordnung bedacht. Sie »verpetzte« auch nicht, daher habe ich von vielen Untaten meiner Kinder erst aus deren Mund erfahren, als sie schon erwachsen waren: zum Beispiel (zum haarsträubenden Beispiel) die Geschichte vom Brand am Bahndamm. Schuld war ich, denn in einem unserer Sonntagsgespräche, von denen noch die Rede sein wird, sprachen wir über den Hunger in der Welt, und daß man ihm abhelfen könne, indem man die Erde fruchtbarer mache. Wie denn? Indem man »rodet« und Pflanzungen anlegt. Und wie rodet man? Indem man Gras und Gesträuch abbrennt, ehe man umgrabt. O mein Gott: welche Folgen können so flüchtig hingesagte Sätze in einem Kinderhirn bewirken. Neben der Siedlung Borstei lag wildes Land längs einem alten Bahngeleise, auf dem bis Kriegsende Eisenbahnwaggons Kohlen ins nahe gelegene Gaswerk beförderten (ein Teil davon steht heute noch). Auf den verrosteten Geleisen standen auch noch alte Wagen. Was für ein Spielzeug! Man konnte einige Meter damit fahren, wenn man die Bremsen lokkerte. Längs der Geleise wuchs dichtes Gesträuch. Da war doch Land, das urbar gemacht werden konnte. Man mußte es nur abbrennen, dann konnte man Getreide säen oder Kartoffeln setzen, und dem Hunger der Welt abhelfen.

Ich war nicht zu Hause, ich sah das Feuer nicht, es wurde noch rechtzeitig gelöscht; in der Nähe war die Feuerwehrstation der Amerikaner. In der Nähe aber auch, hinter einer Mauer, lag das Benzindepot der US Army... Nie hat jemand die Attentäter gefaßt, niemand dachte, daß es keine bösen Attentäter oder Pyromanen, sondern Kinder waren, Kinder in bester Absicht, die Welt zu retten, mein Stephan als Anführer.

Jene Rede vom Hunger der Welt und vom Roden stammte aus einem unserer Sonntagsfrühstücksgespräche. Sie waren uns ungemein wichtig. Während der Woche frühstückten die Kinder in der Küche, eilig wie alle Schulkinder; sie gingen damals ins Max-Gymnasium nach Schwabing. Aber der Sonntagmorgen, der wurde jedesmal zum Fest. Christoph, der einzig Fromme der Familie, ging früh zur Messe nach St. Laurentius, wir anderen waren Heiden und schliefen länger. Wenn Christoph aus der Kirche kam, setzte er das Wasser auf und mahlte den Kaffee in der alten Mühle meiner Mutter. Christoph machte guten Kaffee, wie denn überhaupt meine beiden Söhne bemerkenswertes Talent zum Kochen hatten und haben. Wir anderen deckten den Tisch, festlich, mit dem »schönen« Geschirr und mit Blumen, und mit Leckerbissen, auch in Zeiten, in denen ich sehr sparen mußte. Das Frühstück dauerte mehrere Stunden. Und dabei redeten wir. Meine jetzt so sehr erwachsenen Söhne erinnern sich, daß der Anlaß unserer Gespräche meist die Sonntagvormittagssendungen im Radio waren. Sendungen über aktuelle Fragen, meist naturwissenschaftlicher oder allgemein philosophischer Art, gewiß nicht für Kinder gedacht. Die meinen, zwischen zehn und zwölf Jahren, hörten aufmerksam zu, und sie behielten vieles im Gedächtnis. Oft war ich erstaunt über ihr Wissen, das nicht aus der Schule kam. Woher weißt du das? Die Antworten blieben bis heute in unserem Familienvokabular. Christoph sagte: »Allgemeinbildung«, und Stephan, der Jüngere: »Lebenserfahrung«. Christoph sagte mir eben am Telefon: Jene Neun-Uhr-Sendungen liefen unter dem Titel »Die weite Welt«. Er weiß es noch nach vier Jahrzehnten!

Tatsächlich müssen jene Gespräche meine Kinder sehr beeinflußt haben. Es scheint, daß das Wort »Gerechtigkeit« besonders auf Stephan tiefen Eindruck machte. Als in seiner Schulklasse ein Mitschüler, Sohn eines Keramikers, seiner langen Haare und seiner sensiblen Art wegen gehänselt wurde, stürzte sich Stephan auf einen viel größeren und stärkeren Burschen und verprügelte ihn. Sein Gefühl für Gerechtigkeit erstreckte sich auch auf die Tiere. Damals gab es in München zu viele Tauben. Man sprach im Radio von der Taubenplage, der man mit radikalen Mitteln Abhilfe schaffen müsse. Am Tag darauf kam Stephan höchst aufgeregt (und wie meist zu spät, noch später als sonst) aus der Schule. »Sie haben die Tauben mit Netzen gefangen und in einen Polizeiwagen gesperrt, und sie werden sie umbringen. Das geht doch nicht, daß man die Tiere so quält und umbringt!« Er setzte sich hin und schrieb (nach dem Beispiel, aber nicht nach Diktat seiner journalistischen Mutter) einen offenen Brief an die ›Süddeutsche Zeitung‹. Er wurde sogar abgedruckt und, sagte er mir eben, brachte ihm sein erstes Honorar ein.

Die politische Haltung übernahmen die Kinder von mir, aber nicht, weil ich sie bewußt beeinflußte, sondern weil wir sehr ähnlich sind im Charakter. So traf uns, viel später, alle drei die Fehlentwicklung des Sozialismus als persönliches Unglück. Als die russischen Panzer 1968 in Prag einrollten, rief mich Christoph aus Köln an. Wir weinten beide.
In späteren Jahren startete Stephan eine Aktion gegen Todesurteile über Schwarze in Südafrika: eine Kette von Protesttelegrammen, die über den damals schier allmächtigen Franz Josef Strauß geleitet wurde. Christoph war einige Zeit Bewährungshelfer für Strafgefangene. Ich selber las in Gefängnissen und hatte (und habe) »meine« Sträflinge.
Aber: Zurück in die frühen fünfziger Jahre.
Christophs Verhalten war anderer, stillerer Art als das Stephans, aber ebenfalls wirksam. Als er, der zuerst im Realgymnasium war, nach dem zweiten Jahr ins humanistische überwechselte, schrieb mir seine Klassenlehrerin ihr Bedauern, denn sie schätzte Christoph sehr, nicht nur seiner Intelligenz, sondern seines Charakters wegen. Das moralische Niveau seiner Klasse habe sich unter seinem Einfluß merklich gehoben. Wir erinnern uns heute nicht mehr, was er denn so Besonderes getan hatte. Aber verstehen kann ich es schon, denn er hatte etwas Frühreif-Nobles, leicht Autoritäres, das ihm angeboren war und Distanz schuf, und das später von mehr als einem der Mädchen, die ihn verführen wollten, zornig kommentiert wurde: »Man kommt nicht ran an ihn.« Er war nicht »charmant«, sondern die Lauterkeit in Person. Das war es auch, was seinen Wunsch, Priester zu werden, so glaubhaft machte, besonders da die Unberührbarkeit verbunden war mit einer Ausstrahlung, die Vertrauen erweckte, so daß schon dem Fünfzehnjährigen erotische Geheimnisse (auch die eines seiner Lehrer) anvertraut wurden, ihm, der selber noch keine hatte.
Nun: er wurde zwar Theologe, er studierte in Rom an der päpstlichen Universität, wurde aber kein Priester, und das

ist gut so. Und Stephan, der Gerechtigkeitsfanatiker, wurde kein Jurist, sondern Theater- und Fernsehregisseur, arbeitet aber für seine Gewerkschaft Bühne und ist politisch engagiert. Er handelte sich von je politische Aversionen ein, die ihn beruflich schädigten. »Ich verkaufe mich nicht«, das sagte er oft. Ich frage mich heute, wie weit meine eigene politische Haltung und jene Sonntagsgespräche meine Kinder geprägt haben. Sicher waren sie sozusagen von Natur aus sozial: das Erbe meiner Mutter und meiner schwäbischen Großmutter. Meine Kinder teilten und schenkten in aller Selbstverständlichkeit. Ein Gestreite um Besitz (»Das ist mein Apfel! Das Buch gehört mir!«) habe ich nie erlebt. Freilich gab es Probleme: das uralte Problem der Brüder, von denen der eine das unverdiente Privileg hatte, eben der Erstgeborene, der Ältere zu sein, während der Zweitgeborene sich als unterprivilegiert fühlte, auch wenn es faktisch nicht stimmte. Als sie zum erstenmal nach unserem Umzug vom »Waldhaus« nach München einen Zirkus sahen, sagten sie bedauernd: »Die armen Kinder in Kirchanschöring, die kennen keinen Zirkus.« Noch frühere Erinnerung: Unter unseren Gästen war die Rede von Tschiang Kai-schek. Christoph fragte: »Wer ist das?« Ich sagte so nebenbei: »Der Führer der Chinesen.« Christophs Reaktion: »Führer! Wenn ich das schon höre.« Für ihn war »Führer« das Synonym für jede Diktatur. Jene Hitlers hatte er ja erlebt, als ich im Gefängnis war.

Ich will nicht den Eindruck erwecken, als seien meine Kinder Musterkinder gewesen. Ich war ja auch keine Mustermutter. Gott sei Dank waren meine Kinder eben Kinder. Normale Lausejungen, Christoph zwar einer von den ruhigen, die ihr Bravsein gelegentlich ausgleichen mit Zornanfällen, Schreien und Türenzuschlagen, während Stephan mir vor allem Sachprobleme schuf, zeitbedingte. Es waren ja die Jahre nach dem Krieg, und Kleidung und Seife und Waschmittel gab es nur auf Marken. Und mein Stephan

kam jeden Abend schwarzverdreckt heim. Er und die anderen Borstei-Kinder spielten auf den alten Kohlenhalden beim Gaswerk, die sich so wunderbar eigneten zum Besteigen und Abrutschen. Daß bei diesen und anderen wilden Spielen die Hosen Löcher bekamen, und daß die kohleverdreckten Kleider vom täglichen Waschen immer dünner wurden und neue kaum zu kaufen waren, das gehörte zu den Leiden der Borstei-Mütter meiner Generation. Aber schöne Spielplätze gab es da! Wo spielen heute die Borstei-Kinder? Sie gehen in den Kindergarten, der jetzt genau in jenem Haus untergebracht ist, in dem wir damals wohnten, und sie gehen gesittet im Olympiapark spazieren mit zwei Kindergärtnerinnen, in den künstlichen Seen dürfen sie nicht baden, denn die sind verschmutzt. Die Größeren fahren mit teuren Vielgang-Fahrrädern auf den Fußwegen, und die Mütter, ob berufstätig oder nicht, wissen sie wohlbewacht. Hätte es doch damals einen Kindergarten gegeben! – Was klage ich: es gibt auch heute viel zu wenige, und das Problem ist akuter denn je, heute, wo so viel mehr Mütter berufstätig sind, gezwungenermaßen, und die Kinder so viel mehr Gefahren ausgesetzt sind.
Nun, wir haben jene Zeit durchlebt ohne Schaden, mit viel Gewinn sogar. Und vielleicht war die Unordnung von damals viel kindgemäßer als die Ordnung von heute, die eine neue, so viel gefährlichere Unordnung provoziert.
Zwar hatten meine Kinder keine Spielsachen, nur eine alte kleine Eisenbahn, Erbe ihres Vaters und ihres Onkels; eine elektrische Eisenbahn bekamen sie erst als halb Erwachsene. Aber sie brauchten keine Spielsachen, sie hatten ihre Phantasie: ein alter Küchentisch war, je nach Bedarf, ein Schiff, ein Lastauto, ein Flugzeug, ein Haus, eine Kasperltheaterbühne, eine Welt, bevölkert von Teddybären und jenen vielen anderen Stofftieren, die ich, immer als Pärchen, von meinen Lesereisen mitbrachte. Sie führen heute noch ihr Leben teils eingemottet in einem Schrank in

München, teils bei den Söhnen selbst, und »Großer Bär«, der etwas schäbig gewordene Urvater der Sippe, lebt bei mir in einem Eckschrank, der immer einen Spalt weit offen bleibt, damit er und seine Gefährten Luft haben. Ich war eine verspielte Mutter (die als Kind zu wenig hatte spielen dürfen), aber auch bisweilen eine strenge. Es gab Zeiten, in denen es nicht ratsam war, mich zu reizen. »Wenn du grüne Augen bekommen hast, war es besser, still wegzugehen.« Die grünen Augen statt der grauen, das war das Sturmzeichen. Ich muß gestehen, daß Stephan die letzte (eine der wenigen) Ohrfeigen bekam, als er fünfzehn war. Er war einen Meter achtzig groß, und ich reichte nicht bis zu seiner Höhe. Seiner Frechheit (er war wirklich ungeheuer frech damals) setzte er die Krone auf, indem er seelenruhig sagte: »Das nächste Mal stellst du dich besser auf einen Schemel.« Es blieb das letzte Mal. Ich hatte begriffen, warum er so aggressiv war: es war die Eifersucht auf Carl Orff, den Stiefvater, und damit untrennbar gemischt die Wut darüber, im ungeliebten Internat sein zu müssen. Christoph nahm das gelassener hin.

Aus den frühen fünfziger Jahren blieben mir schöne Erinnerungen, heitere, so jene vom Maroniverkaufen. Es war Winter, ich war mit den Kindern in der Stadt, und wir hörten in der Neuhauser Straße die schon heiseren Rufe einer alten Frau: »Heiße Maroni, kauft heiße Maroni!« Niemand kaufte. »Die arme Frau«, sagten wir, und schon begannen wir zu dritt zu schreien: »Heiße Maroni ...« Die Leute blieben stehen, sie lachten, und sie kauften. Wie konnten wir ahnen, daß wir einige Jahrzehnte später vier Kastanienbäume im eigenen Garten haben und selber unsere Maroni rösten würden.

Wir machten auch Ungehöriges: einmal zeichneten wir Bilder auf einen parkenden, schneeverkrusteten Autobus, bis der Fahrer wütend heraussprang und mich beschimpfte und unser heiteres Lachen als Unverschämtheit nahm. »Sie alte

Kuh, Sie«, schrie er mich an. »Schämen Sie sich nicht?« Ich schämte mich nicht.

Aus jener Zeit, von 1951, gibt es ein Photo von uns dreien. Ich sitze am Klavier, Stephan spielt Blockflöte, Christoph schlägt aufs Xylophon – ahnungslos, ein »Orff-Instrument« zu spielen, ein primitives. Orff war ja noch nicht in unser friedliches Gehege eingebrochen.

Als er dann, 1952, auftauchte, hätte er sich wohl der Kinder musikalisch annehmen können, da doch das ›Schulwerk‹, die neue musikalische Erziehung von Kindern, seine eigene Domäne war. Aber einmal hörte er denn doch, wie gut Stephan auf seiner Blockflöte blies, und da fand er, wir sollten ihm eine Querflöte kaufen und ihm einen Lehrer suchen. Dieser Lehrer war der beste, den wir finden konnten: der Flötist Karl Bobzien. Die erste Stunde begann damit, daß Bobzien Stephan zeigte, wie man die Flöte an die Lippe hält. Stephan setzte die Flöte an und blies einige Töne, rein und richtig. Bobzien sagte pikiert: »Warum haben Sie mir nicht gesagt, daß der Bub schon Unterricht hatte?« Wir konnten schwören, daß er die Flöte tags zuvor bekommen und noch nie gespielt hatte, nicht diese und keine andere. Bobzien ließ ihn weiterspielen. Dann sagte er: »Aus dem Buben mach ich einen Solisten.« Leider brach der Unterricht ab, als Stephan ins Internat kam. Da war niemand, der ihn förderte. Er übte auf eigene Faust weiter. Freilich blieb er, bei allem Talent, ein Dilettant, so wie Christoph einer blieb, obwohl er weiter Klavierstunden hatte, aber unzulängliche. Schade, denn beide sind sehr musikalisch: Familienerbe. Mein Großvater sang schön und hatte mit seinen drei Söhnen ein Gesangsquartett gegründet. Mein Vater sang ebenfalls gut und war Organist. Mein erster Mann war Schüler von Paul Hindemith und Opernkapellmeister, zuerst in Braunschweig, zuletzt in Rostock, bis zu seiner Einberufung zum Militär. Ich hatte Geigenunterricht gehabt beim Konzertmeister der Münchener Staatsoper und »es zu nichts gebracht«. Aber wir hatten uns doch ein betrachtliches Musikverständnis erworben. Ich nahm die Kinder früh in Konzerte mit. Meinen Tagebüchlein zufolge hörten sie als Zehn- und Elfjährige Bartók, Debussy, einen frühen Henze, Hindemith, Blacher, Britten...

Ich lese eben im Kalenderchen 1952: Das erste Konzert mit Christoph, Dirigent Markewitsch: Milhaud, Prokofjew, Ravel, Strawinsky. Im Lauf der Jahre hörten sie, so oft sie in München waren, die Konzerte der Reihe »Musica viva«.

Das allererste große Opernerlebnis war nicht etwa die »Puppenfee« oder derlei für Kinder Passendes, sondern ›Die Zauberflöte‹. Die Kinder waren hingerissen, und ich erlebte die Dutzende Male gehörte Oper mit den Augen und Ohren meiner Elf- und Zwölfjährigen, und jetzt sah ich sie zum erstenmal nicht als hohes esoterisch-freimaurerisches Spiel, dessen Bühne der Kosmos ist, sondern wirklich als »Zauber-Spiel« voller vorder- und hintergründiger Sinnlichkeit. Die Inszenierung war prächtig. Von späteren stilistischen Kargheiten war damals, in karger Zeit, keine Rede. Man hatte Lust am schönen Reichtum. Zu meinem Erstaunen aber sprachen die Kinder danach fast nur von der »schönen Musik«. Was ihren Augen geboten wurde, war Zutat.

Die künstlerischen Urteile meiner Kinder haben mich oft betroffen gemacht. Eines Tages schickte mich die ›Neue Zeitung‹ in eine Ausstellung »Moderne Kunst«. Dieses klotzige graue »Haus der Kunst« an der Prinzregentenstraße, 1937 eröffnet, weckte böse Erinnerungen. Im selben Jahr, wenn auch an anderem Ort, hatte die Ausstellung »Entartete Kunst« stattgefunden. Bilder, die der erfolglose Wiener Bildermaler Hitler für undeutsch erklärte, also für schlecht. Die konnte das deutsche Volk sehen und konnte sich befehlsgemäß entsetzen. »Für diese Sudelei hat das arbeitende deutsche Volk Millionen bezahlt.« So stand es auf den rosa Zetteln, die zwischen die Bilder geklebt waren. Gute Propa-

ganda. Bei Geldfragen ist das Volk am leichtesten in Wut zu bringen. Daß es Inflationsgeld war, wertloses Papier, stand da nicht, und daß es nicht das Volk war, das diese Bilder gekauft hatte, sondern reiche Auftraggeber und staatliche Museen der »Systemzeit«, das stand auch nicht da. Und es stand nicht da, daß etwas später der kunstverständige, clevere Minister, der spätere Feldmarschall Göring die Bilder ins Ausland verkaufte, wo man sie dann in den größten, besten Museen hängen sehen konnte, falls man dorthin reisen durfte. Und was für »Sudeleien« (»Schande für Deutschland«) hingen in der Münchener Ausstellung? Schmidt-Rottluff, Corinth (dessen berühmtes Walchenseebild wir vor einigen Jahren auf deutschen Briefmarken sahen), Nolde, der »Zigeuner-Mueller«, Otto Dix, dessen Holzschnitte und Grafiken von Kriegsinvaliden und Gasmasken natürlich nicht ins Bild vom friedlich-sauberen Deutschen Reich paßten (ungeachtet der schon voll laufenden Rüstungsindustrie und der »Wehr-Erziehung« der Jugend...).
Als ich die schönen (biblischen, figürlichen) Nolde-Bilder dort sah, brach ich in Tränen aus. Mein Verlobter, Horst-Günther, zog mich rasch hinaus, als der Aufseher, ein Nazispitzel natürlich, sich auffällig-unauffällig mir näherte. Der Brief, den ich damals an Nolde schrieb (wie unvorsichtig von mir!), ist abgedruckt in einem seiner Kataloge. Meine Zivilcourage war oft hart an der Grenze der Tollkühnheit. Es ging ja auch nicht immer gut aus, wie sich 1944 zeigte, als man mich verhaftete.
1952, in relativ friedlicher Zeit, nahm ich meine Kinder mit ins »Haus der Kunst«. »Wenn's euch langweilt, geht in den Englischen Garten.« Sie wollten nicht in den Englischen Garten, sie blieben im Museum. Ich verlor sie aus den Augen. Später fand ich sie wieder und sah von weitem verwundert, daß sie sehr lange vor einem Bild stehenblieben und offenbar diskutierten. Was für ein Bild war

das? Keines der freundlichen, naturalistischen, auch nicht etwa eines von Franz Marcs Tierbildern. Es war eines der am wenigsten gegenständlichen Bilder, ein wirklich »modernes« von dem Pariser Maler Hans Hartung. »Abstrakt.«
»Was ist denn das?« fragte ich sie provozierend. Sie schauten mich leicht empört an: »Das siehst du doch.« Sie hatten recht: Ich sah, was ich sah: Striche und Kreise, die sich so oder so zueinander verhielten; das war es, was man sehen sollte.
Einige Wochen später nahm ich sie und ihren Freund Wolfgang mit in eine Ausstellung »Picasso-Graphik« im »Amerika-Haus«. An einer Wand die Reihe des flötespielenden Pan-Knaben, an der anderen die Reihe der Frau mit den weiten Ärmeln.
Das war nun der gegebene Anlaß, über moderne Kunst zu reden. Ich ließ die Kinder schauen und denken. Das war doch seltsam, daß auf dem ersten der sechs Bilder der Knabe noch »richtig« gezeichnet war, daß aber dann immer mehr Linien weggelassen wurden, bis beim letzten Bild nur mehr eine Andeutung des Figürlichen zu sehen, der Knabe aber immer noch als Pan-Knabe erkennbar war. Das also ist Kunst: weg-lassen. Die Kinder begriffen rasch, was sie selbst sahen.
Schwieriger war es mit der Reihe der Frauenbildnisse: der Frau mit den weiten Ärmeln, deren Gesicht im Profil gezeichnet war, die beiden Augen aber frontal auf den Beschauer gerichtet. Ich provozierte: »Das ist doch falsch. So ein Gesicht gibt es doch nicht.« Stephan blieb nachdenklich stehen. »Picasso kann doch zeichnen, und wenn er ein Gesicht so zeichnet wie dieses da, dann sieht er es eben so, und vielleicht stimmt mit der Frau innen was nicht.« Wenn dieser Satz auch nicht den künstlerischen Kern traf, so zeigte er doch, wie sich ein Kind an die moderne Kunst herantastete.

Hierher gehört ein Lob an die Adresse der »Amis«. Im Zeichen ihres Programms zur »Re-education« der unter Hitler künstlerisch verwahrlosten Deutschen schufen sie im »Amerika-Haus« ein Kunstzentrum mit einem Malstudio für Kinder. Da lagen auf dem Boden große Papierflächen, es gab Farben und Pinsel und Stifte, und die Kinder durften alles bemalen. Mein Stephan war begeistert.
Ich sprach davon, daß wir Musik und bildende Kunst gemeinsam erlebten. Wo bleibt eigentlich die Literatur? Ich weiß es nicht. Die Kinder lasen auf eigene Faust. Stephans Lieblingslektüre waren Gustav Schwabs ›Sagen des klassischen Altertums‹. Erzählte ich ihnen Märchen? Ich weiß es nicht. Ich weiß nur, daß wir selber eines dichteten, gemeinsam, an einem schulfreien Tag morgens länger im Bett liegend, in meinem Bett zu dritt. Da entstand das ›Märchen vom Mäusetöpfchen‹, das dann 1964 in dem Band ›Märchen deutscher Dichter der Gegenwart‹ gedruckt wurde.
Damals bekamen wir unser erstes Auto, einen gebrauchten Borgward. Christoph half mir anhand seines Stabil-Baukastens die Mechanik eines Autos zu begreifen. (»Was? Du weißt nicht, was ein Differential ist? Wie soll denn ein Auto eine Kurve nehmen können, wenn es kein Differential zum Ausgleich der Räder hätte?«) Ich bestand die theoretische Prüfung bestens, die praktische sowieso. Aus unseren Spaziergängen im Botanischen Garten, im Tierpark, im Isartal wurden immer weitere Fahrten. Sie weiteten sich bis Zürich, bis Luzern, bis Salzburg. Woher ich die Zeit dafür nahm, weiß ich nicht. Ich nahm sie mir eben.
Rückschauend erscheinen mir jene Jahre, die den Kindern und mir gehörten, als glückliche Jahre. Zwar gab es viele Störungen durch »Wölfe« (Landshoff, Johannes R. Becher, den possessiven Polen, Kortner ...), aber ins Innerste unseres Geheges drang keiner ein. Ich frage mich, wie ich denn eigentlich meine vaterlosen Kinder erzogen habe. Ich habe sie gar nicht erzogen. Ich ließ sie an meiner Seite aufwach-

sen. Gab ich ihnen denn keine religiöse Erziehung? Waren wir nicht katholisch? Doch, natürlich. Aber es war meine agnostische Zeit. Ich wagte nicht, den Kindern von Gott, Himmel und Hölle zu reden. Sollten das die Religionslehrer tun. Aber betete ich nicht wenigstens mit ihnen? Doch: wir hatten ein Tischgebet, das behielten wir bei, weil ich nicht wollte, daß wir uns wie hungrige Tiere aufs Essen stürzten. Und das Abendgebet? Nun: Ich ließ keinen Tag vergehen, ohne daß ich mich zu ihnen ans Bett setzte und wir über den vergangenen Tag redeten. Eine Art Dankgebet, wenn alles gut verlaufen war, und eine Art Gewissenserforschung, und dann das große Verzeihenswort für das, was einer den anderen Ungutes angetan hatte. Auch ich bat um Verzeihung, denn wie sollte eine arbeitsüberladene Mutter nicht in der Eile ungerecht gewesen sein, parteiisch, zornig-nervös!

Aber der Abend brachte den Frieden und die große Umarmung. Das, meine ich, war so gut wie irgendein Gebet.

Wenn ich damals so agnostisch, so beinahe atheistisch war, wie ich meine gewesen zu sein: wie konnte ich dann den Roman ›Daniela‹ schreiben? Die Geschichte eines bürgerlichen Mädchens, das als Lehrerin in ein armes, kommunistisches Moordorf versetzt wurde, als Partner einen verzweifelten Pfarrer und einen versoffenen atheistischen Schulleiter hatte? Kein autobiographischer Roman, nein, gewiß nicht. Und doch: Ich war wirklich als sehr junge Lehrerin in so einem Ort, es war meine erste Stelle und meine erste intensive Schule der Armut. Unvorbereitet wurde ich buchstäblich ins Moor geschickt. Das ist keine Erfindung. Das Dorf hieß (und heißt heute noch) Nicklheim, es liegt im »Aiblinger Moos«. Damals ein Barackendorf, Torfstecher. Um 1900 Zwangsangesiedelte aus dem Osten. Familien mit sechs, acht, zehn Kindern. Im Winter arbeitslos. Und politisch natürlich kommunistisch auf radikale Art. Die Kinder verwahrlost. Die Schule ein Chaos. Mein Roman: die Schil-

derung dieser konkreten Zustände mit der gänzlich erfundenen Liebesgeschichte.
Wenn ich so uninteressiert war an Religion, warum dann jene Rede des Pfarrers am Grab des alten Säufers? Warum dann dieses Insistieren auf der »felix culpa«? Ich war immer »religiös«, und ich war immer »sozialistisch«. Beides. Untrennbar. Und weitab von Widersprüchlichkeit. War Religion nicht Liebe zum Menschen? Und war Sozialismus nicht tätige Sorge für den Menschen? Und war echter Humanismus nicht das Gefühl für die Würde des Menschen? Und war Sozialismus nicht ebenso wie Religion der politische Kampf um die Erhaltung oder Wiederherstellung der Würde des Menschen? Und gab es überhaupt einen einzelnen Menschen? Waren nicht alle Menschen zusammen *eins*? Meine ethisch-politische Richtung war früh ausgeprägt. Früh, und für immer, wenn auch entwicklungsfähig. Wie denn auch nicht, da es ja um Leben ging, also um Lebendig-sich-Wandelndes? Und ich bin, wie Erich Fromm es nannte, »biophil«: das Leben liebend, ins Leben verliebt. Lebens-fromm. Trotz allem.
In jenem Moordorf wurde ich geprägt zur Sozialistin, das heißt zu einer, die immer auf der Seite der Armen und Unterdrückten steht. Sehr seltsam, daß man mich in der DDR als bürgerliche Schriftstellerin verriß und daß auch radikale Linke der Bundesrepublik mich als bürgerlich-katholisch sahen. Falsch, ganz und gar falsch. Sie lasen meine Bücher nicht. Sie lasen weder ›Jan Lobel aus Warschau‹ und ›Tobias‹ (der Roman eines »Achtundsechzigers«, geschrieben 1966), noch lasen sie ›Der schwarze Esel‹, auch nicht mein Zigeunerbuch. Nichts lasen sie. Sie schwätzten nur nach, was ihnen ihre Literaturpäpste (auf beiden Seiten) vorsagten. Es war schwer, mir ein Etikett aufzukleben, das wirklich paßte. Wohin gehörte ich als Schriftstellerin, als Mensch?
Dieser Tage hatte ich den Besuch eines Freundes, Professor

für Zeitgeschichte in Cambridge in England. Er ist Jude, und er ist Amerikaner schon in dritter, mütterlicherseits vierter Generation, ursprünglich stammt er von litauischen Russen ab. Also bist du Amerikaner? Ja. Und nein. Wo ist ein Jude daheim? Nirgendwo. Und du, sagte er, du gabst deinem letzten Tagebuch den Titel ›Wir Heimatlosen‹. Wir! Wo bist du daheim?

Wir erinnerten uns an eine Stelle in meinem ersten Buch ›Die gläsernen Ringe‹. Da gibt mir der imaginierte Großvater (der »große Vater«) ein Amulett mit der Inschrift: »Wer diesen Stein trägt, kann nicht heimisch werden auf dieser Erde.« Habe ich nicht doch eine Heimat gefunden im fremden Land, in Italien? Meine Heimat: Sie ist an keinen Ort gebunden, sie ist in mir, vielmehr: sie ist mein Selbst.

Dieses Kapitel muß gelesen werden mit dem Blick auf jenes Notenblatt, von Orffs Hand für mich geschrieben, mit dem Text der ›Antigonae‹:

Zum Hasse nicht, zur Liebe bin ich.

Was immer ich über meinen Ehemann Carl Orff sage, darf nicht verstanden werden als späte Anklage, aber auch nicht als Versuch, ein idealisiertes Porträt zu malen. Ich schreibe ja nicht eine Biographie Orffs, sondern meine Autobiographie, also die Geschichte meiner Beziehung zu einem Menschen von großem Format, einem Genie, einem Mann, der von seinem Daimon gejagt und geschunden war und mich gewaltsam in sein Schicksal einsog, so daß für viele Jahre dieses sein Schicksal das meine war.

Es geht hier also nicht eigentlich um Orff, sondern darum, zu zeigen, wie ich versuchte, mein Leben an der Seite dieses genialen, zwiespältigen Menschen zu leben und mich gegen seine Übermacht zu behaupten, während er, der Partner, versuchte, mich zu der zu machen, die er brauchte, mich, die nicht halten konnte, was er sich von ihr versprach: Erlösung von seinen schwarzen Depressionen. Ich wiederhole: man lese dieses Kapitel mit dem Blick auf das ›Antigonae‹-Zitat. Ich bin ohne jede Bitterkeit.

Die Geschichte meiner Ehe mit Carl Orff begann mit einer Lüge und erstickte in einem Dornengestrüpp von Lügen.

Ich hatte bei einem Vortrag an der Münchener Universität Ursula von Mangold kennengelernt, die sich auf die Deutung der Handlinien vor allem bei kranken Kindern spezialisiert hatte. Sie war befreundet mit dem Verleger Fritz Werle, dem, oder dessen Frau vielmehr, der Verlag O. W. Barth gehörte, einer der ersten deutschen Verlage, die esoterische Literatur publizierten. Ich besitze noch eine frühe

Ausgabe des »I Ging« in der Übersetzung von Richard Wilhelm, sie stammt aus dem Barth-Verlag. Als Mädchen schon hatte ich mich für alles interessiert, was aus dem Fernen Osten stammt. Fritz Werle war zudem Astrologe. Er wiederum war befreundet mit Carl Orff. 1954 wurde er unser Trauzeuge neben meiner Freundin Ingeborg Hoffmann, der späteren Frau von Michael Ende; sie war Schauspielerin und eine ernstzunehmende Kartomantin. Eine recht seltsame Kombination von merkwürdigen Leuten, von »Hexenmeistern«. Kein gutes Vorzeichen für eine Ehe mit einem Mann, der den Hexen in seiner ›Bernauerin‹ eine wüste Szene einräumte und mich später in seinen Alpträumen als Hexe sah.

Fritz Werle lud mich für ein Wochenende ein in sein Landhaus in Habbach bei Murnau. Es war der 10. Mai 1952. Schicksalsdatum. Wir unterhielten uns angeregt. Da klingelte das Telefon. Ich hörte Fritz Werles Antworten: »Nein, ich bin nicht allein, ich habe Besuch, sag es ihm. Nun gut, wenn du durchaus willst, dann kommt eben, aber sag ihm, daß ich nicht allein bin.«

Zu mir: »Orffs Frau Gertrud. Sie will durchaus kommen, und er will auch, aber nur, wenn ich allein bin.«

»Wird er kommen?«

»So, wie ich Gertrud kenne, wird sie darauf bestehen zu kommen, sie haben Eheprobleme, aber er kommt nur, wenn niemand anderes hier ist. Sie sagt es ihm nicht, daß ich nicht allein bin.«

»Gut, dann gehe ich eben, ich kann ja ein andermal kommen.«

»Nein, nein, bleiben Sie nur. Dann lernen Sie Orff kennen.«

Ich hatte ihn schon einmal getroffen, vor Jahren, als mein Mann, mein Verlobter damals, Korrepetitor an der Münchener Oper war, 1938. In einer Probe von Orffs ›Mond‹ stellte mich Horst-Günther dem Komponisten vor. Eine flüchtige

Begegnung. Ein kleines Schicksalsspiel: hier hast du deine beiden Ehemänner beisammen, den, den du bald heiraten wirst und der 1943 im Krieg fallen wird, und den, den du am 10. Mai 1952 triffst und 1954 heiratest; du wirst sie beide überleben, der zweite stirbt 1982.

Fritz Werle hatte recht: Carl Orff kam. Als er sah, daß Besuch da war, stutzte er auf der Schwelle und wollte kehrtmachen. Gertrud hatte ihn belogen, das war klar. Ich begriff. Ich wollte gehen. Aber jetzt wollte er, daß ich blieb. Er blieb auch. Er hatte mich angeschaut. Später sagte er: »In diesem Augenblick wußte ich: die ist es.« Ich entsprach dem Bild, das er sich von der idealen Gefährtin machte: trotz meiner 41 Jahre sah ich wie ein Mädchen aus (sagte er), ich trug ein oberbayerisches Dirndlkleid (was seinem Oberbayern-Tick entsprach) und war sonnengebräunt und gesund und lustig. Wir kamen sofort ins Gespräch, ich weiß nicht, worüber, aber Orff sprühte vor Witz, Gertrud sah es voller Mißtrauen. Sie war witzlos von Natur, sie war wohlerzogen langweilig, warum hatte C. O. sie geheiratet? Ich erfuhr es später: Sie war seine Schülerin an der »Günther-Schule« in München gewesen, wo er die Idee für sein ›Schulwerk‹ entwickelt hatte. Sie war zwar nicht reich, besaß aber immerhin ein Haus in Gräfelfing und einiges Geld dazu. Er hatte aber eine brisante Liebschaft mit einer anderen, einer schönen Halbjapanerin und Halbitalienerin, einer Tänzerin, eine Liebschaft, die er ungeniert bis dicht vor der Hochzeit fortführte und erst später ganz abbrach. Gertrud, die er heiratete, wußte das und litt, nach C. O.s eigenen Worten, bis zum Wahnsinn. Warum heiratete sie ihn eigentlich? Er war ja noch nicht der berühmte Orff, und es war nicht abzusehen, was aus ihm würde. Zwar hatte er schon die ›Carmina Burana‹ geschrieben, auch ›Der Mond‹, aber das waren noch keine ganz großen Erfolge. Vielleicht hat sie ihn aus Liebe geheiratet. Vielleicht aber hatte er sie so verhext wie mich. Er bekam, was er wollte, man begann ein ganz harmloses

Spiel mit ihm und war schon rettungslos gefangen. Und wenn er hatte, was er wollte, behielt er es eine Weile, dann war er's leid, es langweilte ihn, er suchte das einst so Begehrte um jeden Preis loszuwerden, wirklich um jeden Preis, und wenn es durch Lügen war. Gertrud war eines seiner Opfer. Sie hatte ihm gegeben, was sie geben konnte, dann war sie ihm lästig.

Als ich die beiden damals in Habbach beisammen sah, merkte ich sofort: die sind kein Ehepaar, sie sind sich feindlich fremd.

Es war zumindest äußerst unhöflich von C. O., sich ausschließlich mit mir zu unterhalten. Aber er riß mich einfach hin. Er war ungemein geistreich, er war voller Charme, er war witzig, er war schon in mich verliebt, ich merkte es nicht, ich hatte nur mein helles Vergnügen an seinem Witz. Arme Gertrud: sie saß vergessen daneben, sie war nicht vorhanden. Sie war schon die Betrogene. Sie war das Opfer von C. O.s Rücksichtslosigkeit und seinen Lügen. Sie verdiente das nicht. Später arbeitete sie wieder mit ihm und für ihn am Salzburger Orff-Institut. Sie war sehr musikalisch, sie war grundanständig und sah gut aus. Aber was wußte ich von ihr? Nur das, was C. O. mir von ihr erzählte. Ich glaubte ihm alles. Er spielte vor mir das lächerlich-böse Spiel des gänzlich unverstandenen Mannes, den eine kleinbürgerliche Frau seines Genies beraubte und an den Rand des Selbstmords trieb. Gelogen, alles gelogen, damals, und so log er später über mich, um mich loszuwerden.

Später. Wir sind beim 10. Mai 1952. Was für ein heiterer, lustiger Abend. C. O. fand, der Name Luise passe nicht für mich, er wolle mir einen anderen geben: Lavendula. Wir trieben Wortspiele: Lavendel, Wendeltreppe, Lavendeltreppe, Wandeltreppe, Lebenswandeltreppe... So hieß ich bei ihm denn fortan Lavendula, und aus unserem Wortspiel von der Lebenswandeltreppe wurde eine harte Wirklichkeit.

Hätte ich nicht meine kleinen Kalenderchen, wüßte ich nur mehr ungenau, wie sich dieser Lebens-Wandel entwickelte. Aber da steht's genau. Ich machte ein Gedichtchen daraus:

Lavendula stieg, ohne was,
ohne zu ahnen, daß, während sie wandelte,
die Wendeltreppe sich wandelte
zur Wandeltreppe,
und da Lavendula besaß das,
was man einen Lebenswandel nennt,
wurde die Treppe kurzerhand ganz einfach jetzt
zur Lebenswandeltreppe.

Ein Scherz. Nur ein Scherz? Eine Prophezeiung. Lavendula wanderte noch ahnungslos weiter ihren gewohnten Weg.

Nach dem Habbacher Abend dachte ich kaum mehr als flüchtig an diesen C. O. Ich lebte mein Leben weiter (Notizen aus dem Kalenderchen):

11. Mai: mit den Kindern in ›Peter Pan‹-Aufführung im Brunnenhof der Residenz; 12.: Arbeit am Roman (›Daniela‹); 13.: meine Rundfunksendung über Schlumberger abgehört; von Baky bei mir wegen Filmstoff; Musica viva-Konzert: Bartók, Blacher, Britten; schön. 18.: mit den Kindern im »Haus der Kunst«, Kinder entzückt – abends Kammerspiele, »Herodes und Mariamne«, Kortner Regie... – Ein überfüllter Monat, trotzdem zweihundert Seiten Roman geschrieben.

8. Juni: Orff mich angerufen. Will kommen. 10.: Orff angerufen. Kommen verlegt. 16.: Orff wieder angerufen. Er hat Depressionen. 17.: Konzert mit Christoph. Dirigent Markewitsch: Ravel, Strawinsky, Milhaud, Prokofjew. Christel begeistert. Orff gesehen. 20.: Orffs Anruf. 24.: Mein Anruf, meine Einladung an C. O. und seine Frau, sie lädt aber mich ein. 28.: Ich bei den Orffs. Er mir ›Astuti‹-Skizze vorgelesen und aus ›Trionfi‹ vorgespielt, aber

sonst vorgejammert. Viel Sympathie. Gertrud elend und unglücklich. 29.: C. O. mich angerufen, das Buch (›Die gläsernen Ringe‹) sei so schön, daß ich mich nach der Rückkehr (aus Amsterdam) melden solle.
Am 30. Juni fuhr ich mit Alice von Eugen, der Mitbesitzerin des Querido-Verlags, nach Amsterdam. In Köln stand am Bahnsteig Fritz Landshoff, ein fast unkenntlich Verfremdeter: seine schöne graue Löwenmähne war pechschwarz gefärbt. Er wollte also jünger erscheinen. Warum, wozu? War da eine neue Frau im Spiel? Oder schien er sich zu alt für seine jüngere Ehefrau?
Ich war entsetzt. Das war ein Zeichen: dieses Kapitel war zu Ende gelebt, das neue konnte beginnen: in Amsterdam erwartete mich ein Brief von C. O. Das ging mir zu rasch. Ich wollte erst einmal meine Ruhe. Ich genoß Holland. Ich wanderte durch die Museen, ich sah Rembrandt, sah Caravaggio, Chagall, van Gogh, ich war mit Alice am Meer bei Noordwijk (wo ich viele Jahre später bei einem ökumenischen Treffen war und wieder zu anderer Zeit bei einem Schriftstellertreffen). Und ich dachte nicht an Orff. Bei der Rückfahrt war ich in Köln einen Tag mit Landshoff zusammen. Ich erinnere mich nicht mehr, was da war, nur daß er mir seltsam schien, über alles Maß zerstreut, abwesend. Daß das Kapitel Landshoff eine Fortsetzung haben würde, die Jahrzehnte dauerte, und daß eine schöne Freundschaft daraus werden würde, ahnte ich nicht.
Nach meiner Rückkehr nach München schien mein Leben einfach weiterzugehen. Es schien so, es war nicht so. Es kamen unruhige, verwirrende Zeiten. Fast täglich ein Anruf von C. O. Verabredungen zu Treffen. Einmal trafen wir uns am Starnberger Bahnhof in München, er brachte mir einen großen Strauß duftender Wicken: er hatte in einer meiner Geschichten gelesen, daß ich Wicken liebe. Das war das einzige Mal, daß er mir Blumen schenkte. Ein

Blumenstrauß in seinen Händen (er hatte die schönsten Hände, die ich je sah, sie wurden oft photographiert). Mich rührte der Anblick, damals.
Im Juli/August (den Monaten, in denen das mir übelwollende Sternzeichen des Löwen herrscht) sahen wir uns oft. In meinen Kalenderchen häufig die Bemerkung: depressiv. Kein Wunder: C. O. bedrängte mich mit seinen langen Anrufen, die nichts als Lamenti waren. Dazu meine viele Arbeit für die ›Neue Zeitung‹, ich mußte Geld verdienen, arbeitete aber gern: Rezensionen, Feuilletons. Und nebenher (»nebenher«!) die Arbeit am Roman ›Daniela‹. Dazu eine schreckliche Sommerhitze. Dazu Besucher. Dazu die Einladung zu den Orffs nach Gräfelfing (er spielte mir zum erstenmal aus ›Antigonae‹ vor, ich war hingerissen, und heute noch kann ich nicht ohne Tränen die Tenor-Arie des Haimon hören; ich habe sie im Gedächtnis: »Sieh, wie am Regenbache, der vorbeistürzt, die Bäume all ausweichen; all denen erwärmet ihr Gezweig; die aber gegenstreben, sind gleich hin...« Und dazu wie Regentropfen, Tränentropfen, die Harfentöne. Eine herzzerreißende Stelle.
Er hatte ›Antigonae‹ in der Hitlerzeit zu komponieren begonnen. In den achtziger Jahren stand im ›Spiegel‹, er habe das Stück im Auftrag des »Reichsjugendführers« Baldur von Schirach geschrieben. Der Schreiber des Aufsatzes nahm das als Beweis für Orffs Nazi-Nähe. Wie konnte sonst in jenen Jahren ein solcher Auftrag an ihn vergeben werden? Aber hatte er nicht auch andere Aufträge angenommen, so jenen, die Musik zu schreiben für die Berliner Olympischen Spiele 1936? Und jenen für die Oper ›Der Mond‹, 1939 in München uraufgeführt? Und jenen suspekten, eine neue Musik zu Shakespeares ›Sommernachtstraum‹ zu schreiben, weil, so fanden die Machthaber, die Mendelssohnsche Musik von einem jüdischen Komponisten stammte? War Orffs Musik je verboten gewesen un-

ter Hitler? Nie! Er hatte viele Aufführungen der ›Carmina Burana‹ in jenen Jahren.
Aber der ›Antigonae‹-Stoff, ein Auftrag aus Nazi-Hand? Absurd. Ein Widerstandsstück par excellence! Das Mädchen Antigonae widersteht dem Befehl des Tyrannen Kreon, ihren Bruder, einen Rebellen, einen Staatsfeind, unbegraben zu lassen. Auf Zuwiderhandlung stand der Tod.
Ein Nazi-Stück? Kannte Baldur von Schirach Stoff und Tendenz? Gewiß. Was wurde denn da gespielt? Drehte der Auftraggeber das Stück um? Sollte gezeigt werden, wohin der Aufstand gegen den Herrscher führt? Ein Stück der Warnung und Abschreckung? War es so gemeint? Möglich. C. O. schrieb das Stück. Premiere hatte es erst 1949 bei den Salzburger Festspielen, und ›Der Mond‹ und ›Die Kluge‹ standen nach dem Krieg ungestört auf den Bühnen, und kein Antifaschist nahm Anstoß an Vergangenem, auch nicht die englische Schallplattenfirma, die ›Mond‹ und ›Kluge‹ aufnahm. Hatten nicht zu allen Zeiten Künstler Aufträge von tyrannischen Fürsten oder Päpsten angenommen?
1946 begann Orff sein Stück ›Astutuli‹. Ich erlebte Entstehung und Premiere (1953 an den Münchner Kammerspielen). Ein Stück, in dem der Jahrmarktgaukler die Bürger betrügt durch haltlose Versprechen. Orff sagte, es sei ein satirisches Stück über die Verführbarkeit der Leute. So, rückschauend, machte er sich bitter lustig über die Hitler-Mitläufer. Von der Bühne herunter schreit der Gaukler: »Scheißkerle ihr.« Bei der Premiere saßen in der ersten Reihe die Münchener Honoratioren. »Scheißkerle.« Und so meinte er es auch. Er verachtete nicht etwa nur die Mitläufer aller Art. War er nicht selber einer, gewissermaßen? Er war ein Menschenverächter überhaupt. Hat er denn so böse Erfahrungen gemacht? Nein, das nicht. Es war sein Schicksal.

Wenn ich sein reizendes Kinderphoto anschaue, wird er mir zu jenem Knaben Kai in Andersens Märchen von der Schneekönigin: dem Kind zerbricht der Spiegel, und nun sieht es sich und die Welt häßlich verzerrt! So sah C. O. die Welt im Zerrspiegel, und er sah sie bevölkert von Teufeln und Hexen. Daher auch seine Vorliebe für verbale Obszönitäten.

Ich habe Orffs Vergangenheit in den ersten vier Fassungen dieses Kapitels nicht erwähnt. Ich fragte mich, ob es nötig sei, daran zu rühren. Daß ich es schließlich doch tat, hat zwei Gründe. Der eine: Jeder Kenner Orffs würde mir vorwerfen, daß ich ein recht unvollständiges und geschöntes Bild von ihm gebe, und der ›Spiegel‹ könnte sich mit Recht über meine absichtliche oder tumbe »Blauäugigkeit« lustig machen. Der andere: Selbst wenn ich keine Biographie Orffs schreibe, sondern meine Autobiographie, so muß ich doch zeigen, wie ich an seiner Zwiespältigkeit litt. Wir sprachen nie über seine Vergangenheit, und er wußte nicht, wie ich darüber dachte. Daß er meine Geradlinigkeit, auch in politischer Hinsicht, schätzte, sagte er mir oft.

Ich verteidigte ihn gegen alle politischen Angriffe, indem ich seine Freundschaft mit dem Professor Kurt Huber, dem geistigen Anreger der Gruppe um die Geschwister Scholl, ins Feld führte. Hat er sich damit nicht gefährdet? Einmal, ja; da zog er sich dann, eine halbseitige Lähmung simulierend, in eine Klinik im Isartal zurück, wobei ein befreundeter Arzt mitspielte. Aber gegen jene Angriffe von seiten der Musikwissenschaftler und Rezensenten konnte ich ihn nicht verteidigen, die seine Musik geistfeindlich nannten, geeignet, den Hörer zu betäuben, elementar-chthonische Kräfte weckend, irrationalen Mächten auszuliefern, also faschistoide Züge verratend.

Daß man einen Satz Orffs, geschrieben 1942 zum Geburtstag Hitlers (zu dem alle namhaften »Kulturträger« einen Beitrag lieferten), nicht verstand, ist ein Wunder.

Orffs Beitrag lautete: »Ich glaube an den Führer wie an den Endsieg.« Orff, der arge Schalk. Er glaubte nicht das eine, nicht das andere. Was glaubte er jemals wirklich? Orff, der Listige, er verriet sich nie, darin dem listigen Bertolt Brecht ein Zwillingsbruder, der Orff dazu gewinnen wollte, für seine eigene Version des Antigone-Stoffes die Musik zu schreiben. Orff lehnte ab. Das war ihm zu eindeutig politisch.
Ich frage mich heute, warum ich Orff so heftig gegen alle Anwürfe verteidigt habe, noch lange nach der Scheidung und gegen mein besseres Wissen, sogar gegen das italienische Fernsehen, das aggressive Szenen mit besonders heftigen Stellen aus ›Carmina Burana‹ unterlegte. Warum also? War das nicht Aufgabe der aktuellen Ehefrau Orffs? Ach, wer hätte auf sie gehört. Hat sie sich je um derlei gekümmert?
Ich tat es. Weil es mir gegen den Strich geht, daß eine Meute politischer Kläffer einen Großen verfolgt. Und groß war er. Und einige seiner Werke sind so groß, daß der Schmutz, den man nach ihm wirft, ins Leere fällt oder als Bumerang zurückkehrt. Ich, politisch sonst so sensibel, rechne ihm nichts Politisches zur Schuld an. Freilich: übersehen oder überhören kann ich's nicht. Aber wenn jemand ihn angreift, verteidige ich ihn, so gut es geht. Fühle ich mich denn noch immer als Orffs Ex-Ehefrau? Über Scheidung und Tod hinaus? »Ihr beide«, sagte Orffs Anwältin nach der Scheidung, als sie sah, wie wir uns umarmten: »Ihr beide kommt doch nie auseinander.« Sonderbare Prophezeiung. Es blieb eine geheime Bindung. Bis kurz vor C. O.s Tod blieb sie. In seiner letzten Lebenszeit schrieb er mir aus der Klinik noch einen Brief, kaum leserlich, nach dem zweiten Schlaganfall. Ein bewegender Brief. Ein Brief der Versöhnung. Beim Lesen fiel mir etwas fast Vergessenes wieder ein: Als ich bei der Scheidung mein Ja-Wort geben sollte, schwieg ich, und die Pro-

zedur ging so rasch vor sich, daß niemand das fehlende Ja bemerkte. Es war nicht meine Absicht, zu protestieren, nur: in meiner Kehle blieb das Wort stecken. Ich frage mich, ob die Scheidung nicht juristisch ungültig war. Aber schließlich: ich unterschrieb das Dokument. Das fehlende Ja zählte nicht vor Gericht. Es zählte vor einer anderen Instanz. Bei der kirchlichen Trauung wäre es ein Grund für die Ungültigkeit. »Reservatio mentalis.«
»Ihr kommt nie auseinander.« Die letzte Umarmung auf den Stufen des Landgerichts II. Der 22. Dezember 1959. Ein kalter Tag. Ich rieche noch heute Orffs Pelzkragen.
Als ich C. O. wiedersah nach vielen Jahren am Flughafen in München, ging er an Krücken. Er stand vor einer Hüftoperation. Liselotte, seine vierte Frau, die mich gesehen hatte, lenkte ihn rasch ab und verschwand mit ihm. Ich sah ihn nie wieder. Wie sehr sie mich scheute, ja fürchtete, erlebte ich später, als sie schon Orffs Witwe war. Wenn sie mir zufällig begegnete, machte sie brüsk kehrt und lief weg. Was fürchtete sie denn? – Wollte ich eigentlich über sie schreiben? Nein, ja, nein, ja. Aber muß ich denn noch erklären, wer die Scheidung wollte? Ist nicht alles klar? C. O. heiratete sie ganz kurz nach der Scheidung. Eine jahrelang vorbereitete Sache. Gute Strategie. Karl Amadeus Hartmann, der Komponist, der mich schätzte, sagte schon 1958 zu mir: »Gib Obacht. Der Orff, der geht über Leichen.« Ich begriff das Wort später. Auch das des Dirigenten und Freundes Kurt Eichhorn, der mich in der Pause einer Aufführung im Prinzregenten-Theater in einer Ecke stehen sah, ganz verlassen, während Orff sich mit anderen unterhielt. Er sagte zu Orff, so erzählte er mir: »Wenn ich die L. R. zur Frau hätte, ich würde sie auf Händen tragen.« Was habe Orff darauf erwidert? Nichts.
Ich traute ihm, obgleich ich von verschiedenen Seiten vor ihm gewarnt wurde. Auch von seiner Tochter Godela: »Mein Vater lügt.« Der Dirigent Georg Solti sagte es laut

und öffentlich in der Oper: »Sie lügen.« Das erzählte mir Orff selbst. Wütend.
Richteten sich diese scharfen Anklagen gegen einen »gewöhnlichen« Mann, würde ich sie ganz gewiß nicht erwähnen. Aber Orff war ein Besonderer, er war genial, und er war ein von seiner wildwuchernden Phantasie Besessener. Er log, ohne zu wissen, daß er log. Er bildete sich dies oder jenes ein, und dann war es eben so. Oft waren seine Lügen einfach Scherze, lustige, aber so suggestiv vorgebracht, daß man ihm das Unglaubhafte glatt abnahm. Ich fiel häufig darauf herein, bis er diabolisch lachte.
Ein paar seiner Schelmenstreiche (ich berichte nach meinen Tagebüchern): Er war mit einem (norddeutschen) Freund im Gebirge. Weit oben sah er Ziegen. Der Norddeutsche fragte, ob das Gemsen seien. Nein, sagte C. O., das sind noch weit seltenere Tiere, sehr scheu, kein Mensch hat je eines in der Nähe gesehen, noch gefangen. Will man sie schießen, braucht man dazu eigens konstruierte Scheren-Zielgewehre... Er erzählte lange Märchen über diese Wundertiere. Der andere hörte höchst interessiert zu, bis er sah: Die Tiere haben ja Glöckchen am Hals...
Während der Bombenzeit sagte er, er wisse immer lange im voraus, wann Bomber kämen, er habe nämlich eine Katze, die das vorauswisse und das Haus verlasse. (Er hatte gar keine Katze.) Einige Zeit darauf riet man ihm, er solle sich doch eine Katze anschaffen. Alle seine Gräfelfinger Bekannten hatten sich mittlerweile Katzen angeschafft. Die aber meldeten keine Bomber...
C. O. las mir aus der Zeitung vor. Plötzlich rief er: Also, das geht zu weit. Man weiß ja, daß die »Kammerspiele« ein Defizit haben. Jetzt will man Besucher anlocken, aber stell dir vor, wie. Ja wie denn? Schöne Propaganda: Jeder Besucher soll in der Pause ein Paar Weißwürste kriegen und eine Halbe Bier. Ich wunderte mich, hielt es aber für

möglich, bis C. O. schallend lachte über seine eigene Lügengeschichte.
Er nützte seine Listigkeit auch geschäftlich aus. Einmal beschwerte sich sein Verleger Willy Strecker darüber, daß Band 5 des ›Schulwerks‹ zu umfangreich sei. Nach einer Weile schrieb Orff, er habe um ein Drittel gekürzt, dafür einen Anhang zum Band 4 gemacht. (Lüge beides. Er hatte keine Zeile herausgenommen.) Willy Strecker entsetzt: Aber du sollst nichts Wichtiges auslassen, nicht gewaltsam kürzen... Orff: Doch, ich schließe die Sache jetzt endgültig ab. Strecker: Nein, nein... So setzte Orff die Länge der beiden Bände schmerzlos durch, und Strecker freute sich über Orffs »Fügsamkeit«.
Heidegger wollte ein Gespräch mit Orff. Ich war nicht dabei, muß mich also auf Orffs Bericht verlassen. Heidegger begann hochphilosophisch. Orff war nicht willens, »gescheit daherzureden«. Er lenkte Heidegger ab, indem er ihm Witze erzählte. Alberne Witze. Ich kann mir die Szene vorstellen. Orff, dem Schauspieler, dem Sprach-Verführer, gelang es, Heidegger zu verhexen, so daß der sein Vorhaben und seinen hohen Anspruch vergaß. Danach schrieb er an Orff, er habe schon lange keinen so anregenden Abend erlebt.
Ein anderes Mal war ich es, die Heidegger täuschen mußte. Wir waren auf einer kleinen Reise. Orff hatte die Post mitgenommen. Ich erinnere mich genau an die Szene. Er hatte einen Haufen Briefe auf dem Bett ausgebreitet. Unter der Post war ein Brief Heideggers mit Fragen zu ›Antigonae‹. »Da, lies du das.« Er schob mir den Brief zu. Ich sagte: »Da schreibst du eben dies...« Und ich skizzierte ihm den Antwortbrief. »Schreib du ihm das«, sagte Orff. Und ich schrieb an Heidegger. Orff schrieb den Brief einfach ab. Heidegger hat nie erfahren, wer der Schreiber jenes Briefes war, der offenbar seinen Erwartungen genügte.

Einmal aber verging allen Zuhörern das Lachen. Es war nach der Stuttgarter Premiere des ›Oedipus‹. Wir saßen noch beisammen im Hotel am Bahnhof. Es war die Zeit dicht vor unserer Scheidung. Ich war offiziell seine Frau, aber er wohnte schon mit Liselotte in einem anderen Hotel. »Wir«, das waren außer C. O. und mir der Intendant Walter Erich Schäfer und dessen Frau und ein alter Bekannter Orffs, der General Speitel. Die Premiere war ein Erfolg, aber C. O. saß finster am Tisch. Er aß nicht und trank nicht. Ich machte, mit einem Stein im Magen und Tränen in der Kehle, Konversation. Der General machte mir Komplimente, der Intendant (der von der Scheidung wußte und mich gern hatte) schaute mich besorgt an. Plötzlich rief Orff: »Damals im Lazarett, nach meiner Verschüttung, bin ich mitten in der Nacht aufgestanden, in die Kirche gegangen, habe einen Glassarg aufgeschlagen und den Totenkopf herausgenommen und in meinem Bett versteckt.«

Wir wußten nichts zu sagen. War es eine seiner üblichen schwarzen Phantasiegeschichten? Werner Egk sagte mir einmal, er habe vor vielen Jahren auf Orffs Schreibtisch so einen Skalp gesehen. Aber was beweist das? Ich habe ihn übrigens nie gesehen. Doch auch das beweist nichts. Der Stuttgarter Abend verlief in gezwungenem Geplauder. Orff beteiligte sich nicht daran. Er war weit weg. Aber wer konnte wissen, ob er nicht nur eine vorher ausgedachte Szene spielte?

Er brachte es fertig, in London, im Park Lane Theatre, die ganze vornehme Gesellschaft von der Deutschen Botschaft und die vielen eingeladenen Engländer zu schockieren. Sie glaubten, einen Wahnsinnigen vor sich zu haben. Orff sollte etwas vorlesen, er wählte ›Astutuli‹. Aber, sagte ich, das versteht doch niemand. Er lachte: »Macht doch nichts. Und denk an die Negerin in Heidelberg.« Dort hatte er die ›Bernauerin‹ gelesen. Neben mir eine schwarze Sängerin

weinte. Nachher fragte ich sie, ob sie, die kein Deutsch sprach, denn Orffs Deutsch verstanden habe. Sie sagte: »Nothing and all.« So ein Zauberer war Orff. In London ging es etwas anders.
Ich bat ihn vorher, sich vernünftig zu benehmen. Er lachte.
Schon auf der pompösen Treppe wurde er ärgerlich. Ein Butler, mit dem Stock auf den Boden klopfend, meldete jeden Namen. Orff murmelte einiges Oberbayrische, was (Gott sei Dank) nur ich verstand. Aber der seiner Ansicht nach lächerliche Butler-Auftritt hatte den Teufel in ihm geweckt.
Ich saß neben einem hohen Diplomaten, einem sehr typischen Engländer. Der kleine Saal war voll. Disziplinierte Stille. Auf der Bühne ein Tisch mit Decke und Blumentopf. Ich ahnte, das würde nicht gutgehen.
Die Bühne blieb lange leer. Wo war Orff? Es war ihm zuzutrauen, daß er verschwunden war. Aber er kam. Er kam aus der Kulisse, ging langsam und sehr steif auf das Tischchen zu, nahm den Blumentopf, trug ihn in eine Ecke, kam wieder, noch steifer, und hob mit spitzen Fingern, als wär's ein ekliges Tier, das Tischtuch hoch und trug es, weit von sich haltend, in eine andere Ecke. Dann setzte er sich an das Tischchen. Stille. Weiterhin Stille. Orff saß einfach da und schaute ins Leere. Lange. Plötzlich warf er die Arme hoch und schrie: »A——stútuli!« Die Stimme des Ausrufers im Stück noch übertreibend. Der Diplomat neben mir griff erschrocken nach meinem Arm. Das Publikum zuckte zusammen, als hätte man eine Geißel über den Köpfen geschwungen. Orffs Kunstpause. Ich wußte, daß er sich diabolisch amüsierte. Er ließ den Hörern Zeit, sich zu fassen. Einige sagten mir später, sie seien aufgesprungen, um zu flüchten. Ein Wahnsinniger, ein Tobsüchtiger!
Die Lesung war ein sensationeller Erfolg, wie es alle seine Lesungen waren. Orff war der geborene Schauspieler und

ein Magier. Er liebte es, die Leute zu behexen und zu schockieren. Er las großartig. Er war sein bester Interpret.

Einmal, vor einer Rundfunk-Lesung, bei der er guter Laune war, sagte er: »Du, fünf vor halb acht schau ich dich an und mach eine kleine Pause.« Er las die ›Bernauerin‹. Ich war so ergriffen von seiner Lesung, daß ich vergaß, was er vorher gesagt hatte. Aber er machte plötzlich eine kleine Pause, schaute auf seine Armbanduhr, schaute mich an, lächelte, und las weiter. Es war genau fünf vor halb acht.

Er verzauberte die Hörer, er brachte sie (wie jene schwarze Sängerin) zum Weinen, aber er selber: war er weit entfernt von jedem Gefühl? Er war durch und durch Artist. Aber wie schreibt und komponiert einer Werke wie ›Antigonae‹ und ›Oedipus der Tyrann‹, ohne bis ins Aller-Innerste von der schwarzen Tragik des Stoffes ergriffen zu sein?

Er selber sagte von sich, er sei ein Gärtner, er lasse wachsen, was da wachsen wolle. Nun: jeder kreative Mensch kennt diese Mischung aus intellektuell literarischer Arbeit und dem, was man Inspiration nennt. Ich meine, bei Orff überwog die intellektuelle Arbeit. Er war zu gebildet, um naiv zu sein. Er war sehr intellektuell, das wohl. Sein Großvater war Mathematiker und stand in militärischem Rang und Auftrag. Er hat die erste genaue Landvermessung in Bayern gemacht. Die Orff-Straße in München ist nach diesem Großvater benannt. Orff dachte. Er dachte konstruktiv, aber er war auch ein Besessener. Er war dies und jenes, er war viele in einem, daher seine Zerrissenheit, seine Ungreifbarkeit, sein Lügen, seine Tarnungen, sein Versteckspiel, seine anfallsweise auftauchende Güte, seine Bösartigkeit, seine wahrhaft abgrundtiefe Schwermut, seine Weltangst, seine seltsame heidnische Frömmigkeit. Wäre es verwunderlich, wenn so einer klinisch verrückt würde?

Ich las in den Tagebüchern seines Großvaters, daß C. O. als Zwölfjähriger eine schwere Gehirnhaut-Entzündung hatte, lange daran litt und deshalb in der Schule fehlte, auch oft in der Folgezeit. Er brachte es schließlich auch nur bis zur Mittleren Reife. Und dieser Junge konnte, als sei er mit antiken Sprachen geboren, Latein und Griechisch und bekam in Tübingen den Ehrendoktor für die »Wiederbelebung klassischer Sprachen«, und er las nicht nur antike Literatur im Original, er fand Fehler in anerkannten Sophokles-Übersetzungen und dichtete in lateinischer Sprache. Das ist eine Geschichte, die bislang nur ich wußte: eines der Gedichte in den ›Catulli Carmina‹ ist von Orff, und niemand hat es gemerkt, außer, spät, dem Musikwissenschaftler Wilfried Stroh, der 1985 bei der Einweihung des Carl-Orff-Saales im Münchner Gasteig darüber sprach.
Überhaupt sein Zuhausesein in der Antike! Ich habe ihn zum erstenmal ganz verstanden, als wir 1957 in Griechenland waren. Wir waren in Mykene, es war ein trüber Herbsttag. C. O. stieg auf eine Mauerruine und stand da oben im Wind, grau gegen den grauen Himmel, und ungeheuer einsam, uns allen entrückt in eine andere Zeit, seine Zeit, Sophokles' Zeit. Als ich ihn so stehen sah, fürchtete und liebte ich ihn, und mich überfiel großes Mitleid: ich sah ihn als Verbannten, als antiken Griechen, der so gern ein heiterer Oberbayer sein wollte, ein echter Münchner, einer, der seine Kunst in bayrische Stoffe kleidete: ›Die Bernauerin‹ und ›Astutuli‹, und der sich in die deutsche Märchenwelt flüchtete: ›Der Mond‹ und ›Die Kluge‹, und fromme volkstümlich-bayrische Spiele dichtete und komponierte: das Weihnachtsspiel, das Osterspiel...
Sein Welterfolg sind die ›Carmina Burana‹, aber seine ganz großen Werke sind ›Antigonae‹ und ›Oedipus der Tyrann‹ und ›Prometheus‹. Als er ›Oedipus‹ schrieb, waren wir verheiratet. Ich habe das Werden des Werkes miter-

lebt, das heißt: ich habe miterlebt, wie enthusiastisch C. O. war, wenn ihm eine Stelle geglückt schien, und wie tief verzweifelt, wenn es »nicht weiterging«. Er spielte mir oft vor (er komponierte am Flügel), schaute mich dann an und sagte: »Gut, gell?« oder auch: »Du sagst nix. Stimmt da was nicht?« Er vertraute meinem musikalischen Instinkt und Kunstverstand.

Einmal spielte er dem Stuttgarter Dirigenten Ferdinand Leitner einen Chor aus ›Oedipus‹ vor. Als Leitner nichts sagte als »Mein Gott, ist der schwer«, schloß Orff sofort daraus, daß er Leitner nicht gefalle. Seine Reaktion: »Wozu etwas schreiben, das doch nie oder nur zwei-, dreimal aufgeführt wird? Wenn schon ›Antigonae‹ nicht gespielt wird...« Er schrieb weiter, mit großen Unterbrechungen.

Als ich eben diesen Satz geschrieben hatte (am 2. Oktober 1993), kam ein Telefonat aus Frankfurt: morgen, am 3. Oktober 1993, werden Orffs ›Trionfi‹ dort in der Oper aufgeführt. Das Haus ist bis zum letzten Platz ausverkauft. Ja, jetzt! denke ich mit Bitterkeit, als ginge es mich noch etwas an. Es geht mich an. Ich habe miterlebt, wieviel Mißerfolge Orff »damals« hatte: wie die ›Trionfi‹ bei der Uraufführung 1953 an der Mailänder Scala durchfielen, und das war die Schuld Karajans, der nicht nur dirigierte, sondern auch Regie führte, schlecht führte und mit zu wenig Proben, und dann ein Drittel einfach strich; es gab sogar Pfiffe aus dem versnobten Scala-Publikum. Freilich hatten die ›Trionfi‹ später Erfolg, aber der Mailänder Mißerfolg war ein harter Schlag.

Ich bemerke eben, daß ich immer nur von Orff rede. Schreibe ich denn doch seine Biographie? Ich schreibe meine Autobiographie. Und doch rede ich immer von ihm. Wie das? War ich denn »damals« nicht vorhanden? Offenbar nicht. Mein Leben war C. O.s Leben. Ich habe Hefte und Kalenderchen voller Notizen und Berichte über C. O., aber kaum je etwas über mich. Runde drei Jahre war ich nicht L. R., sondern Frau Orff mit Leib und Seele. In einem meiner Hefte, Dezember 1952, steht, C. O. sage immer wieder: »Was für eine Last legst du dir auf. Wann wirst du mich satt haben?« Er sagte aber auch: »Du bist das Fundament meines Lebens. Ohne dich hätte ich nichts mehr zu leben.« Als ob er nicht seine Musik hätte. Mir war nicht wohl bei solchen Sätzen. Ich schrieb damals dazu: »Ich möchte nicht, daß er so denkt, aber für den Übergang ist's vielleicht gut.« Für den Übergang: aus dem Zustand der Unsicherheit in den der ehelichen Sicherheit.

Ich sehe, wir sprachen Ende 1952 bereits von Ehe. Aber er war doch verheiratet. Wußte Gertrud, was er vorhatte? Er arbeitete zielbewußt an der Scheidung. Ich versuchte, mit Gertrud zu reden, damit die Trennung offen und friedlich geschähe. Einmal, laut Tagebuch, weinten wir beide, Gertrud und ich. Die Scheidung zog sich hinaus. Ich sage das so kühl hin, aber es war nicht so, als hätte mich Gertruds Leiden kaltgelassen und als drängte ich C. O. zur Scheidung. Gewiß nicht. Im Gegenteil. Er war es, der Ordnung bringen wollte in sein doch recht chaotisches Leben. Mir machte der Gedanke an die Heirat ein unbestimmtes Unbehagen. Wäre ich dem doch gefolgt. Aber C. O. insistierte. Für ihn gab es keine Bedenken. Seit er mich damals in Habbach gesehen hatte, stand es für ihn fest: »Die ist es.« Nämlich die, die ihn aus seinem Abgrund ziehen würde. Die seine Finsternis erhellen würde. Die Erlöserin. Ich konnte ihn nicht erlösen. Ich wurde vielmehr Teil seiner Finsternis. Einmal sagte ich scherzend und auch wieder ernsthaft: »Ich habe mich immer für Chemie interessiert. Ich weiß noch die Formel für Kohlenmonoxyd: CO. Deine Initialen, C. O.! Und das CO ist Gift. Man erstickt daran.« »Aber«, sagte er, »eigentlich bin ich im Taufregister als Karl mit K eingetragen.«

Ich habe Photos aus der Zeit, als er offiziell noch Karl mit K hieß, aber auf einem Photo von 1901 steht, von der Hand seiner Mutter, »Carl« schon mit C. Ein rührend zartes Kindergesicht. Auch die späteren Photos zeigen ein feines, schmales Gesicht. C. O. war ein sehr gutaussehender, großgewachsener Mann. Das Schönste an ihm: seine Hände. Aber wie lief er herum: schlecht angezogen, zu Hause in alten blauen Trainingshosen, ausgebeult über den Knien und dem Gesäß. Ich gab es bald auf, ihn wenigstens zu Cordhosen zu bringen. Wenn er einen Smoking tragen mußte, fluchte er; aber er stand ihm gut.

Auf ein Photo, das er mir »damals« schenkte, schrieb er: »Findest du das Mannsbild noch erträglich?« Unerträglich aber war sein Gesicht, wenn er bösartig wurde. Es gibt sehr späte Photos, auf denen er das Gesicht einer verbitterten alten Frau hat. Der römische Bildhauer Toni Fiedler hat (vor meiner Zeit) eine Porträtbüste Orffs gemacht: was für ein hartes, hochmütiges, sogar böses Gesicht. So hat man ihn sehen können. Ich sah nur die Hilflosigkeit und Einsamkeit. Wenn ich alle Photos von ihm nebeneinanderlege, sehe ich, wie die Bitterkeit in ihm wuchs und die Verzweiflung.

Schon rede ich wieder nur von ihm. Was für einen großen Raum ich ihm gewähre in dem, was doch nur meine Autobiographie sein soll!

Wie oft schrieb ich das Wort »damals«? Nun: ich muß doch wohl (was ich absichtlich vermeiden wollte) chronologisch berichten.

Was wissen seine Biographen von den Jahren 1952 bis 1960? Was schreiben sie?

1950–1954: Das Orff-Schulwerk erscheint in der Neufassung

1950–1960: Leiter der Meisterklasse für Komposition an der Hochschule für Musik in München

1953: Uraufführung des ›Trionfo di Afrodite‹

1954–1959: Verheiratet mit Luise Rinser
1956: »Pour le mérite«
1959: Uraufführung von ›Oedipus der Tyrann‹
1959: Dr. h. c. der Universität Tübingen
1960: Heirat mit Liselotte Schmitz

Das steht so, und alles stimmt. Aber was steht nicht da und nirgendwo? Die Geschichte unserer qualvollen Liebe. War es eine? Ja, doch, aber eine im Keim kranke. Als C. O. im November 1953 von Gräfelfing wegzog, brauchten wir in München eine Wohnung. Die meine war zu klein. Ich träumte diese neue Wohnung voraus: ein längliches Zimmer, rosa getüncht und an der Decke ein großer feuchter Fleck. Ein unerfreulicher Anblick. Ich nahm das als Zeichen der Warnung, aber ich schlug sie in den Wind.

Als wir das Haus Nr. 54 an der Mauerkircherstraße anschauten, sah ich die rosa Tünche und den feuchten Fleck. Wir nahmen die Wohnung. Es war (und ist) ein altes Haus, ein Hexenhaus, beschützt (oder bedroht) von hohen alten Bäumen, in denen damals Marder hausten. Es gehörte der Witwe des (vergessenen) Komponisten Walter Courvoisier; sie wohnte, als »Tante Hede«, im Dachgeschoß. Unsere Wohnung war schön: ein kleines Eßzimmer, ein sehr großes Arbeitszimmer für C. O. mit einer Terrasse, im ersten Stock unser Schlafzimmer und mein Arbeitszimmer. Die Küche im Souterrain, mit Speise-Aufzug ins Eßzimmer. Da wir inzwischen beschlossen hatten, ein Haus auf dem Land zu kaufen, richteten wir uns nur vorläufig ein. Die Kinder blieben mit dem Hausmädchen in der Borstei-Wohnung. Als wir alles zumindest in diese vorläufige Ordnung gebracht hatten, setzte sich C. O. an den noch ganz leeren Schreibtisch, auf den eben die Morgensonne fiel, und rief mich. »Jetzt endlich bin ich glücklich und in Frieden.«

Glück und Frieden dauerten nicht lang. Gerade damals begannen seine Alpträume.

Wir hatten am 6. März 1954 geheiratet, und zwar in Riederau am Ammersee. Ich hatte mich lange gesträubt gegen diese Ehe. Ich lebte damals so gut zusammen mit meinen Kindern. Sie gingen ins Maxgymnasium und machten mir keine besonderen Sorgen. In diesen Frieden war der Wolf eingebrochen. Nicht nur dies: er riß mich heraus, er riß mich in eine neue Wohnung, eine gänzlich neue Lage. Ich gab mein Ja-Wort auf seine immer dringlichere Frage nach der Heirat erst nach einer »Sitzung« mit meinen Kindern. Sie waren immerhin schon dreizehn und elf Jahre alt, und sie kannten C. O. (so nannten ihn auch sie), er war ja fast jeden zweiten Tag bei uns. Also, sagte ich zu den Kindern, der C. O., der will mich heiraten. Aber wenn ihr dagegen seid, dann sagt es, dann heirate ich nicht. Ich meine es ernst. Denkt nach!

Die Reaktion: Stephan, der Jüngere (der seinen Vater nicht mehr gekannt hatte), rief: »Au fein, dann krieg ich wieder einen Vater.« Und Christoph: »Ja, dann brauchst du nicht mehr so viel zu arbeiten.«

Irrtum beides: C. O. war kein Vater; allerdings mochte er Stephan gern und sagte oft: Der wird mal *der* Orff-Regisseur. Einmal sagte er sogar: Der wird mein Nachlaßverwalter. Schade, daß sich der Plan zerschlug: die Scheidung schnitt auch diese Verbindung ab. Das war dann nicht mehr Orffs Schuld.

Er schrieb nach der Scheidung in einem Brief an Stephan, sein Haus stehe ihm weiter offen, und die Beziehung bestehe weiter. Stephan schrieb zurück: »Nach der Art, wie Du meine Mutter behandelt und aus dem Haus getrieben hast, kannst Du nicht erwarten ...«

Mit diesem Brief (so erzählte unsere Köchin Mariele) sei Orff einen Tag lang in Stephans verlassenem Zimmer gesessen. Wieder eine zerstörte Hoffnung. Sehr seltsames Zeichen: Ich hatte vergessen, Stephans Tischlampe mitzunehmen, und bat später darum; C. O. weigerte sich (über die Anwältin) ausdrücklich, diese Lampe herzugeben. Lächerlich? O nein. Diese Lampe war ein Licht, ein Zeichen herber Liebe zu dem musikalischen Jungen, der als Zehnjähriger zum erstenmal (unvorbereitet) ›Antigonae‹ in München sah, auf der vorhanglos offenen Bühne mit dem nach hinten abfallenden Boden, und sagte: »Da kann man gleich sehen, das ist eine Tragödie, da ins Schwarze muß alles hinunter.«

Das Karma ist immer konsequent: als man an der Münchner Staatsoper, an der Stephan Regieassistent war, ihm die Regie für die ›Carmina Burana‹ in Ankara anbot, zerschlug sich das Vorhaben.

Stephan und sein Stiefvater Orff sahen sich im Lauf der Jahre nach der Scheidung einige Male an der Oper. Unerfreuliche Begegnungen.

Der andere Irrtum, von Christoph geträumt, ich bräuchte als Frau Orff weniger zu arbeiten – ach, ich mußte noch mehr arbeiten. Wir hatten kein Geld, um ein Haus zu kaufen oder zu bauen. Aber wir wollten eines. Wenigstens Orff. Wenigstens damals. Nun begann die Haussuche nach der Liste eines Maklers und nach Vorschlägen von Bekannten. Viele Wochen verbrachten wir mit dieser Suche. Wir sahen viele Häuser, hübsche, teure, billige, seltsame. Eines gefiel uns, eine große, sonderbar billige Villa am Starnberger See. Warum so billig? Es fand sich kein Käufer: kurz vorher waren darin zwei Morde geschehen. Das vorletzte Angebot war die berühmte Bernheimer-Villa bei Tutzing, in einem großen Park mit alten Bäumen ein schönes, aber etwas heruntergekommenes Haus: die Villa war von den Nazis enteignet worden, nach dem Krieg wohnten sogenannte »Displaced Persons« darin: Leute aus dem Balkan. Man hätte sehr viel Geld in die Reparatur stecken müssen. Immerhin: es war billig. Aber C. O. mochte es nicht, er mochte die Geschichte dieses Hauses nicht. Allmählich war ich es leid, immerzu herumzufahren (ich fuhr: C. O. hatte nie Autofahren gelernt). Ich bekam den Eindruck, C. O. wollte gar kein Haus. Er wollte gar keine Bindung an ein Stück dieser Erde. Er wollte keine Bleibe. Und doch sehnte er sich verzweifelt nach Geborgenheit.

Schließlich empfahl uns Orffs Schwager Alwin Seifert, der Gartenarchitekt, ein Haus in Dießen-St. Georgen. Es wäre, so wie es war, mein Traumhaus gewesen: einstöckig, mit hohem Giebeldach, die Ecken geschrägt, so daß alle Zimmer wie Erkerzimmer wirkten, ungemein gemütlich; dazu 30000 Quadratmeter Land, leicht abfallend, im Westen ein Wäldchen, vor dem Haus zwei große alte Bäume, ein Nußbaum und eine Blutbuche. Und vom Haus der Blick über den Ammersee bis hinüber nach Andechs und südlich über das Murnauer Moor hin zum Gebirge. Zum Haupthaus gehörte ein anderes, kleineres. Wir kauften das Grundstück am 29. November 1954.

Und das Ganze war erschwinglich. Theoretisch. Praktisch stürzten wir uns Hals über Kopf in Schulden. Als sie abgezahlt waren, drängte mich das neue Paar hinaus. Buchstäblich.

Woher kam das Geld? Als wir heirateten, war auf Orffs Bankkonto rein gar nichts. Gertrud hatte vor der Scheidung alles abgehoben. Ich selbst hatte einiges Ersparte, meine Mutter half, ich (töricht wie ich war) verkaufte meine Lebensversicherung, die also in dieses Haus eingebaut ist, und dazu kamen die Kredite: mein Verleger gab einigen Vorschuß, die »GEMA« gab Vorschüsse, und Orffs Musikverleger, Willy Strecker, erwies sich als großzügiger Helfer, denn er wollte, daß sein Autor endlich in Ruhe arbeiten sollte; darum war er auch so sehr für die Ehe mit mir. Lieber blinder Freund Willy, wie hast du dich getäuscht. Aber dein Autor schrieb trotzdem viel in diesem Haus. Dein Einsatz lohnte sich. Doch das Haus samt Nebenhaus wurde beim Ausbauen immer teurer, und es gab eine Zeit, da konnten wir die Arbeiter nicht bezahlen. Damals hatte ich einen Einfall, der mich zur fast erpresserischen Bittstellerin demütigte, wenngleich ich kühn fordernd auftrat. Die Bank (die auch die meine war) hatte Orff zu seinem 60. Geburtstag einen großen Korb mit Wein und Leckerbissen geschickt. Ich dachte: Wenn die schon Orff ehren, halten sie was von ihm, also geben sie ihm auch Kredit. Dachte ich. Aber man sagte mir, es sei zur Zeit absolute Kreditsperre. So, sagte ich, und vor einigen Wochen haben Sie meinen Mann noch ausdrücklich geehrt, also für kreditwürdig erklärt... Es gab eine lange Besprechung in einem Direktorenzimmer. Ohne mich. Aber der Kredit wurde gewährt. Inmitten der Kreditsperre. Wir bauten weiter. Orff schämte sich für mich. So was tut man nicht... Als ob es mir leichtgefallen wäre, so hartnäckig zu betteln.

Wir hatten viel Ärger beim Bau, denn Alwin Seifert war zwar ein guter Gartenarchitekt, aber für Häuser hatte er wenig Phantasie, und er war sehr eigenwillig. Auch wurde uns nachts viel Material gestohlen, so daß ich schließlich in den Ferien mit den Kindern im Nebenhaus wohnte, um anwesend zu sein. Als ich Jahrzehnte später in Italien mein eigenes Haus baute, hatte ich kaum je Ärger. Da war ich übrigens mein eigener Architekt. Das Dießener Haus war nie »mein Haus«. Der einzige Ort, an dem ich mich »daheim« fühlte, war mein Arbeitszimmer im ersten Stock mit dem Blick auf die beiden alten Bäume gegen Süden und im Osten auf den See und das Kloster Andechs. »Da drüben will ich mal begraben werden«, sagte C. O. 1954.

Als ich das Haus 1960 verlassen mußte, nahm ich nichts mit als das, was ich aus München hergebracht hatte: meine Couch (jene, auf die C. O. sich 1952 und 1953 geworfen hatte, wenn er in die Borstei-Wohnung kam, um sich bei mir auszuweinen, mit dem Gesicht zur Wand, nervös zitternd), ferner ein Tischchen, natürlich meine Bücher, und den Schreibtisch, an dem mein erster Mann in Braunschweig die Klavierauszüge für seinen Lehrer Paul Hindemith schrieb und (er, der Protestant) jene Messe »zu Ehren der seligen Jungfrau Maria«, deren letzten Taktstrich er zog in der Stunde, in der unser Kind Christoph geboren wurde. An diesem Tisch hatte ich, schon in München, ›Jan Lobel aus Warschau‹ geschrieben, ›Daniela‹, ›Abenteuer der Tugend‹, viele meiner Erzählungen und Unmengen von Essays, Buchbesprechungen und Feuilletons. Das war wirklich mein Tisch. Darum nahm ich ihn wieder mit nach München. Alles andre ließ ich Orff, doch nicht meine Bilder: eine Nolde-Radierung ›Der Tierfreund‹, einen kleinen Feininger-Linolschnitt, die Farblithographie ›Reisende‹, die Nolde mir und Horst-Günther geschenkt hatte, und mein geliebtes Nolde-Aquarell ›Schwere Wolken‹, das ich mir buchstäblich erhungert hatte.

So verließ ich das Haus. Zurück blieb auch der Neufundländerhund Barry, den Orff durchaus loshaben wollte, obwohl er ein Geschenk seiner Mutter war. Was sollte ich mit dem riesigen Hund in einer Stadtwohnung? Barry, der meist in meinem Arbeitszimmer gelegen hatte, wurde nach meinem Auszug umgehend in die kalte Garage verbannt, wie mir eine Bekannte erzählte.

Ich gestehe mir jetzt doch eine kleine Bitterkeit, vielmehr: ein Gemisch aus Wehmut, Ärger und Trauer. Vor einigen Jahren fuhr mich meine Freundin A. nach Dießen-St. Georgen. Ich blieb im Auto. A. fragte nach Frau Orff (wir wußten, daß sie nicht mehr dort lebte). Das Haus sah merkwürdig trist aus; der lange Gartenweg war vergrast (ihn zu jäten war immer meine Arbeit gewesen), die schöne Buchenhecke hatte häßliche Lücken, vieles war verdorrt. Ein Haus ohne Seele.

Als ich das Haus, das nie das meine war, verließ, war ich

krank. Ich hatte eben noch die Kraft gehabt, meine Münchner Wohnung einzurichten, als ich zusammenbrach. Mein Freund Norbert Westrich holte mich in seine Klinik in der Widenmayerstraße und konstatierte außer einem Zustand völliger Erschöpfung eine akut aufgetretene (psychosomatische) Schilddrüsen-Erkrankung. Sofortige Operation unter Assistenz des Internisten. Norbert hatte mir offen gesagt, mein Zustand sei ernst. Ich wäre gern gestorben, einfach aus Müdigkeit. Ich war es leid zu kämpfen. Dennoch habe ich, sagte mir Norbert, mich kurz vor der Operation noch um Orff gesorgt: wer macht denn all die Arbeit...

Ich Törichte: nach meinem Auszug folgte unmittelbar der Einzug Liselottes; das wußte ich noch nicht. Ich war überhaupt von unglaublicher Blindheit. Es gab in Dießen einige Leute, die mir seit langem zu verstehen gegeben hatten, der Herr Professor habe doch ein Verhältnis mit Fräulein Schmitz, »mit der Liselotte«, sagten sie, gewöhnten sich aber rasch daran, Frau Professor zu ihr zu sagen.

Nun: ich starb nicht. Endlich wieder frei, lebte ich auf, der Druck der sieben Jahre wich langsam, sehr langsam.

Nach der Scheidung fuhr ich mit Stephan nach Rom, wo ich eine Wohnung hatte, die ich ein Jahr zuvor gemietet hatte im festen freudigen törichten Glauben, C. O. verbringe dort mit mir wenigstens die Wintermonate.

Jetzt wurde sie mir Asyl. Eine schöne Wohnung, ein »attico« an der Piazza Albania am Fuß des Aventin mit einer großen Dachterrasse. Warum hieß der Platz »Piazza Albania«? Und wer war der Mann auf dem Denkmal-Sockel? Er sei der albanische Freiheitsheld Skanderbeg. Das sagte mir später Karl Rahner, der alles wußte, der während der Konzilsjahre viele Male zu mir kam. Skanderbeg, das war der Albaner Kastriota, der im 15. Jahrhundert sein Volk zum Aufstand gegen die Türken hetzte und in Süditalien türkische Übergriffe abwehrte, erfolgreich, und vom Papst

Paul II. (dem damaligen Paul) geehrt wurde. Man erntet immer Ehre, wenn man für ein Volk andere Völker umbringt.

Aber als ich dort wohnte, scherte ich mich nicht um diesen Helden und nicht um Albanien, nicht ahnend, daß ich Jahre später sogar zweimal in jenes Land reisen würde, politisch interessiert.

In der römischen Wohnung hatte ich ungemein viele Besuche, Bekannte, Berühmte, Unbekannte, Unberühmte. Es kam, zum Beispiel, Karl Rahner, es kamen Stefan Andres und seine Frau Doddy, es kamen Marie Luise Kaschnitz und ihre Tochter Iris, es kam der nachmals so berühmte Photograph (und später Mönch gewordene) Oswald Kettenberger, es kam der Schauspieler Ernst Ginsberg (den ich, in eine Frau verwandelt, zur Hauptperson machte in meinem Buch ›Septembertag‹), es kamen junge und ältere Benediktiner von der Universität St. Anselmo, es kamen meine Freunde von der Deutschen Botschaft, der Kulturattaché Dr. Ninwegen und seine Frau; es war ein Kommen und Gehen. Nur einer kam nicht: C. O.

Wir waren geschieden.

Ebenso lange wie ich mich gegen die Heirat gesträubt hatte, hatte ich mich gegen die Scheidung gesträubt. Ich war besten Willens gewesen, in meiner Ehe auszuharren. Ich Törichte.

Wie kam es denn zu dieser Scheidung?

Man kann sagen, Orff sei der Schuldige, und nach dem alten Recht wurde er auch vor dem Gesetz als der eindeutig Schuldige befunden. War er es? Ach, es kommt einem so leicht über die Lippen, das Wort »schuldig«. Als ob jemals einer allein Schuld trüge. Als ob die Scheidungsursache ganz einfach zu ermitteln wäre wie ein vorsätzlicher Mord oder ein Raubüberfall.

Ich sagte schon: die Ehe war von Anfang an krank. Wir waren kein »gottgewolltes Paar«. Wir waren gedacht als

Freunde, die sich künstlerisch ungemein gut verstanden. Wenn ich in meinen alten Notizheften lese, finde ich Orffs Träume aufgezeichnet: die Träume aus fast vier Jahren, also aus einer Zeit, in der jener M. A. noch nicht aufgetaucht war, der von Orffs Anwältin so eifrig (wenn auch gegen ihr besseres Wissen und erfolglos) als Scheidungsgrund benutzt wurde.

Orff träumte 1958, ich säße hoch oben auf einem Schrank und sei eine Hexe und lachte.

Er träumte, wir seien in einem achteckigen, vieltürigen Raum. Ich ging hinaus. Er versuchte mir zu folgen, aber jede Tür, die ihm offen schien, schloß sich vor ihm. Er war gefangen. Er hörte meine Stimme, aber er konnte mir nicht folgen.

Er träumte, er gehe ins Kloster und bekomme eine lange weiße Kutte. Ich stand da in einem weißen gestärkten Kommunionkleid (oder Brautkleid), die beiden Buben in schwarzen Anzügen. Orff fragte (wen?), ob er noch einmal mit mir sprechen dürfe. Man erlaubte es ihm. Er sagte, ich solle für alle sorgen, für Godela und Gertrud. Dann dankte er mir dafür, daß ich mich habe scheiden lassen (1954), denn nur dadurch könne er ins Kloster gehen. Dann folgte die Zeremonie, er legte seinen Namen ab. Damit fiel alles von ihm ab, und er hatte ein Gefühl höchster Erleichterung.

Beim Erwachen war er erschüttert und deutete den Traum als Sterben. Er litt damals schrecklich unter Kopfschmerzen und klagte über furchtbare Träume, vermochte sie mir aber meist nicht zu erzählen. Aus solchen Träumen schreckte er mit lauten Schreien hoch.

Er träumte (5. Januar 1954), er laufe und laufe, aber Schlinggewächse wickelten sich um seine Beine und schnitten tief ein. Er träumte, neben ihm laufe einer und spreche auf ihn ein, aber er verstehe kein Wort und wisse doch, daß es etwas höchst Wichtiges sei.

Er träumte, er gehe eine Treppe hinunter, und unten säße Fritz Werle als Teufel mit Hörnern. C. O. sagte: Mach doch keine dummen Witze. Aber Werle grinste ihn nur an. C. O. wollte die Treppe wieder hinaufsteigen, aber es war keine mehr da, nur ein furchtbar hoher leerer Schacht.

Er träumte oft, es würden Todesurteile über ihn verhängt, und er wisse nicht, weshalb.

Er träumte (13. Januar 1954): Er wollte reisen, hatte aber keinen Paß. Er sagte zu den Beamten: »Meine Frau hat den Paß.« Man suchte nach mir, ich war nicht da. Die Beamten sagten: »Sie lügen(!), diese Frau gibt es gar nicht.«

Er träumte (6. Mai 1953), er sei in einem Zimmer, dessen Türen und Fenster alle nur gemalt sind. Er kann nicht hinaus. Er spricht mit einem Wesen, das er nicht sieht. Er sagt: »Du bist da, ich weiß es, du hörst mich, was tust du mit mir, was für Scherze sind das.«

Er sagte, er wisse diesen Traum wohl zu deuten. Es war die Zeit, in der er mich unter vielen Tarnungen mit religiösen Fragen förmlich bedrängte. Aus jener Zeit stammt ein Zettel: »Herr, erlöse mich vom Teufel Schwermut.«

Ach, hätte ich doch gewußt, was ich heute weiß! Und wäre ich gewesen, die ich heute bin! Ich versuchte alles, ihn zu trösten. Ich überschüttete ihn mit Liebe – freilich nicht wissend oder nicht zugebend, daß meine Liebe Mitleid war. Einfaches Mitleid. Noch nicht mein späteres Wissen vom Schopenhauerschen und buddhistischen Mit-Leiden mit den Leiden aller Kreatur.

Einmal hatte auch ich einen Traum, der Deutung wert: Ich sollte für C. O. sein Bild holen. Ein Photo. Ich ging in ein Haus, in dem eine mürrische alte Frau wohnte. Sie schickte mich weiter, immer weiter, immer höher, über improvisierte Treppenstufen, die schließlich endeten. Hoch oben war ein Loch, durch das ich mich zwängen

mußte. Aber wie bis da hinaufgelangen? Ich weinte sehr. Dann streute jemand Kohlenstaub (CO!) auf eine Brüstung und entzündete ihn, kleine Flammen zuckten auf, die Mauer wurde heiß, jemand legte Stoff, eine Art Trainingshose (Orffs ewige ausgebeulte Trainingshose!) auf die heiße Mauer, ich kletterte hinauf, ich schob mich durch die Öffnung, hinter der ein enger Ruinenkeller war, durch den ich nicht aufrecht gehen konnte, aber er war nur kurz, dahinter war ein Garten, und da war Orffs Bild.
So schwer also wurde es mir gemacht, Orffs wahres Bild zu finden. Aber ich fand es. Ich meine, ich habe es wirklich gefunden. Und er, der ohne mich keinen Paß hatte, er hat auch ohne Paß die Grenze passiert.
Er war lange krank. Liselotte ließ niemanden zu ihm, als er in der Klinik lag. Aber jemand, ich glaube, einer seiner ehemaligen Schüler, schmuggelte einen Brief heraus, den vorletzten. Es war eine Antwort, weit mehr als eine sachliche Antwort auf meine Anfrage, ob ich die mir gewidmete Handschrift der ›Laudes‹ kostenlos für eine Schüleraufführung meines Franziskus-Stückes hergeben dürfe. Die Antwort war gegeben, als er mir das Band mit diesen von mir so tief geliebten ›Laudes‹ schickte. Ich dankte ihm. Und dann kam sein allerletzter Brief, die Handschrift schon kaum mehr leserlich.
Der Abschiedsbrief. Er ist mir teuer, und wenn mir je im Zurückdenken ein wenig Bitternis aufsteigt, lese ich ihn, und ich weine über unser Schicksal. »Meine Liebe ich danke Dir sehr für Deinen lieben Brief. Das ist der 5. Versuch Dir zu danken. Seit meinem zweiten Schlaganfall ist es aus mit dem Klavierspielen und Schreiben wie Musik jeder Art nimm bitte den Willen fürs Werk. Für Deinen großen Erfolg den man als Welterfolg betrachten kann gratuliere ich von ganzem Herzen. Für weiterhin nur Gutes alles alles Gute vom ...« – »Alles« ist unterstrichen, die letzten Worte sind unleserlich. »Vom« ist zu lesen, und sein

»C«. Heißt das Wort »treuen«? Oder »traurigen«? Da der ganze Brief voller Fehler ist, kann ich dieses Wort nicht entziffern. Es beginnt mit einem »t«, das einem Kreuz gleicht. Einem Kreuz, das mir eine Botschraft brachte: die seines baldigen Todes.

»Ihr werdet nie auseinanderkommen«, hatte Orffs Anwältin gesagt.

Es heißt, zwei schöpferische Menschen könnten nicht zusammenleben. Es stimmt und es stimmt nicht. Menschen wie C. O. und ich sind Einzelgänger. Daß Orff dann doch noch einmal, zum viertenmal, heiratete und in dieser Ehe blieb, ist verständlich: ein alternder Mann bindet sich, um endlich Ruhe zu haben, und er brauchte Liselotte, die im Praktischen so Tüchtige. Sie wiederum hatte keine Ursache, ihm untreu zu werden: sie bekam durch ihn alles, was sie wollte: eine Stellung, einen berühmten Namen (ich habe den Namen Orff abgelegt, was ihn tief kränkte, wie ich hörte), ein Arbeitsfeld, viel Geld, zwei Reitpferde und eine Segeljacht. Ich glaube, sie brauchte derlei, um Orffs Düsternis und Launenhaftigkeit zu ertragen.

Zwei Jahre lang hörte ich jeden Morgen zwischen sieben und acht, am Klicken meines Telefons, daß C. O. in seinem Nebenhaus telefonierte. Mit wem? Ich fragte nicht. Er hätte wohl gesagt: Mit Wieland Wagner, oder: Mit Sellner. Oder: Mit Mamà... Er telefonierte mit seiner Anwältin, jener, die es auch schon bei seiner Scheidung von Gertrud gewesen war. Beide suchten nach Scheidungsgründen. Ich hörte, sie hätten sogar einen Schnüffler angesetzt, um Beweise für einen Ehebruch oder ein »ehewidriges Verhalten« meinerseits zu finden. Da blieb denn meine Freundschaft mit M. A.

C. O. wußte genau, daß wir kein »Verhältnis« hatten, und seine Anwältin, die M. A. kannte, wußte es auch. Aber da sie nun einmal Orffs Anwältin war, mußte sie das böse Spiel mitspielen. Schließlich kamen sie auf die Idee, man könne behaupten, es sei ehewidrig, wenn zwei Menschen sich so benehmen, daß Dritte glauben können...

Eines Morgens, als ich nach München fahren wollte, sagte Orff: »Geh doch zu Frau B.« Warum sollte ich? »Red mit ihr über unser Eheproblem.« Ich denke nicht dran. Ich war schon am Gartentor, als er mir nachlief, die Hand ins Autofenster legte (unvergeßliche Geste) und sagte: »Geh nicht zur B.«

Ich ging zu ihr. »Tja. Ihr Mann will sich scheiden lassen.«

»Scheiden? Aber er muß doch einen Grund haben.«

»Den hat er: Ihre Beziehung zu...«

»Aber das ist doch kein Verhältnis und kein Ehebruch, das müssen Sie doch wissen. Sie kennen M. A.«

»Aber wenn zwei Personen... Frau R., nehmen Sie sich einen Anwalt.«

Ich tat es. Er war entsetzt über seine Kollegin.

Als ich nach Dießen zurückkam, war C. O. verreist, Liselotte fort, Mariele (die Köchin, die ich ins Haus gebracht hatte) von aufreizender Ungezogenheit.

Ich sträubte mich lange gegen die Scheidung, bis die Anwältin mir schrieb, ich solle um Gottes willen der Scheidung zustimmen, sie ertrage es nicht länger, mit Orff zu verhandeln, ich würde ja ohnehin als schuldlos geschieden. Schließlich willigte ich denn ein. Und von da an verhandelten die Anwälte.

Ich wollte keine Geld-Entschädigung. Nichts wollte ich als heraus aus dem Lügen-Netz, aus dem Intrigen-Sumpf. Die Anwälte handelten eine bestimmte Summe aus, niedrig genug. Ich bekam sie in Raten und jeweils nur auf Anmahnung meines Anwalts.

Daß dieses Kapitel meines Lebens so entwürdigend endete... Ich weigere mich, die Schuld daran Orff zuzuschreiben.

Aber nochmals die Frage: wenn doch M. A. nicht als Scheidungsgrund gelten konnte (trotz aller Schnüffelei), was war dann die Ursache? Gegenseitige Abneigung? Nein. Eben nicht. Meine Verweigerung des ehelichen Beischlafs? Auch das nicht.

Aber da hatte jemand (ich weiß natürlich, wer) ein Päckchen gefunden, in dem nicht abgesandte Briefe an jenen M. A. lagen, wohlverschnürt, geschickt geöffnet, gelesen, zitiert, anders wieder verschnürt. In einem dieser Briefe stand: »Da ich schon keine Jungfrau mehr bin, möchte ich wenigstens von jetzt an jungfräulich leben und mich mehr und mehr von C. O. zurückziehen.«

Ich »möchte«. Ich tat es nicht.

Also auch dies war kein schlüssiger Scheidungsgrund. Der wahre Grund: Orffs Träume sagen ihn deutlich aus.

Ich verließ Dießen. Ich ging nach Rom. Die Wohnung am Aventin (an der Piazza Albania) wurde mein Asyl für sechs Jahre, bis ich mir in den Castelli Romani mein Haus baute.

Das alles schreibt und liest sich glatt. Wie war es in Wirklichkeit? Was war denn der wahre Scheidungsgrund? Er war juristisch zu benennen, tatsächlich aber irrationaler Natur. Doch ehe ich davon schreibe (es wird das Wesentliche dieses Kapitels sein), will ich anderes erzählen, Erfreulicheres. Ich fand unter alten Briefen einige Blätter von Wieland Wagners Hand. Wer diese Handschrift kennt, weiß, daß sie schier unleserlich ist, aber das Entzifferbare erinnert mich, daß ihn und mich eine stille Freundschaft verband. Es erinnert mich auch daran, daß ich einige Male mit C. O. in Bayreuth eingeladen war und daß Wieland öfter zu uns kam, denn er hatte große Pläne: er wollte Bayreuth von der Wagner-Fixierung befreien, aber das Wagner-Konzept vom »Gesamtkunstwerk« beibehalten: der Textdichter soll auch der Komponist sein, und der Musik eingegliedert der Tanz, jedoch nicht als eingefügtes Ballett, sondern organischer Teil der Handlung. Wielands Plan: Bayreuth zum Wagner-Orff-Festspielort zu machen. Der

Plan scheiterte am Nein der konservativen Wagner-Gesellschaft.
Eben fallen mir beim Kramen noch einige ganz frühe Briefe Orffs in die Hände. Undatiert. Aber es ist klar: damals lebte er noch in Gräfelfing, stand kurz vor dem Umzug nach München. »Damals.« O mein Gott: damals war doch wohl Liebe im Spiel. Einige Sätze daraus:
»O Lawuschula (neue Kreuzung) Lang lang bist du schon fort... Gib dem Zugführer eine Cigarre, daß er schneller nach München fährt. Hoffentlich muß ich im Leben Dir nicht öfter Briefe schreiben, immer alles besser mündlich... Ach Wuscha, noch drei Tage, dann nochmal drei, dann hoffentlich Ruhe...« (nämlich in der Münchner Wohnung).
»Ich sag dir was Liebes ins Ohr... l... r... mmm... Du glaubst es nicht? Aber wenn ich es Dir sage...!! Glaubs nur, Du kannst nichts besseres tun.
O Wuscha, Wuscha, Wuschula, Waschula, Wüschula, Wuwuscha... Jetzt geht alles durcheinander, aber es bleibt sich doch immer alles gleich... Bis Du diesen Brief hast, ist schon wieder etwas Zeit überstanden.«
Das also gabs auch. Und es gab die Umarmungen. Und es gab unsere Spiele: ich war sein geliebter Hund, der gestreichelt wurde. Und es gab Orffs Alpträume. Es gab seine nächtlichen Aufschreie, sein Zittern, sein Anklammern an mich, das schweißnasse Aufwachen...
Es gab eine Fahrt zu Gunild Keetman an den Chiemsee, wo er uns zutiefst erschreckte mit seiner Behauptung, er habe keine Migräne, vielmehr Anzeichen für ausbrechenden Wahnsinn. Ich konnte wissen, daß Künstler, alle, mehrmals im Leben fürchten, dem Irrsinn zu verfallen, dann, wenn ihr Daimon sie allzu heftig bedrängt. Ich rief aber dennoch einen Arzt. Er gab ein Beruhigungsmittel. Als ob der Daimon mit Chemie sich beruhigen ließe.
Ein anderes Mal glaubte ich, er sei wirklich klinisch wahn-

sinnig. Es war (unvergeßlich) an seinem Geburtstag 1954. Er fuhr mit einem gurgelnden Schrei hoch, als sei er am Ersticken, sprang aus dem Bett und wollte fort, im Schlafanzug. Ich, rasch reagierend, sagte: »Ja, fahren wir fort, zieh dich an, fahren wir ins Isartal, schauen wir das Hochwasser an.« Es war noch fast dunkel. Er saß zusammengekauert im Auto, und nach einer Weile befahl er: »Fahren wir zurück.« Ich fuhr zurück. Der Schrecken war wieder einmal gebannt. Aber er blieb in mir. Immer hatte ich Angst, seine latente Depression würde zu einer klinischen. Aber bis auf jene Stuttgarter Totenkopfszene wiederholte sich kein derart erschreckender Ausbruch mehr.

Ich fand aber, verstreut zwischen Briefen, einige Zettel, mit Bleistift geschrieben, für mich bestimmte, immer gleiche Alarmbotschaften: »Herr, erlöse mich vom Teufel Schwermut.«

Von Godela habe ich noch nicht gesprochen. Sie war Orffs einziges Kind aus der ersten Ehe mit einer Sängerin. Von mir wollte er ein Kind, aber dann fanden wir, daß wir beide zu alt seien. Und, sagte er, du hast so wohlgeratene Kinder; was da aus meiner Sippe dazukäme...

Also blieb Godela das einzige Kind. Ich kannte sie von der Bühne. Sie war Schauspielerin, sie war schön, vor allem eine Bühnenschönheit, ihrem Vater (als er jung war) sehr ähnlich, auch er war eigentlich schön. Ich sah sie bewußt in den der Premiere der ›Bernauerin‹ folgenden Aufführungen. Unvergeßlich, wie sie mit ihrer kleinen klaren Stimme jenes Lied sang, das aus dem alten Liederbuch der Clara Hätzlerin stammt.

Hab ich Lieb
so hab ich Not
Meid ich Lieb
so bin ich tot.
Nun eh ich Lieb durch Leid wollt lan
eh will ich Lieb im Leiden han.

Um mein Gedächtnis zu prüfen, las ich eben den vollen Text des Stücks. Was für ein großartiges Stück. Was für eine Sprachkraft. Ich weiß, daß Orff für sein eigenwilliges Altbayrisch das Wörterbuch von Schmeller benutzte. Aber wie ers benutzte! Die Badestubenszene mit den naiv obszönen Texten der Betrunkenen, und dazwischen die stillen, wie im Traum gesprochenen Worte des Herzogs Albrecht, der an seine Bernauerin denkt: »Schneiden möcht ich dein Bild, aufstellen heimelig in der Kapellen...« Und in der dritten Szene der Bürger die Stille. Dann einer, lauschend: »'s Amixl hat g'sunga, da Amselvogel...«

Fast ein halbes Jahrhundert ist vergangen, seit Orff mir das Stück vorlas, ehe es auf die Bühne kam, und jedes Frühjahr beim ersten Amselruf spüre ich einen schmerzhaft-süßen Stich: »'s Amixl...« – »Ihr beiden kommt doch nie auseinander.«

Orff war nicht nur Musiker, er war ein Dichter, und ihm ist gelungen, was außer ihm nur Brecht gelang: eine Sprache zu schaffen, die es so gar nicht gab, eine hochstilisierte Kunst-Sprache, die schon wieder wie eine gesprochene Natursprache wirkte. Orff, der Sprachmagier, der Schwarz-Magier, der es mit den Hexen hielt. Einige der Flüche, die er in die ›Bernauerin‹ einbrachte, blieben in meinem Gedächtnis, aber nur deshalb, weil er sie einmal im Zorn gegen seine eigene Tochter richtete. Ich scheue mich, sie zu zitieren.

Godela. Von ihr war noch nicht die eigentliche Rede. Die Geschichte mit ihrem Vater ist nicht meine Sache, aber als ich Orff heiratete, wollte ich sie zu der meinen machen, als er fluchte, es sei die seine nicht mehr. Sie selbst hat ein Buch geschrieben ›Mein Vater und ich‹. Ein stellenweise hartes Buch, härter ihre Urteile über ihn als die meinen, aber doch ein Versuch, verzeihende Liebe zu zeigen.

In der Zeit, als Orff und ich die Heirat beschlossen, fand

ich, wir müßten Godela informieren. »Nein«, sagte er, »das geht die... gar nix an. Die hat mich ja auch nicht gefragt, als sie sich hat scheiden lassen und als sie diesen K. heiraten wollte, von dem sie ein Kind hat. Nein, laß nur. Misch dich da nicht ein.«

Godela erwartete ein Kind. Orff hatte jede Verbindung zu seiner Tochter abgeschnitten. Ich aber wollte vermitteln. Ich hätte sie so gern zu meiner Tochter gemacht, trotz der nur zehn Jahre Altersunterschied. Ich mochte sie. Ich hätte sie lieben wollen. Ich ging zu ihr. Sie wohnte in der Klugstraße. So oft ich daran vorbeifahre, fühle ich einen kleinen Schmerz. Nach so vielen Jahren!

Godela war erstaunt, als ich kam. Sie rief sofort: »Ja, ja, ich weiß, Sie wollen meinen Vater heiraten. Ich rate Ihnen ab. Ich kenne ihn. Er lügt mit jedem Wort...« Sie begann zu weinen und steigerte sich in einen Weinkrampf hinein, der mich an die Nervenkrämpfe ihres Vaters erinnerte. Als sie schließlich ihren Kopf gegen die Mauer schlug, gelang es mir, sie in die Arme zu nehmen und zu beruhigen. Die Szene war bühnenreif: ein Stück von Ibsen. Mehr erreichte ich nicht. Aber sie weiß bis heute nicht, was ich bei ihrem Vater erreichte: er schickte ihr auf mein Drängen hin zur Geburt ihres Kindes einen Rosenstrauß in die Klinik und einen Scheck, und in der Folge überwies ich in seinem Namen immer wieder einmal Geld an sie, auch von meinem Konto.

Wenigstens das. Eine rechte Versöhnung gab es damals nicht. Nie. Aber Orff liebte seine Tochter. Er hatte versucht, ihr eine schöne Kindheit zu bereiten. Er erzählte mir davon, und Godela berichtet in ihem Buch von ihrer Kinderweihnacht: wie er viele Christbäume kaufte und Moospolster legte und ihr einen Wald ins Zimmer zauberte. Als ich Orffs Frau war und er einmal besonders depressiv, machte ich ihm so eine Kinderweihnacht, ihm, nicht meinen Kindern; die halfen mit, Teppiche und Kissen auf dem Boden auszubreiten, Moospolster zu legen und einen großen Baum aufzustellen. Orff schien entzückt. Er warf sich auf das Teppichlager. Aber nach kurzer Zeit verließ er das Zimmer. Ich begriff. Das wars doch nicht, was ihm half, das war vorbei, und Godela war seinem Fluch verfallen (den er nie völlig ernst nahm; ach, was alles sagte er im Zorn…). Mit mir, Godela, hättest du nicht streiten müssen. Ich wäre so gern deine große Schwester gewesen, da ich deine Mutter doch nicht sein durfte.

Wenn Orff in seinem ›Spiel vom Ende der Zeiten‹ dreimal durch den Mund des Luzifer das Wort spricht: »Pater peccavi«, dann hat er wohl doch auch an sein Verhalten Godela gegenüber denken müssen. Das letzte Wort des Stükkes freilich ist: »Das Ende aller Dinge wird aller Schuld Vergessung sein.« (Vergessung sagt er, nicht Vergebung!)

Das könnte auch der letzte Satz meines Romans ›Die vollkommene Freude‹ sein. Dort sagt Georg, der Gelähmte: »Ich fürchte mich vor dem Tag, der mich des gewohnten, wenn auch baufälligen Hauses beraubt, nackt auf der Erde kauernd findet, nichts mehr besitzend als die Hoffnung, daß es Gott gebe und daß Er Liebe und Freude sei.«

Meine Leser, die alle meine Romane für autobiographisch halten, irren. Aber im Fall dieses einen Romans sind sie auf der richtigen Spur, doch führen alle Spuren am eigentlich Autobiographischen vorbei.

Nun denn: Clemens im Roman ist nicht Orff und ist es doch. Ich habe aus einer lebenden Person zwei erfundene Figuren gemacht: Clemens, den Schwierigen, den Neurotiker, der sich und alle anderen quält, und Georg, den Liebesfähigen, der aber gelähmt ist. Die beiden Hälften Orffs: die quälerische, die er war, und die liebesfähige, die er gern gelebt hätte. Der Schatten, der dominierte, und das Licht, das nicht durchzubrechen vermochte. Autobiographisch ist die Mutter der beiden: ein Porträt von Orffs Mutter, der leidenschaftlichen Schachspielerin, der scharfblickenden, der heimlich Kirchenfrommen. Auch Godela erscheint: sie ist das uneheliche Kind Clemens', das man verschweigt: Godela, keineswegs unehelich, aber vom Vater weggeschoben. Die »echte« Godela schreibt in ihrem Gedenkbuch, nach seiner Heirat mit Gertrud sei ihr Vater für lange Zeit »einfach aus meinem Leben weggegangen«.

So wie der Roman-Clemens sich nicht um seine Tochter kümmerte, so der reale Orff. Ein bitteres Kapitel in Godelas Erinnerungsbuch. Sie war achtzehn, Schauspielschülerin, ohne Geld, »das Überbleibsel aus vergangenen Tagen«. Einmal unterschrieb sie einen Brief an ihren Vater: »Dein Zufallsprodukt.« Das konnte die Clementine in meinem Roman auch sagen.

Und die Marie-Catherine im Roman: bin das etwa ich? Nein. Kein Selbstporträt. Nur wenige Züge von mir: vor allem der Versuch, Vater und Tochter zu versöhnen. Und der Arzt, den Marie-Catherine liebt, auf den sie aber verzichtet, um Clemens treu zu bleiben, dieser Arzt ist in der Realität jener M. A., von dem noch die Rede sein wird.

Wer will, kann zahllose Parallelen finden, auch in Details, und kann dabei erkennen, was ein Autor aus der erlebten Realität macht und wie sie, literarisch verdichtet, glaubhaft als Realität erscheint. Es ist mein einziger weitgehend autobiographischer Roman. Darum ist er mir auch der fremdeste; derjenige, den ich am wenigsten schätze. Daß er vielen Frauen half, ihre Ehe zu ertragen, hat mit der literarischen Qualität nichts zu tun. Es war aber gewiß nicht meine Absicht, mit diesem halb erfundenen, halb erlittenen Familiendrama »Lebenshilfe« zu geben.

Der Scheidungstermin war der 22. Dezember 1959. So oft ich in München an den Stufen des Justizpalastes (was für ein Name!) vorbeigehe, sehe ich uns beide stehen, zum letztenmal uns umarmend. Ich war »schuldlos« geschieden.

War ich schuldlos? Im juristischen Sinne gewiß. War C. O. denn schuldig? Im juristischen Sinne gewiß, denn er hatte die Ehe gebrochen. Handfest und beweisbar. Und im moralischen?

Was für Fragen. Törichte Fragen. Alle Fragen nach »Schuld« in diesem Leben sind unweise. Alles, was geschieht, ist karmisch bestimmt. Jetzt, von meinem Alter her, sehe ich die karmische Kette: hätte Gertrud nicht gelogen vor dem Besuch in Habbach, hätten Orff und ich uns nicht getroffen; hätte Orff nicht darauf bestanden, mich zu heiraten, hätte sich nicht die Frage nach der Schule für meine Kinder gestellt, und ich hätte M. A. nicht kennengelernt. Hätte ich nicht, angetrieben von jenem »mystischen« Erlebnis in der Ludwigskirche, von dem noch die Rede sein wird, so dringlich einen »Meister« gesucht, wäre ich nicht darauf verfallen, M. A. als diesen Meister zu sehen; hätten wir Liselotte nicht als Sekretärin eingestellt, wäre sie nie Frau Orff geworden. Hätten wir... wären wir... Aber eben dies, daß es geschah, ist's, was man Schicksal nennt. Zulässige Frage: wer leitet da, wer spinnt die dünnen Fäden, verknüpft sie, dreht sie zu eisernen Stricken und schneidet sie schließlich durch? Wer? Wo bleibt die Freiheit des menschlichen Willens?

Ich stelle diese Frage längst nicht mehr, denn ich weiß die Antwort: ich habe mein Schicksal in vorhergehenden Leben selbst bereitet, so wie C. O. das seine selbst heraufbeschwor, und was wir erlebten, war *maja*. Ich weiß: alles spielt sich hier und jetzt in meinem Innern ab. Das kleine Welt-Theater, Abbild und Gleichnis des großen: das bin ich.

Meine Fragen nach der Schuld sind rhetorisch, meine unfreundlichen Worte über C. O. und andere sind im Traum gesprochen, im Traum widerrufen, sie gelten Schatten, die ich selbst geschaffen habe. Die meisten derer, von denen hier die Rede ist, sind bereits »hinübergewechselt«. Viele halte ich in meinen Büchern am Leben. »Was bleibt, stiften die Dichter.« Wer überlebt aus der Masse der Anonymen, entscheiden die Historiker, die Dichter, die Biographen. Sind sie aber glaubhafte Zeugen? Jeder sieht mit seinen eigenen Augen, und er sieht nur das, was zu sehen er fähig ist. So ist denn alles, was ich über Orff sage, mein Bild von ihm.

Wenn ich eine »Schuld« im gängigen Sinne habe, dann jene, daß ich Orff nicht von seinen Depressionen rettete. Aber war dies meine Aufgabe? Konnte man mir zumuten, mit jenem Daimon zu kämpfen, der ja Orff schöpferisch machte? Und konnte ich sieben Jahre leben mit einem Mann, der ein Genie war, aber Wahrheit und Lüge unlösbar verknäuelte und dessen Phantasien, sofern sie nicht ihren Weg ins Werk fanden, als vagierende Gespenster mit uns lebten, sich zwischen uns drängend, uns immer wieder aus einem Hinterhalt ansprangen, gerade dann, wenn wir uns wieder einmal gerettet glaubten? Sieben Jahre Tanz auf dem hohen Seil.

Das Netz, das uns auffing, war unsere Arbeit. Aber freilich: mein Netz war brüchig: meine Arbeit lag in diesen Jahren fast brach. Ich schrieb viel, weil wir Geld brauchten, um die Hausschulden zu bezahlen, aber was ich schrieb, war nichts Rechtes.

»Schreib einen Krimi«, riet mir Orff, und ich schrieb den Krimi: ›Der Sündenbock‹, den Jahre später Therese Giehse entdeckte und als Stoff dem Fernsehen anbot. In dem Film spielte sie die Hauptrolle. Frau Giehse, sagte ich, die Martha im Stück, die waren Sie von Anfang an. Das Spiel wurde mehrfach wiederholt. Nicht mein Verdienst, sondern das der erschütternd starken Giehse.

Und was schrieb ich sonst? Einen Aufsatz über Orff für eine Zeitschrift. Und eine Reportage über die stigmatisierte Therese von Konnersreuth, eine Arbeit, die C. O. teils neugierig, teils kopfschüttelnd billigte; sie brachte mir viel Geld ein.

Aber war das mein Leben? Es wäre falsch, sagte ich, ich hätte »nicht gelebt«. Ich erlebte sehr vieles, was ich ohne Orff nicht erlebt hätte. Ich lernte verstehen, was Opern-Regie ist. Ich lernte die antiken griechischen Klassiker kennen, so kennen, daß sie Teil meiner Welt wurden. Ich lernte interessante Leute kennen: Herbert von Karajan, Gustav Sellner, Wieland und Wolfgang Wagner, Leopold Stokowski, den Musikwissenschaftlicher Thrasybulos Georgiades und seine Frau, die Cembalistin Anna Barbara Speckner, Eugen Jochum, Karl Amadeus Hartmann, Werner Egk, die bezaubernde und bescheidene Käthe Gold (die mit mir einen Film über die Konnersreuther Stigmatisierte machen wollte, sie selbst in der Titelrolle), ich lernte Elisabeth Schwarzkopf kennen und Ernst Ginsberg, und viele andere. Und vor allem: ich lernte immer besser Musik hören. Ich kann sagen: ich wuchs ganz organisch in die Musik-Welt hinein, die ohnehin von meinem Vater und meinem ersten Mann her die meine war. Freilich zahlte ich dafür: ich entfremdete mich meinen Kollegen von der Literatur. C. O. ließ mir keine Zeit, zu den Treffen der Gruppe 47 zu fahren. Und dadurch ist mir viel Schaden entstanden: die Literaturkritiker gehörten fast alle zur Gruppe 47, und sie interessierten sich bald nicht mehr für die Außenseiterin.

Einer, den ich besonders gern kennengelernt hätte, war ein Dichter: Bertolt Brecht. Wir liefen aneinander vorbei. Über seinen Wunsch, daß Orff Musik schriebe zu seiner, Brechts, Bearbeitung des Antigone-Stoffes, kam es zu keiner Einigung. Das hätte Brecht voraussehen müssen. Was immer er schrieb, hatte politische Aktualität. Orff war unpolitisch, ein Zeitloser, Brecht der ausdrücklich politische Zeitgenosse. Orff war damals wenig gefragt, Brecht aber

Mit Christoph und Stephan, 1951

1954

Carl Orff, 1953

Fritz Landshoff, 1950

Auf Monte Cassino, 1958

Das neuerbaute Haus in Rocca di Papa, 1966

Karl Rahner

Mit dem Komponisten Isang Yun

In einem nordkoreanischen Arbeiterhaus

Nordkorea. Mit dem Präsidenten Kim Il Sung

Mit einem nordkoreanischen Filmteam

Lesung in Frankfurt, 1983

In Rocca di Papa

Vor dem amerikanischen Raketenstandort Heilbronn, 1983. Mit Erhard Eppler, Günter Grass, Heinrich Albertz.

war der Erneuerer des deutschen Theaters, seine Spuren sind überall zu finden. Orff hat sich kein einziges Libretto schreiben lassen, er schrieb seine Libretti selber, wenn er nicht antike Stücke zur Vorlage nahm. Ich war von jeher heftig politisch interessiert, aber ich vermied es, mit Orff über Politik zu reden, es hätte zu nichts geführt außer zu Streit.

Aber zurück in die ersten Jahre mit Orff. Wie lebte ich denn da? Lebte ich? Ich nehme irgendwelche Seiten aus meinen Tagebuch-Kalenderchen. Ich lese eines von April-Mai 1955, ich könnte auch irgendeine andere Zeit wählen.

»Filmverhandlung wegen Kluge. Lenssen aus Dresden hier über Nacht. Gunild hier, Schulwerk. Chor fertig. Immer wieder am Chor gefeilt. Partitur geschrieben. Mit Karl List den Schluß ausprobiert. Dr. Liess aus Wien hier eine Woche: schreibt über C. O. Catull-Partitur korrigiert.

Beim Kramen fand C. O. das verlorengeglaubte Zwischenspiel der ›Bernauerin‹ wieder; wird in die neue Fassung aufgenommen vor der Verhaftungs-Szene. Abends kaiserlich-japanisches Ballett, Anregung für ›Oedipus‹: Anfang mit der Holzklapper, und gesprochen. Schadewaldt aus Tübingen hier. Abends Regisseur Ehrhardt. In Stuttgart bei Stokowski. Musica Viva Konzertprobe Kleiber. Abends Toussaint (Schott) hier mit Dr. Ruppel und Bühnenbildner Jürgens. Bilderauswahl für Orffbuch. Immer wieder Arbeit am Schluß der ›Trionfi‹; wollte den Schrei ausklingen lassen, dann aber entschieden, diesen Schrei auszukomponieren; mit dem Rundfunkchor ausprobiert. Am Osterspiel. Liselotte beim Tippen hier. Schulwerkbänder abgehört mit einer Schwedin. Im Bayrischen Rundfunk Bernauerin auf Band gelesen für Sender Köln ...«

Pausenlos Arbeit, pausenlos Besucher, Reisen, Post.

Im Januar 1956 kamen ein paar Tage, die mir allein gehörten: ein Flug nach Berlin, drei Lesungen am Rias, eine große Lesung im Amerikahaus, eine Lesung mit Interview am Sender Freies Berlin. Aber schon erwartete mich C. O. in München zur Aufnahme des »Sonnengesangs«, und daheim wartete der Klavierstimmer, und ich mußte zum Finanzamt nach Landsberg, und der Schauspieler Ernst Ginsberg kam, der im ›Osterspiel‹ den Teufel spielen sollte...

Wenn Orff allein fortfuhr zu Besprechungen, brachte ich ihn im Auto zum Zug nach Herrsching oder Weilheim, und da holte ich ihn auch wieder ab, nachdem ich stundenlang auf seinen Anruf gewartet hatte; er liebte es, mich zu überraschen. Einmal kam er einen ganzen Tag später als verabredet, und als er anrief, war es fast Mitternacht, und die Straße war vereist, und C. O. war gereizt, weil irgend etwas schiefgelaufen war, und er blieb tagelang in tiefster Depression. Mein Leben war schwierig, aber ich nahm es als selbstverständlich. Ich ordnete mich einfach unter, vielleicht nicht dem Ehemann, nicht dem Mann überhaupt, sondern dem Genie. Ich habe einen untrüglichen Instinkt für Größe und Größen-Ordnung.

Ein einziges Mal war ich tief verletzt: ich erwartete Besuch, mir sehr lieben Besuch, Freunde, die Orff nicht kannte; es war die Prinzessin Walburgis Schaumburg-Lippe mit ihrem Mann, der ein Sohn der Königin Olga von Württemberg war, einer Romanoff. Walburgis hatte mich während des Krieges eingeladen auf ihr Schloß am Attersee und mir, von deren Armut sie wußte, vier Brillanten geschenkt, die ich verkaufen sollte für viel Geld, sie stammten aus dem russischen Kronschatz. Ich wagte nicht, sie zu verkaufen; zwei verlor ich später, zwei trage ich, in einen Ring gefaßt. Der Prinz war hoher Offizier, seine Frau Antifaschistin, wir liebten uns sehr. Nun kamen die beiden zu Besuch. Kaum waren sie im Haus, kam Orff und holte sie in sein Arbeitszimmer und begann ihnen vorzuspielen. Er dachte nicht einen Augenblick daran,

daß die beiden ja meine Besucher waren. Er bezog alles auf sich. Sein Egozentrismus war gedankenlos naiv. Es kam ihm nicht in den Sinn, daß auch zu mir Besucher kommen konnten. Ich war zweitrangig, und meine Freunde bemerkten sein Verhalten, und sagten es mir später. Orff hatte sie interessiert, aber er hatte ihnen nicht gefallen.
Man kann fragen, warum ich eine solche Kleinigkeit erzähle. Ach, es ist keine Kleinigkeit. Es ist auch keine äußerliche Kleinigkeit, daß er mich Freunden nie vorstellte als Frau Rinser, nicht einmal als »meine Frau«, sondern als »die Frau«.
Genug davon, und auch das wenige, wenngleich Wesentliches Treffende, sage ich ohne Bitterkeit. Heute. Damals tat es mir weh. Warum sprach ich mit ihm nicht darüber? Warum: weil ich Angst vor ihm hatte, genau gesagt: Angst davor, ihn zu kränken, denn er war, auch wo er unrecht hatte, höchst empfindlich gegenüber Kritik, gleichviel von wem sie kam. Seine Reaktion: schwere Depression. Das also war mein Leben. Nein: es war Orffs Leben, das ich lebte, bis dann jener M. A. kam, der zwar mein äußeres Leben nicht änderte, aber mich zu mir selber führte, wenn auch durch viele Leiden. Damit komme ich zurück zum 22. Dezember 1959, dem Tag unserer Scheidung.
Und was war der wirkliche Scheidungsgrund? Weder Orffs konkreter, offenkundiger Ehebruch, noch meine Beziehung zu M. A. Beides nur Symptome eines sehr tief liegenden, eines wesentlich irrationalen Phänomens, das kein irdischer Gerichtshof als »Schuld« anerkennen könnte. Es ging um das, was man »Religion« nennt.
Orff und ich kamen aus demselben Boden: wir waren oberbayrische barock-heidnische Katholiken. Wir sprachen die gleiche Münchnerisch-farbige Sprache. Wir trugen die gleichen Bilder in uns, die gleichen Mythen. Unsere Eltern waren bürgerliche Katholiken, praktizierend. Aber der Katholizismus hatte für mich nichts Abschrek-

kendes. Der Teufel spielte keine Rolle. Ich wurde nicht mit Sündenangst belastet. Für mich gab es den Schutzengel-Gobelin über meinem Bett (da hängt er noch heute), und es gab die brüderliche Figur, Jesus genannt, und dieser Jesus trug sein flammendes Herz vor sich her, mit der goldenstrahlenden Monstranz, er war der Sonnengott. Niemand jagte mir je einen Schrecken vor der Hölle ein; die gab es gar nicht.

Orff erlebte das Negativ-Katholische in der Person seiner Tante Emmy. Eine alte Jungfer, die Erbauungsbücher für Kinder schrieb. Ich erinnere mich, daß ich zur Vorbereitung auf die Erstkommunion so ein Tante-Emmy-Buch bekam. Es handelte von guten und bösen Kindern, von Lohn und Strafe, von Himmel und Hölle. Ich konnte dieses Buch nicht leiden. Und Orff konnte jene Tante nicht leiden, die jahrelang im Bett lag, vorgebend, sie sei krank.

Dank meinem Psychologie-Studium und meiner Lebenserfahrung ist mir klar, wie sich der Tante-Emmy-Komplex bei C. O. eingenistet hatte. Schuldgefühle und Angst, Teufel und Dämonen quälten ihn lebenslang. Seine Nachtträume waren Angst-Träume. Sein immer wiederkehrender Traum: eingesperrt zu sein in einem kapellenähnlichen Raum, dessen offene Türen sich schlossen, gerade wenn er ins Freie wollte. Er war gefangen, verloren.

Ich frage mich heute, ob ein Psychotherapeut ihm hätte helfen können. Vielleicht. Aber wenn, dann um welchen Preis? Um den der Zerstörung seiner Phantasie? Hexen, Dämonen, Teufel, sie hausten in seinem Unbewußten. Nicht alle versuchte er zu bannen, indem er sie in Kunstfiguren verwandelte. Viele blieben hocken in finsteren Winkeln. Was quälte ihn denn so? Welche Schuld machte ihm solch unerträgliche Angst? Daß er Schuldgefühle hatte, weiß ich. Er deutete mir ihre Existenz an, benannte sie aber nicht genau. Vielleicht waren sie unbenennbar. Es gab Augenblicke, in denen ich mich vor ihm fürchtete und davor, daß er vielleicht, Faustus gleich, einen Pakt mit dem Teufel geschlossen hatte: Gib du mir Einblick in das Treiben Luzifers und gib mir seine Kraft; gib mir Macht, das Infernalische zu besingen wie es seit Dante und Milton keiner vermochte, nachdem das Christentum die heidnischen Götter verjagte... Etwas Derartiges muß es sein, was ihn so entsetzlich ängstigte und in seinem allerletzten Stück, dem ›Spiel vom Ende der Zeiten‹, ihm den dreimaligen Schrei abpreßte: *Pater peccavi.*

Welchen Vater rief er an? Oder meinte er eine Mutter? Erscheint nicht die als Hexe verschriene Bernauerin am Ende als heilige Frau am Himmel, so wie in Goethes Faust die Mater gloriosa erscheint?

Orffs letztes Stück ist der Schlüssel zu seinem Wesen: Die furchtbare Welt-Ur-Angst, die Angst vor einem Auge, das ihn anschaut, »das finstere Auge«, die Angst vor der Strafe (wofür, das ist die Frage), die Angst vor dem Untergang der Welt (dem Vergehen ins »Nichts«), der von der Angst erpreßte Reue-Schrei, und zuletzt das Erscheinen Luzifers, der nun, da er, Orff gleich, sein *pater peccavi* ruft, wieder der Gottähnliche ist, damit offenbarend, daß der C. O.-Faust nicht dem Teufel gedient hat, sondern dem als Luzifer verhüllten Gott selbst.

Ich erinnere mich beim Wiederlesen des Textes dieses Stücks, daß wir öfter über das Thema der »ewigen Verdammnis« sprachen und darüber, daß der Kirchenvater Tertullian die These von der »Erlösung des Teufels« aufstellte. Beim Schreiben dieser Zeilen kommt mir der Einfall, über Orffs Theologie und seine Dämonologie einen eigenen Aufsatz zu schreiben. – Doch jetzt schreibe ich ja nicht Orffs Biographie, sondern meine Autobiographie.

Was Orff an mir vor allem störte, war etwas sehr Subtiles.

Orffs Religion war von seinem finster verwinkelten Unbewußten bestimmt; meine Religion war, wiewohl keineswegs naiv volksfromm und ebenso keineswegs katholisch theologisch bestimmt, keine dualistische, keine, die die Welt in Himmel und Hölle teilte. Ich beschäftigte mich zwar schon lange mit dem Buddhismus, kannte aber den Taoismus noch kaum. Hätte ich ihn gekannt, hätte ich anders mit Orff argumentieren können.

Ich hätte ihn selbst anders sehen können, und ich hätte begreifen können, wie sehr ihn meine Wieder-Wendung zum Katholizismus provozierte. Damit hatte M. A. nichts zu tun. Der kam ja erst später in mein Leben. Ich erinnere mich, wie geradezu persönlich gekränkt C. O. war, als ich begann, sonntags in die Kirche zu gehen, in die wunderschöne Dießener Pfarrkirche. Und noch mehr verärgert war er, als ich begann, Liselotte mitzunehmen, wenn sie mitgenommen sein wollte. Da baute sich etwas auf gegen ihn. So schien es ihm. Es war nichts, was gegen ihn gerichtet war. Es war nur meine eigene spirituelle Entwicklung, die mich durch eine Phase der Kirchenfrömmigkeit führte. Sie dauerte bis in meine römischen Jahre hinein. Ich schrieb darüber in meinem Buch ›Septembertag‹. Dann gewann meine Kirchenkritik die Oberhand.

Damals aber, am 8. Dezember 1955, hatte ich meinen vermeintlichen spirituellen Führer gefunden, den Orff kannte und schätzte.

Orff wußte, ehe ich selbst es erkannte, daß dieser M. A. mein Schicksal war. Was für ein Unglück: ich hatte einen Menschen gefunden, mit dem ich mich, so meinte ich, religiös verstand. Tatsächlich habe ich mich gar nicht mit ihm verstanden, denn er war ein Kleriker konservativer Richtung und ich schon einen Schritt weiter, aber dennoch, das spürte Orff bald, waren dieser M. A. und ich auf einer Ebene verbunden, die sich jedem gedanklichen Zugriff entzog.

Karma. Schicksal. Ich verbarg Orff diese Beziehung nicht.

Was war denn auch zu verbergen. Wo war da ein Unrecht? Und doch: Orff erlebte meine Beziehung zu M. A. als »Ehebruch«, freilich nicht im konkret banalen Sinn. Dieser M. A. besaß etwas, das er, Orff, nicht hatte: eine rettende Religiosität, und er besaß dazu mich. Mich, die ich gar nicht sein Besitz sein wollte. Aber Orff empfand es so: Mich anschauend, dachte er: »Die hat eine Liebe, und diese Liebe gilt einem Mann, der das hat, was mir fehlt: Glauben, Hoffnung, geistige Sicherheit.«
Zu sehen, daß ich die in diesem Mann verkörperte Religion liebte, war für Orff unerträglich. Er war sozusagen auf die Religion eifersüchtig, oder, wie ich viel später meine Heloise in ›Abaelards Liebe‹ sagen lasse: er war auf Gott eifersüchtig.
Freilich mischte sich in dieses Motiv ein anderes: Orff fühlte sich erniedrigt und verletzt, weil ich ihm einen anderen Mann vorzog, wie er es nannte, einen, der ihm, dem Berühmten, doch nicht das Wasser reichen konnte. Eine Regung, die verständlich ist.
Ich war ihm ein Dorn, ein spitzer Stachel. Eine banale Untreue hätte er verzeihen oder übersehen können. Aber was sich da in der Tiefe begab, das ertrug er nicht. Mich ertrug er nicht mehr.
Dies ereignete sich alles in den Jahren 1957 bis 1959. Wer außer mir begriff also den wahren Scheidungsgrund? Und wer begreift, was er da schreibt am Schluß seiner »Comoedia« vom Ende der Zeiten? Wie er sich befreit vom Kinderglauben an die ewige Verdammnis. Wie er das Dantesche Inferno durchschreitet. (Ach, er hat es nicht nur er-dichtet, er hat es gelebt.) Und wie er schließlich Luzifer sich wieder mit Gott versöhnen läßt. *Coincidentia oppositorum*: der Gott und der oberste Daimon werden wieder eins.
Ein Fernchor, die »Stimme der Welt«, singt: »Ich komme zu dir. Du bist der Tröster und das letzte Ziel.« Nicht ein

Satz aus dem Text des Spiels, sondern, von Orff auf die Partitur geschrieben: »Das Ende aller Dinge wird aller Schuld Vergessung sein.«

Vergessung, nicht Vergebung. Da ist nun freilich ein Widerspruch, den Orff hätte lösen können, hätte er den Taoismus gekannt: »Alle Wege führen ins Nichts«, das ist der eine Satz, der andere: »Alles ist Geist.«

Wieviel gäbe ich darum, jetzt mit ihm reden zu können. Damals war uns die Gnade des liebenden Gesprächs nicht gewährt.

Ich fand eben das »Sterbebildchen« seiner Mutter: Paula Orff, gestorben im Juli 1960 im Alter von 88 Jahren. Und Orff schrieb mir dazu ein Briefchen: »Das Sterben war sehr schwer, aber am Ende friedlich.«

Orff selbst war drei Monate lang krank, bis er sterben durfte. Ich konnte ihn nicht mehr sehen, denn Liselotte hielt alle seine Freunde fern. Unsere Freunde, der Schweizer Komponist Heinrich Sutermeister und seine Frau erzählten mir kürzlich, daß sie sich den Zugang zu Orffs Klinikzimmer geradezu gewaltsam erkämpfen mußten.

Was zwischen C. O. und mir verblieb, ist eine geheimnisvolle Bindung. Eine Reihe von Zeichen erreichten mich. Wie kam es, daß ich die erste Fassung dieses Kapitels am 10. Juli beendete, ohne daran zu denken, daß dies sein Geburtstag war?

Wer rief mich am 29. März 1982 nach München, wo ich erfuhr, daß Orff eben gestorben sei?

Wer rief mich nach Andechs, wo er aufgebahrt war und wo ich ihm einen Strauß von hundert roten Rosen mit einer Schleife, die meinen Namen und den meiner Kinder trug, niederlegen ließ?

Wer rief mich zum Münchner Odeonsplatz, ohne daß ich wußte, daß an diesem Tag in der Theatinerkirche das Totenamt für ihn gehalten wurde?

Wer arrangierte, daß ich viele Male auf meinen Reisen ge-

rade dann anwesend war, wenn ein Stück von Orff aufgeführt wurde oder wenn, wie in der chinesischen Provinz Sezuan, in der Musikschule eben das Orff-Schulwerk eingeführt wurde?
Und wer ließ gestern ein herbstliches Blatt von einem Baum neben meinem Haus auf mein Gesicht fallen, und das Blatt zeigte deutlich einen Halbmond und daneben einen großen Punkt: C. O. War's kein Gruß von ihm, der immer auch ein Schalk war?
»Ihr kommt nie auseinander.«
Lieber C. O., wir haben aneinander gelitten. Aber Du schriebst ja: Alles ist Geist.
Ich füge hinzu: Alles ist Traum, und im Traum gibt es keine Schuldigen, da gibt es nur mehr das große *Eine*. Du nennst es Geist. Ich nenne es Liebe.

Meine Erinnerung an ein altes Bild: der Gekreuzigte ist vom Marterpfahl abgenommen und liegt, bereit zum Begräbnis, auf einer Grabplatte, umgeben von Frauen, die ihn beweinen. Mirjam, die Maria von Magdala, rauft sich das Haar. Sie kann nicht fassen, daß der Geliebte tot ist. Daß ihr mit dem Geliebten alles genommen wurde. Daß ihr Leben fortan todgleich sein wird. Am Ostermorgen erscheint ihr der Geliebte, sie will ihn umarmen, er sagt: »Rühre mich nicht an.« In einer anderen Übersetzung des Evangeliums: »Rühre mich noch nicht an.« Abwehr und Verheißung.

Die Geschichte aller Frauen, die je einen katholischen Priester liebten. Sie alle haben Grund zum Weinen. Was sie beweinen, ist der ihnen aufgezwungene Verzicht: »Rühre mich nicht an.« Oder aber: »Frau, ich darf dich nicht berühren.« Auf jeden Fall, im Ernst-Fall (und solche Fälle sind immer Ernst-Fälle) ist es etwas zum Beweinen.

In meinem Fall gilt die Beweinung viel weniger meinem Verzicht als dem schicksalhaft historisch bedingten Verhalten des Geliebten.

Ungern berichte ich davon. Viele Monate fand ich Ausreden, nicht davon zu schreiben. Aber dieses Kapitel wegzulassen ist unmöglich. Es umfaßt drei Jahrzehnte meines Lebens, und es geht dabei wirklich um mein Leben. Daß zwei andere Männer in dieses Schicksalsgewebe einbezogen waren (und welche Männer!), macht diese Geschichte zu einer Tragödie: mein Ehemann Carl Orff und mein Lehrer und Freund Karl Rahner, Jesuit und großer Theologe.

Dieses Kapitel habe ich viermal umgeschrieben. Es stimmt immer noch nicht. Und schriebe ich es noch ein dutzendmal, so stimmte es immer noch nicht. Es gelingt mir nicht, das wahre Bild dessen zu zeichnen, den ich »M. A.« nennen will. Es liegt an mir, an ihm, an unserer Beziehung. An ihm: er ist eine scheinbar leicht durchschaubare Persönlichkeit von fast bäuerlicher Einfachheit. Das täuscht: er ist so vielschichtig, daß man ihn schwer als Ganzes fassen kann. Ich erlebte ihn in einem Zeitraum von drei Jahrzehnten, in denen er, scheinbar gleichbleibend, viele Male sich wandelte. So liegt es an mir und unserer Beziehung, wenn ich bald die eine, bald die andere Seite seiner Persönlichkeit als die wahre sehe. Und es liegt an der Art unserer Beziehung, die, so einfach menschlich sie scheint, doch schwer zu fassen und ungemein schwer darzustellen ist. Was auch immer ich über ihn schreibe: er ist immer auch das Gegenteil von dem, was ich sage, und unsere Beziehung ist, dem entsprechend, so und auch anders und wiederum anders gewesen.

Ich glaube, ich kann es wagen, als Motto einen Satz zu zitieren, dessen Urheber ich nicht kenne; ich notierte den Satz in meinem Kalenderchen von 1967, zwölf Jahre nach unserer ersten Begegnung 1955; er galt also auch 1967 noch. Er galt weiterhin, er gilt noch heute:

»Für die unendliche Notwendigkeit unserer Zusammengehörigkeit genügt der Begriff Liebe nicht.«

Meine Leser glauben, alles, was ich schrieb, sei autobiographisch, und sie bemühen sich, meine Romanfiguren zu identifizieren. Nun: fast alles, was ich schrieb, ist Erfindung, und fast alle meine Figuren sind meiner Phantasie entsprungen, genau gesagt: viele haben einen kleinen Realitätskern. Manchmal ist's eine einzige Eigenschaft eines lebenden Menschen, die mich zu einer Romanfigur anregt.

Die Initialen finden sich im Roman ›Abenteuer der Tugend‹. Aber die Figur selbst zeigt sich nur vage und ist nicht der echte »M. A.«. Der taucht auf im Roman ›Die vollkommene Freude‹, aber so gut getarnt, daß niemand ihn identifizieren kann. Da ist er nämlich nicht Kleriker, sondern Arzt, lebt im afrikanischen Busch und lernt seine große

Liebe (Marie-Catherine) bei einem Europa-Aufenthalt kennen. Nun, und? Was geschieht? Nichts, und alles. Nichts: Marie-Catherine ist verheiratet, wenn auch in denkbar schlechter Ehe, und der Arzt, wiewohl an kein Zölibatsgelübde gebunden, lebt ohne Frau. Die beiden Liebenden scheinen vom Schicksal füreinander ausersehen, aber vom selben Schicksal dazu bestimmt, auf die Erfüllung ihrer Liebe zu verzichten. Meine Leser, besonders die jüngeren, nehmen mir die Lösung als unnatürlich und lebensfeindlich übel, so wie sie mir übelnehmen, daß ich im Roman ›Abaelards Liebe‹ die so groß Liebenden trenne. Nun: ich konstruiere meine Geschichten nicht; sie ergeben sich folgerichtig, die Personen handeln selbständig. Und doch: das Motiv des Verzichts taucht so früh und so oft in meinen Büchern auf, daß ich es wohl als zu meinem Wesen gehörig anerkennen muß. So ist es denn schicksals-logisch, daß ich das Urbild des M. A. wohl lieben, aber nicht festhalten durfte. Dennoch hat diese große Liebe ihre Erfüllung: sie trug sie in sich selbst. Man darf dieses Kapitel also nicht lesen als die private Klage um vorenthaltenes Lebensglück, sondern, im Gegenteil, als den Bericht von einer möglichen Art der Liebeserfullung, die freilich auch Anlaß zu einiger Bitterkeit war. M. A. aber darf nicht gesehen werden als ein feiger Kleriker, der »den Kuchen haben und essen wollte«, sondern als ein Mann, der ernsthaft und unter großen Schmerzen zu seinem Zölibat stand. Freilich: ich kann sein Bild wohl auf Goldgrund malen, aber ich muß auch zeigen, daß das Gold nachdunkelte und brüchige Stellen hatte. Wieviel daran M. A.s eigene Schuld ist, wieviel die meine, wieviel vor allem die des unseligen Pflichtzölibats, wage ich nicht festzustellen. Ich will ja auch nicht urteilen, sondern berichten. Das Schicksal hatte Fallen gestellt und gut getarnt. Wer bemerkte sie?

C. O. kannte M. A. schon lange, ehe ich ihn traf. Wieso eigentlich? Wir sprachen nie darüber. Es war ganz natür-

lich, daß humanistisch hochgebildete Leute sich kannten. Wenn ich mich recht erinnere, hatte sich C. O. einmal, früher, bei M. A. Rat geholt für eine neue Art Passionsspiel, zu dem M. A. vermutlich Stoff hatte in seinen wissenschaftlichen Bibliotheken. Aus diesem Sich-Kennen ergab es sich, daß C. O. sich bei M. A. einen anderen Rat holte: Was war das beste Gymnasium für meine Kinder?
Zwei Glieder einer Kette. Das dritte ist scheinbar ohne Zusammenhang mit den beiden anderen. Sie zusammenzubringen, dazu bedurfte es einer schicksalhaften spirituellen Bauernfängerei.
Juni 1955. C. O. war verreist zu Proben, in Nürnberg oder Stuttgart. Ich hatte ihn nach München gebracht und blieb ein paar Tage dort. Die Stadt war sonderbar leer. Es war ein Donnerstag, kein Sonntag. Warum läuteten plötzlich die Domglocken? War denn ein Fest? Da erst fiel es mir ein: Fronleichnam. Mein überaus geliebtes Fest. In meinem ersten Buch, ›Die gläsernen Ringe‹, gilt ihm ein poetisches Kapitel.
Wer je Fronleichnam auf dem Land in Oberbayern erlebt hat, wird mich verstehen. Die Prozession im Freien, zwischen Sommerwiesen, die wehenden Fahnen, die Aufenthalte an den vier Altären in jeder der vier Himmelsrichtungen, das Glockengeläut, die Mädchen in Weiß, bekränzt wie kleine Bräute, der Priester unter dem rotgoldenen Trag-Baldachin, in den Händen die leuchtende Monstranz, das Sonnen-Symbol, die Natur einbezogen ins Übernatürliche: schönstes Erbe aus dem Heidentum, erhoben zum hohen christlichen Fest, wenn auch historisch spät, im 13. Jahrhundert erst eingeführt auf Drängen der Nonne Juliana von Lüttich (ich las eben nach im Lexikon für Theologie und Kirche), die in einer Vision den leuchtenden Vollmond sah, der eine kleine dunkle Stelle hatte. Ihr schien damit angezeigt, daß im Kirchenjahr ein Fest fehlte. Sie nahm den Vollmond als Symbol der Hostie, der Eucharistie. Was im

Kirchenjahr fehlte, war also ein Fest zu Ehren der Eucharistie, genau das Fest des »vron-leichnam«, des Leichnams des Herrn, wobei »Leichnam« keineswegs den toten Leib meinte, sondern den wahrhaft und ewig lebendigen. Das Fest Fronleichnam also, das Fest des lebendigen Leibes des Herrn. Sonderbar die Vision der Nonne: der Vollmond als Symbol des Leibes Christi. Eine Frau erkannte einen Mangel am runden Ganzen: am Mond, dem Gestirn der Frau. Daß man das Fest spät und kirchlicherseits mit Widerstreben aufnahm, hat seinen Grund darin (laut Lexikon), daß es tausend Jahre lang verboten war, die Hostie außerhalb der Messe zu zeigen und zu verehren, was theologisch wohl zu begründen ist: das Brot wird nur dann zum »Leib Christi«, wenn man es sich essend »einverleibt«. Als Hostie, außerhalb der Messe und Kommunion, kann es nur als Symbol gelten, so hätte ich gesagt, und damals eine Brücke geschlagen zwischen den sich bekämpfenden Meinungen der Katholiken und Protestanten: Dies *ist* mein Leib, und: Dies *bedeutet* meinen Leib. Aber mich haben derlei theologische Detailfragen nie interessiert, höchstens theoretisch als philosophisch-philologische Spekulationen. Für mich war seit Kindertagen die Monstranz mit der Hostie das Sonnen-Mond-Symbol, das mich zu heidnisch-christlicher Ekstase hinriß.

Dieses Fest also war es, das ich damals, im Juni 1955 in München, so unerwartet miterlebte. Die Prozessionsspitze, vom Dom ausgehend, war schon in der Ludwigstraße angelangt. Ich lief auf dem Gehsteig mit, eine Außenseiterin, eine ausdrücklich Nicht-Mitwirkende, und doch willenlos geheimnisvoll zugehörig und dringlich gerufen.

Ich genoß die schöne, die altvertraute Szene, bis eine Störung eintrat: ich sah dicht hinter dem Baldachin, unter dem der Erzbischof mit der funkelnden Monstranz ging, den bayerischen Landtagspräsidenten und früheren Kultusminister Hundhammer, die Hände fromm gefaltet, in weißen

Handschuhen, umschlungen von einem Rosenkranz aus großen schwarzen Holzperlen; die Augen gesenkt, das Bild demütiger Frömmigkeit. »Heuchler«, dachte ich, und ich dachte es auch von den anderen, den Stadträten und was sonst zur politischen, administrativen, kulturellen haute-volée Münchens gehörte, und mich packte Zorn, gerecht oder nicht, heilig oder nicht, aber stark genug, mich davon abzuhalten, der Prozession weiter zu folgen, deren Spitze am Siegestor angelangt war. »Sieges-Tor.« Diese Sieges-Tore überall: in München, in Berlin, in Paris, in Rom... Diese präpotenten Zeichen der Gewalt. Diese Erinnerungen an Millionen Tote, hingeschlachtet »auf dem Feld der Ehre«, wofür? Was brachten diese Siege den Siegern, und was den Besiegten? Wer wagt heute noch, von Siegen zu sprechen?... Ich fiel in tiefe Finsternis. Da hält die triumphierende Kirche ihren Siegesmarsch, die Monstranz mit der Hostie »Hoc est enim corpus meum« vor sich hertragend. Wie war das mit der Vision Kaiser Konstantins? Sah er nicht am Himmel das Kreuz und die Inschrift: »In diesem Zeichen wirst du siegen«? Böse Erinnerung. Als ob der Gott der gekreuzigten Liebe einem Heerführer oder einer aggressiven Religion zum Sieg verhelfen würde. Ist das meine Kirche, von der mein Heil und das ewige Heil der Menschheit abhängen soll? Nein, nein, nein! Ich floh. Ich floh ins nächste offene Tor. Es gab nur eines (die Staatsbibliothek war geschlossen): die Pforte der Ludwigskirche, und in der Kirche floh ich nach vorne, als sei da ein Fluchtweg offen. Es gab keinen. Es gab nie mehr einen für mich. Das wußte ich damals noch nicht. Am vordersten linken Seitenaltar zwang mich etwas auf die Knie und hielt mich fest. Was aber? Gänzlich unerwartet und gar nicht bereit zum Erlebnis dessen, was ins Gebiet der Mystik gehört, erfuhr ich die »Leere«. Heutzutage kann jeder halbwegs esoterisch Informierte ein passendes Wort finden für meinen Zustand: *satori* oder *samadhi*, oder wie immer man es nennen will, was einem da geschieht. Auch ich wußte hernach, was mir geschehen war. Ich hatte mich nicht vergeblich seit Jahrzehnten mit christlicher, jüdischer, buddhistischer und islamischer Mystik beschäftigt. Aber während ich in eben jenem Zustand war, wußte ich es nicht. Wo war ich? Und woher kehrte ich dann zurück?

Die Prozession war auf dem Rückweg zum Dom. Ich folgte ihr nicht. Ich lief verwirrt durch die Stadt. Aber eines war mir klar: ich brauchte jemanden, der mir half, das Erlebte zu ertragen und in zeitlich-tätiges Leben umzusetzen. Wer aber? Ich sprach mit zwei Priestern, merkte aber bald, daß sie mich nicht verstanden, denn ihnen war Mystik fremd und wohl suspekt. Flüchtig dachte ich an jenen M. A. Müßte so einer nicht...

Der Alltag mit Arbeit und Ehe überdeckte jenes Erlebnis. Ein Führer begegnete mir nicht: Ich vergaß den Wunsch. Aber mein Schicksal vergaß mich nicht. Es ließ mich warten.

Eines Tages sah ich denjenigen, den ich M. A. nenne, das Pontifikal-Amt zelebrieren. Ich sah ihn von ferne. Er trug ein golddurchwirktes Meßgewand, und er trug Mitra und Krummstab. Eine Erzengel-Gestalt. Mir weit und hoch entrückt. Etwas ernüchtert hörte ich seine Predigt. Nichts Besonderes. Aber er selber, er war ein Besonderer. Wenigstens für mich. Ach, er war mein Schicksal. Ich ahnte es noch nicht. Aber plötzlich dachte ich: könnte der nicht mein geistlicher Führer sein? Ein flüchtiger Gedanke.

Als ich ihn nach dem Gottesdienst sah, war er im einfachen Mönchsgewand, nur das goldene Brustkreuz bezeichnete Amt und Rang. Auch ohne Goldgewand ein schöner Mann, hochgewachsen, schlank, mit sanften fließenden Bewegungen. Ein Herr mit einer poetischen Aura. Ein Kleinbauernsohn. Der Älteste aus einer kinderreichen Familie. Eigentlich sollte er den Hof übernehmen. Aber er war so gescheit, daß man entschied, er müsse studieren. Und was? Ja was denn. Was blieb einer eher armen Familie übrig, als daß der Bub aufs Priesteramt hin erzogen und gebildet wurde. Eine kostenlose Ausbildung. Was blieb meinen armen Rosenheimer Großeltern anderes, als Georg (meinen Onkel) aufs kostenlose Priesterseminar zu schicken? Halbwegs begabte Jungen armer Familien wurden nicht gefragt. Sie nahmen es als selbstverständlich gottgegeben hin.

Aber mein Onkel Alois, der jüngste Sohn meiner reichen schwäbischen Großmutter (ihr Mann war früh verstorben), warum kam der ins Priesterseminar? Der hätte sich doch jedes Studium leisten können. Wollte seine Mutter eine Priester-Mutter werden, solcherart an der heiligen Berufung des Sohnes teilnehmend? Ich glaube nicht. Und Onkel Alois wurde auch nicht Priester. Er wurde erst einmal Soldat noch vor Kriegsende, und als er wiederkam als Offizier mit seinem rassigen Reitpferd, das sich neben den sechs Ackergäulen der Großmutter wie ein Prinz ausnahm, war keine Rede mehr vom Priesterwerden. Er wurde Lehrer und heiratete, und die Großmutter war zufrieden.

M. A. hingegen wurde nicht nur Priester, sondern Mönch, und als Mönch studierte er weiter, und bald war er Ordensoberer. Alles ging glatt. Viel zu glatt. Bis die große Störung kam: ich, die Frau. Da war er über fünfzig und ich über vierzig, ich verheiratet, er an seinen Zölibat gebunden. Zwei solcherart Determinierte begegnen sich. Ein grausames Geschick.

War M. A. ein göttlich Berufener? Einer, der bei der Priesterweihe vor den Altarstufen liegend mit ausgebreiteten Armen, das Gesicht zum Boden, geantwortet hat: »Hier bin ich.« War er so einer? Als Zweiundzwanzigjähriger hat er, heiligen Ernstes voll, den Zölibat geschworen (ohne zu wissen, worauf er großherzig verzichtete) und hat diesen Schwur mit herzzerbrechender Anstrengung gehalten. Lebenslang. Ein Mann, im Venus-Zeichen des Stiers geboren, schönheitsdurstig, sinnlich, im Grunde weich, von der Natur bestimmt, viele Kinder zu zeugen... dem Papst Johannes Paul II., ebenfalls Stiergeborener, zwei Tage Unterschied der Daten, in vielem verwandt: eigensinnig beide bis zur Sturheit, entgegen der eigenen Intelligenz, reiselustig, weltgewandt, zur Repräsentation höchst geeignet, sprachbegabt, charmant. Bauernkinder beide. Muttergebunden beide. Die Madonna als die eigentlich Geliebte, »die Frau« schlechthin. Für beide die Kirche als Mutter: Eine Mutter, die man so wenig enttäuschen durfte wie die leibliche Mutter. Beide Knaben ehrgeizig, an irgendeine Spitze zu gelangen, doch ohne allzu große Anstrengung. Ein Gran Trägheit. Einer brachte es dank der politischen Umstände zum Papst, der andere immerhin zum hohen Ordensoberen und später zum Abt-Präses und Konzilsvater. M. A. war eigentlich zum Wissenschaftler geboren. Ich erfuhr von einem Griechen, der mit ihm studiert hatte, daß M. A., allen weit voran, bestimmt war zur Universitätslaufbahn. Aber sein Orden rief ihn zurück. Er sollte Prior werden. Seine Dissertation blieb seine einzige wissenschaftliche Arbeit. Ich drängte ihn weiterzuschreiben. Er hatte weder Zeit noch Lust. Den auferlegten Verzicht auf weltlich-wissenschaftliche Karriere kompensierte er durch den Aufbau zweier wissenschaftlicher Bibliotheken. Um Raritäten dafür zu finden, machte er viele Reisen. Lebens-Neugier. Unruhe. Und immer neue Selbstbestätigung durch die Verehrung der Leute. Also innere Unsicherheit. M. A. wurde von den meisten seiner Mönche nicht geliebt. Einer sagte kürzlich zu meiner Freundin A.: »Wenn man zu einer Audienz bei ihm geladen war, kam man zerschmettert heraus.« Er war hart zu seinen Mönchen. Auch zu sich selber. Auch zu mir. Aber nicht konsequent. Und diese Inkonsequenz wurde mein Leiden, und mein Leiden war das seine.

Auf jeden Fall: ein geistig-geistlicher Führer war er nicht. Alles mögliche war er: Wissenschaftler, Sammler seltener

Fachbücher, Bauherr, repräsentativer Oberer, Empfänger von Ehren und Orden. Für all das war M. A. passend.
War er fromm? Auf seine Art, ja. Auf jene Art, die der Papst Johannes Paul II. bei seinem Polenbesuch 1983 in Tschenstochau von seinem Christenvolk gefordert hatte. »Es möge fromm sein nach dem Muster der polnischen Volksfrömmigkeit.« Wie M. A. seine Intellektualität mit dieser Kinderfrömmigkeit in Übereinstimmung bringen konnte, weiß ich nicht.
Er war nicht immer nur Liebkind in der Kirche. Schon einmal hatte er aufgemuckt gegen den unchristlich grausamen Glauben der Kirche, daß ungetauft gestorbene Kinder nicht in »den Himmel« kommen könnten, sondern in einem Zwischenort untergebracht würden. M. A. sprach dagegen. Und noch einmal, als Konzilsvater, muckte er auf gegen die strenge Mutter Kirche: er war (es klingt unglaublich) gegen den absoluten Primat des römischen Bischofs. Er forderte, dieser römische Bischof soll als Papst nur *primus inter pares* sein. Einer, wenn auch der Führende, eines Patriarchen-Gremiums, bei dem die verschiedenen kirchlichen Oberhirten Stimmrecht hätten. Natürlich kam er nicht durch. Aber immerhin: er hatte widersprochen. Dafür liebte ich ihn sehr. Kirchlicherseits tadelte man ihn. Da nagte doch einer ganz offen an einem Fuß des »Heiligen Stuhls«. Es war etwas Rebellisches in M. A., tief verborgen, seltsam verbunden mit seinem Eigensinn und seiner Trägheit.
Das Rebellische seines Wesenskerns zeigte sich früh; er selbst erzählte mir, daß er als siebzehnjähriger Internatszögling eine Freundschaft mit einem Mitschüler hatte. Der Präfekt nahm Anstoß daran. Die Folge: M. A. brach diese Freundschaft ab, sprach nie mehr mit dem Freund und nie mehr mit dem Präfekten. Zwei Jahre lang. Bis zum Abitur. Vergessen hat er das Erlebnis nie. Ich könnte hier zu einer doppelspurigen Analyse ansetzen: war er, als Oberer, des-

halb so zwischen Strenge und Güte schwankend, als sich einer seiner Mönche als homophil zeigte? Und war er deshalb so schwankend, so zerrissen zwischen Ja und Nein in seiner Beziehung zu mir? Doch, ich sagte es schon, so einfach war es bei ihm nicht. Nichts war einfach zwischen uns, so einfach es auch war, wenn man es mit dem richtigen Wort benennt. Ich habe viel später in meinem Roman ›Mirjam‹ eine (*die*) Antwort gefunden auf die Frage, warum M. A. und ich unsere Liebe nicht lebten, so oder so. Mirjam (Maria Magdalena) lehnt ihren Kopf an das Knie Jeschuas (Jesus), der sie liebt, aber er schiebt sie sanft von sich: »Mach dir keine Fessel, Mirjam.«

Der zu einer besonderen Aufgabe göttlich Berufene muß frei sein. Das ist einzusehen und anzuerkennen. Aber ist ein Zölibatär wirklich frei? Oder ist nicht sein Zölibat gerade die Fessel, die ihn hindert, er selbst zu werden in der »Freiheit der Kinder Gottes«?

Unsere erste nahe Begegnung. 8. Dezember 1955, vormittags 11 Uhr, im Sprechzimmer; auf dem runden Tisch eine Klöppelspitzendecke mit langen Fransen, die ich (nicht nur beim ersten Warten) zu Zöpfchen flocht, aus Nervosität. Der »hochwürdigste Herr« (so die offizielle Anrede) war pünktlich. Er hatte eine seltsame Art zu gehen: er wehte herein. Sein Habit wehte hinter ihm her wie schwarze Flügel. Er ging immer leise und sprach immer leise mit etwas aufgerauhter Stimme, leicht dialektgefärbt.

Er war sehr liebenswürdig (er konnte auch anders sein, zu anderen, und später auch zu mir, bisweilen). Er war sehr weltgewandt. Er führte das Gespräch. Worüber redeten wir? Ich weiß es nicht. Ich war schweigsam. Dann kam ein Augenblick, in dem auch er schwieg. Wir schauten uns an. Unsere Augen ruhten ineinander. Die Schicksalsfalle schnappte zu. Unhörbar. Wir merkten es nicht. Oder doch? Worüber sprachen wir eigentlich? Vergessen. Aber zuletzt kam ich mit meinem eigentlichen Anliegen heraus: ob er

mein geistlicher Führer sein wolle. Dazu, sagte er, bin ich ganz und gar nicht geeignet, ich kann nicht einmal meinen eigenen Mönchen spiritueller Führer sein. Das stimmte.
Aber für mich müßte er es doch sein können. Für mich, die damals noch glaubte, ein Ordensmann verfüge über besondere spirituelle Erfahrungen. Weshalb sonst wäre er Mönch geworden? Und was sonst hätte er gelernt in seinem Gott geweihten Leben? Von gewöhnlichen Klerikern erwartete ich keine Spiritualität; da hatte ich schon zu viele schlechte Erfahrungen gemacht durch meinen Großonkel, den Herrn »Geistlichen Rat« (der seinen Zölibat selber nicht hielt, wie ich viel später erfuhr), und jene, die mit ihren Problemen zu ihm kamen; Problemen, die schon öffentliche Skandale waren. Aber ein Mönch! Und wenn nicht er: wer dann?
Ich war auf leise Art hartnäckig: ich bat M. A. telefonisch um ein Wiedersehen. Er versuchte ein Nein, aber er fand keine vernünftige Begründung. Er hätte lügen können: er müsse verreisen, oder derlei. Er log nie. Aber später verreiste er einfach, wenn er wußte, ich würde kommen. Er floh. Er fühlte sich den Begegnungen nicht gewachsen. In den ersten Monaten war er schlechthin verwirrt. Das Fremde, das ihn überfallen hatte, erkannte er nicht als das, was es wirklich war: Liebe. Eine große Liebe. Woher sollte er es wissen? Er hatte noch nie geliebt. Nicht einmal Verliebtheit kannte er (sagte er). Papst Johannes Paul II. hatte wenigstens dies kennengelernt als Student, M. A. nicht einmal das. Sein Hochmut verbot ihm solche banalen Regungen, die einen Schatten warfen aufs Priester- und Mönchtum. Er nahm es ernst mit seinem Beruf. Ich vermute, es war ihm nie ein Mädchen oder eine Frau begegnet, die vermochte, ihn vom »Tugendpfad« zu locken. Bis ich kam, ohne jede Absicht, ihn zu verführen.
Daß zwischen uns Liebe war, wurde M. A. nicht sofort klar. Er hatte ja keine Erfahrung. Der Pfeil hatte ihn hinterrücks getroffen. Er spürte nicht, wie tief er eingedrungen war.

Einmal, im Januar 1956, sagte er mir am Telefon: »Sonderbar, daß in den Evangelien dieser Wochen immer von Frauen die Rede ist.« So also ist das, dachte ich: er beschäftigt sich mit dem Thema »Jesus und die Frauen«. Aber ging es ihm um Jesus und biblische Frauengestalten? Ging es ihm nicht um die Frau schlechthin? Ging es ihm nicht um die eine leibhaftige Frau, die da so plötzlich ihm in den Weg geschleudert wurde?
Fünf Monate vergingen, wir sahen uns kaum, aber zu meinem Geburtstag kam ein Brief.

»Nel mezzo del cammin
Mi ritrovai in una selv'oscura ...«

Dantes Worte aus der ›Divina commedia‹.
In der Mitte seines Lebens, in seinen schönen Mannesjahren, fand er sich verirrt und verwirrt im dunklen Wald von Gefühlen, die ihm fremd waren. Unheimlich. Und er gestand mir seine Verwirrung. Ein mutiges Bekenntnis. Und ein Hilferuf. »Zeig Du mir den Weg aus dem dunklen Wald.« Wie aber? War ich nicht selbst verwirrt genug? Ich wußte, was Liebe war. Aber ich wußte nicht, wie man einen Priestermönch lieben kann und darf. Ich war von der großen Liebe meines Lebens erfaßt. Er war wirklich *die* große Liebe. Sie dauert bis heute. Was immer sich in diesen Jahrzehnten ereignete, vermochte nicht, diese eine große Liebe auszulöschen. Ich schrieb (1957) als Widmung in mein Buch ›Abenteuer der Tugend‹: »L. D. Caritas numquam excidit.«
L. D.? Altitalienisch: Lo duca. Der Führer. Worin bestand denn die Führung M. A.s? Ach, es gab keine. Es gab nur verworrene, leidenschaftliche, mit Gewalt unterdrückte Liebe – seinerseits. Meine Liebe war stark und tief. Die Hoffnung auf geistliche Führung hatte ich längst aufgegeben. Wie sollte dieser Mann mich führen, der zum ersten Mal sich selbst erkannte als der, der er war: ein zur Liebe Fähiger, dem es unter schwerer Strafe (selbstauferlegter

und von Kirche und Orden angedrohter) verboten ist, eine Frau zu lieben. Wie ist denn »erlaubte« Liebe? Karitativ? Fürsorge des Beichtvaters ums Seelenheil der Gläubigen oder Zweifelnden. Was für eine kastrierte Liebe. Was für Verdrängungen gefährlichster Art! Erzeugung von Neurosen. Schweres Schuldbewußtsein. Hilfloses Ausgeliefertsein an die lebenslange Schizophrenie. Die nicht gelebte Sexualität wie ein stetig wuchernder Krebs. Die Flucht in hektische ehrgeizige Tätigkeit. Und die Flucht in die Karriere, die Kompensation verspricht. Oder auch Flucht in die Krankheit. Das wissen Psychotherapeuten. Jedenfalls: Flucht, Flucht. Um welchen Preis? Warum schnitten wir die so schmerzvolle Bindung nicht tapfer entzwei?

Nun: es dauerte Monate, bis uns beiden wirklich mit aller Schärfe klar war, daß wir uns liebten. Zunächst waren wir verwirrt und verzaubert; und M. A. versuchte, in aller Unschuld diese Liebe und sein Ordensgelübde in Einklang zu bringen. Ich schien keine echte Gefahr zu sein. Ich liebte ihn wunschlos und selbstlos und mit aller gebotenen Distanz. Was auch hätte ich wünschen und erwarten sollen? Eine banale Bettgeschichte? Oder eine legale Ehe? Ich war verheiratet. Ich dachte nicht an Scheidung und nicht an eine Ehe mit M. A. Nicht einen Augenblick. Diese Liebe fand statt auf einer sehr hohen Ebene. Wenigstens war das meine Meinung und meine Absicht. Wie aber lebte der zölibatäre Partner seine Liebe? Hilflos und verworren. Diese armen Priester: sie werden nicht im Seminar und nirgendwo sonst vorbereitet auf eine Erfahrung solch elementarer männlicher Gefühle. Einzige Belehrung: Hütet euch vor Frauen; sie nähern sich euch unter dem Vorwand, Rat und Hilfe zu brauchen, und das kann sogar wahr sein, aber sie bringen Unruhe in euer Leben, sie regen eure Sexualität auf, sie stören euch in euren priesterlichen Pflichten, sie bringen euch in unnütze Konflikte und in schlechten Ruf. Und wer von euch glaubt, er sei einer solchen Versuchung gewachsen, der täuscht sich. Also: gewährt keiner Frau Zugang in euer Leben. Ihr seid attraktiv für Frauen, denn ihr seid das Verbotene, das reizt sie. Und ihr seid auch zugleich das Ideal: der Mann, der sie nicht zum Sexualobjekt erniedrigt. Und ihr seid die Über-Väter, die Geborgenheit versprechen. Ihr könnt die Geborgenheit, die sie suchen, nur geben, wenn ihr euch in weitem Abstand haltet. Das Ideal eines Christen, ob Priester oder nicht, ist die Jungfräulichkeit. Übt euch in der Askese...

Aber wie hätten solcherart erzogene »Spirituale« (geistliche Führer) ihre Seminaristen vorbereiten können aufs Leben?

Warum haben sie den jungen Männern nicht große Modelle gelebter Liebe gezeigt: Franziskus und Chiara, Hieronymus und Thekla, Franz von Sales und Franziska von Chantal? Das waren »Heilige« sogar. Freilich: die großen Ausnahmen. Sonst ging es eben, wie es ging: der Pfarrer und seine Haushälterin, die Päpste und die hocharistokratischen Kurtisanen... Der Normal-Kleriker half sich, wie er konnte. Wie viele Priester und Ordensleute haben mir ihre Nöte geklagt. Dieser mörderische Zölibat: wie viele zerbrochene Persönlichkeiten haben jene auf dem Gewissen, die den Zölibat hartnäckig für die Grundbedingung des Priestertums halten. Und wie viele Frauen haben lebenslang gelitten unter der Doppelbödigkeit ihrer Liebe zu einem Priester, der ihr und sich verbot, Gefühle zu gestehen oder gar auszuleben.

M. A. und ich zeigten uns unsere Gefühle. Sie waren zu stark, als daß wir sie hätten verbergen und verleugnen können. Wie lebten wir sie denn?

Am 3. Juli 1956 notierte ich in mein Kalenderchen: »Er sagte heute: ich werde das sein, was du aus mir machst.« Was für ein vieldeutiges Angebot, was für eine Aufgabe. Ich also sollte die Verantwortung übernehmen. Ich! »Lo Duca«. Keine Rede. Ich.

Am 22. Juli 1956, dem Tag der Heiligen Maria Magdalena,

rief er mich an: »Ich gebe dir einen neuen Namen.« Fortan war ich seine Maria. Seine Brief-Anrede: »M. K. M.« Das hieß: Mein Kind Maria. Als sein Kind also wollte er mich, der Übervater. Der Versuch, seiner Beziehung zu mir Schutzfunktion zuzuschreiben. Väterliche Liebe ist erlaubt. So meinte er.
Als ich mein Haus in Italien baute, ließ ich am Gartentor eine Steintafel anbringen: Villa Maria. Und die Besucher wunderten sich. War die Madonna gemeint? War ich so fromm? Ach, es hieß doch: »Hier wohnt eine, welcher der in jeder Hinsicht ferne Geliebte den Namen Maria gab, um ihr zu sagen, du bist meine andere Hälfte, meine Anima.«
Wir sahen uns oft, viel zu oft. Es gab so viele Gelegenheiten, offizielle, auch unumgängliche, aber auch ganz andere. Einmal in jenem unserem ersten Hoch-Sommer, unserer Hoch-Zeit (er wußte, daß C. O. verreist war) rief er mich an: er müsse nach M. fahren, und er könne auf dem Weg dorthin mir einen kurzen Besuch machen. Er kam mit einem großen Strauß leuchtend roter Nelken. Er habe, sagte er (verlegen), unterwegs einer Kranken Blumen bringen müssen, und da dachte er... Wie natürlich und harmlos das war. Unsere Köchin Mariele berichtete die Sache mit den roten Nelken unserer Sekretärin, jener, die später C. O.s Frau wurde, und die es getreulich weitererzählte.
Dieser Besuch war ein hohes Wagnis. Nicht nur, daß M. A. in C. O.s Abwesenheit kam. Nicht nur die roten Nelken. Nicht nur das erste Alleinsein mit mir außerhalb seiner schützenden Klostermauern. Was eigentlich dachte er sich dabei? Mußte er nicht wissen, wie ich diesen Besuch deuten konnte?
Wir saßen in meinem Arbeitszimmer, Mariele brachte Tee und Kirschkuchen, es war Kirschenzeit, heller heißer Frühsommer, und wir saßen da, das Tischchen zwischen uns, und berührten weder Tee noch Kuchen. Wir schauten uns an. Einmal kam Mariele herein, um den Tisch abzuräumen.

Sie war erstaunt. Hat es nicht geschmeckt? Dann waren wir ungestört.
Plötzlich sagte er: »Ich sitze so weit weg von dir.« Und er setzte sich mit seinem wehenden Schwung neben mich aufs Sofa. Nahe, doch ohne mich zu berühren. Es war an mir, mich in seine Arme zu werfen. Ein Engel saß zwischen uns. Was hätte geschehen können ohne diesen wachsamen Engel mit dem Lilienstengel-Schwert.
Wir saßen schweigend. Wie hielten wir das aus? Wie hielten wir stand? Seltsam: ich fühlte kein Begehren. Und ich war auch nicht erregt, als er schließlich sagte: »Verachtest du mich, wenn ich öfters komme?« Das hieß: »Verachtest du mich, wenn ich dich liebe, ich, der meinem Konvent Vorbild sein soll?« Sagte ich nein oder ja oder gar nichts? Seine Antwort war, daß er sich wieder auf den Stuhl setzte, weg von mir. Aber jetzt war ich es, die sich zu ihm setzte, vielmehr mich auf den Boden neben ihn kauerte, den Kopf an sein Knie gelehnt. Jene Szene, die ich Jahrzehnte später einbrachte in meinen Roman ›Mirjam‹. Jeschua schiebt den Kopf der Liebenden sanft beiseite. »Mach dir keine Fessel, Mirjam.«
Und M. A.? Schob er mich beiseite? Zerriß er die Fessel, ehe sie sich noch enger um uns schloß? Keineswegs. Er nahm meine beiden Hände in die seinen und summte den Anfang eines Kirchenliedes. »Kennst du es? Ein schöner Text. ›O, daß ich dich so spät erkannte, du hochgelobte Schönheit du.‹« Erschrocken über sich selbst, brach er ab. Zu spät. Was half es, daß er die Worte ins Religiöse umbog. »Du hast so spät zu Gott gefunden.« Was für ein Unsinn. Er hatte ihn gewiß nicht sagen wollen. Was er meinte, war: »Hätte ich dich doch früher gefunden!« Aber wann: früher? Ehe er Priester und Mönch wurde? Aber da war ich noch fast ein Kind. Früher, das gab es nicht. Früher war immer zu spät. Und »zu spät« gab es auch nicht für das, was zwischen uns war und sein konnte. Nicht zu früh, nicht zu

spät. Unser Schicksal war, wie es war, und jeder Augenblick war recht.
In jenem Sommer fuhr er für einige Ferienwochen in die Schweiz in ein Kloster bei Lugano. Von dort aus bekam ich einen Brief, an dessen Schluß stand: »Gott schütze Dich und unsere Kinder.« Ach, wir hatten keine. Als ich eines Tages sagte, wie schön es wäre, hätten wir ein Kind, sagte er: »Aber es ist doch so, als hätten wir Kinder.«
Später leugnete er, jenen Satz in dem Brief aus Lugano geschrieben zu haben; so viel Unvorsichtigkeit traute er sich nicht zu. Aber geschrieben ist geschrieben. Als er den Brief mit eigenen Augen las, wurde er blaß.
Das Problem der Zölibatäre: wenn sie in jene Jahre kommen, die man heute die »midlife-crisis« nennt, geraten sie in Angst vor der Einsamkeit. Ein »Verlassenheits-Syndrom«. Das Gefühl des unwiederbringlichen Verlusts, kein Kind gezeugt zu haben. Die Angst, ins Nichts zu fallen. Kinder wären doch eine Fortsetzung, eine Garantie des Weiterlebens, oder nicht? Was für eine Überschätzung des Biologischen. Was für eine archaische, untheologische Vorstellung vom Weiterleben nach dem Tod.
»Unsere Kinder...« Nun, wir hatten eben keine.
Einmal waren meine Kinder und ich in der Schweiz. Ein paar Ferienwochen am Monte Bré über dem Luganer See. Und dorthin schrieb mir M. A., er trage sich mit dem Gedanken, uns in seinem Auto abzuholen. Warum nicht? »Bis in den Traum hinein verfolgte mich der Gedanke, aber ich mußte bei Oria viele Male kreuzen und kam nicht über die Grenze.«
Er kam nicht über diese Grenze, er kam über keine, er kam ihr nur gefährlich nahe. Überall stand der Wächter-Engel. Was wäre aus uns geworden ohne diesen Engel? Wenn ich gewollt hätte... Es gab einige Augenblicke, in denen es an mir lag, alle Tabus zu überspringen: meine Ehe, seinen Zölibat, den guten Ruf... Es wäre groß und schön gewesen.

Zunächst. M. A.s Fesseln wären gefallen. Er hätte seine Männlichkeit frei ausleben können. Er wäre endlich zu sich selber gekommen. Aber damals gab es keine Laisierung. Und eine illegale »Ehe«, nein, das hätte M. A., der im Grund Konservative, dann doch nicht verkraftet. Nein, nein, nein. Es wäre kein Glück geworden, ich weiß es. Einmal fragte ich ihn, was ich ihm eigentlich sei. »Du bist mir alles, was du dir zu sein wünschest.« Was wünschte ich ihm zu sein? Weder Ehefrau noch Geliebte. Nichts als die Gefährtin auf seinem Weg. Das war ihm zu wenig und doch zu viel. Was wollte er eigentlich?

Viele Jahre später, als er während der Jahre des Ökumenischen Konzils häufig in Rom war, schrieb er mir einmal von der Heimfahrt (er fuhr immer selbst, allein im eigenen Wagen) auf einer Karte: »Jetzt gang i ans Brünnele, trink aber net« (ein schwäbisches Volkslied). Und das nach vielen besonders schönen Tagen.

Ein Rätselwort, leicht aufzulösen, so vieldeutig es ist: Es gab also ein Brünnlein, ein lebendiges frisches Wasser; er geht zu diesem Brunnen, aber er trinkt nicht. Warum nicht? Ist frisches klares Wasser gefährlich? Ist es nicht lebenspendend? Oder enthält es doch ein geheimes Gift? Bleibt es nicht bei einem Schluck? Wird man süchtig danach? Ist's wie im Märchen von Brüderchen und Schwesterchen: »Trink nicht daraus, sonst wirst du ein Reh«? Das Brüderchen trank, und es wurde ein Reh. Was wäre aus M. A. geworden, hätte er daraus getrunken?

Drei Menschen versuchten, das alte Dreieck-Spiel zu spielen. Drei Menschen lebten auf einer sehr kleinen Insel inmitten schwarzer Gewässer voller Tiefsee-Ungeheuer. Ein Spiel, bei dem es keinen Gewinner geben konnte.

Wußte C. O. denn von M. A. und mir?

Was gab es zu wissen? Nichts als was er fühlte. Und was ihm als Klatsch zugetragen wurde. Damals quälte er mich mit endlosen Nachtgesprächen über »Religion«. Begriff ich eigentlich, daß er damit herausfinden wollte, was M. A. und ich gemeinsam besaßen und was er nicht besaß? Lese ich heute seine Briefe, so ahne ich, wie er damals, 1957, litt. Er lebte in inständiger Bitterkeit. Natürlich gab es Leute, die M. A. und mich zusammen sahen und ihre Schlüsse daraus zogen. Schlüsse, die stimmten und doch nicht stimmten. Wer von ihnen wußte, was M. A. und ich litten? Und wie oft wir eine radikale Trennung wollten.

Jener Steinbruch... Wir waren, jeder für sich, bei der Beerdigung des Jesuiten-Provinzials gewesen, und da wir den gleichen Heimweg hatten, fuhren wir hintereinander, jeder im eigenen Auto. Plötzlich bog er von der Straße ab in ein wüstes nacktes Gelände: ein unbenützter alter Steinbruch, von der Straße her einzusehen. Auf offener Bühne wollte er den Akt des endgültigen Abschieds. So schien es. Aber die Szene verlief anders. Wir schauten uns an, todtraurig Liebende, zur Trennung Verurteilte. Wir schwiegen wie die Steine. Jedes Wort erstickte in unseren Kehlen. Schließlich ertrug ich die Szene nicht mehr. Nun also, sagte ich, wenn wir diese Situation nicht mehr länger ertragen, dann müssen wir uns trennen.

Ich war dazu hart entschlossen.

Was sagte er? Uns trennen, das können wir doch nicht nach allem, was war.

Was war denn?

Nichts, was »verboten« war. Nein? Nichts Verbotenes? Und was war unsere Liebe? Die seine: eine Verletzung der absoluten Hingabe an seinen Gott, eine geistige Verletzung des Zölibats. Und die meine: der ungeschehene, nie gewollte, aber immerwährende Ehebruch. Große Treubrüche beide. Wir beschlossen, uns lange nicht mehr zu sehen.

Die Wochen danach waren qualvoll. Ich sah ihn wieder im Goldbrokat. Er war abgemagert und bleich, und seine Predigt war ganz und gar unpassend traurig, rätselhaft für die

meist jungen Zuhörer. Was redete er vom Tod? Es ging sie nichts an.
Es ging mich an.
Nach dem Amt trafen wir uns im Korridor. Ich war es, die um eine Audienz bat. Er nahm mich mit ins Sprechzimmer. Ihm fiel meine Blässe auf, so wie vorher mir die seine aufgefallen war. Ich sagte: »Ich kann nicht mehr. Ich will sterben. Was wäre, wenn ...« Er unterbrach mich: »Dann fielen wir in die Arme Gottes.«
Wir. Wir? Ich hatte nur von mir gesprochen. Also auch er lief auf dem messerscharfen Grat. Jede große Liebe ist in der Nähe des Todes angesiedelt.
Wir lebten weiter, o ja. Doch je mehr wir an unseren Ketten zerrten, desto tiefer schnitten sie in unser Fleisch. Solchen Bindungen entrinnt man nicht. Sie unterstehen nicht den Gesetzen der Moral. Sie unterstehen unmittelbar dem Schicksal, das seine dunklen Ziele verfolgt.
Viele Jahre später, am 11. Juli 1965, hielt er in seinem Amt eine Predigt, in der er sehr klar sagte: »Zu einem ganzen Menschen gehören zwei.« Danach fragte er mich, ob mir seine Predigt gefallen habe. Ja, sagte ich. Und er. »Besonders ein Satz, nicht wahr?« Und dabei hielt er meine Hand in der seinen, in aller Öffentlichkeit. Das große Zeichen: er hatte sich durchgerungen zu sich selber. Endlich. Nach Jahren.
Im Sommer 1957 riskierten C. O. und ich eine Reise nach Griechenland mit unseren Freunden, dem griechischen Musikologen Georgiades und seiner Frau. Wir waren eingeladen vom Leiter des deutschen archäologischen Instituts in Athen. Warum, zum Teufel, hatte ich mir als Lektüre ein Lehrbuch mitgenommen über Fragen, für die M. A. sich speziell interessierte? Ich wollte wissen, was M. A. wußte. Mußte C. O. das Buch nicht sehen? Mußte er nicht die richtige Deutung finden? Brauchte er aber noch einen Beweis für das, was er längst wußte, oder eben doch nicht wußte?

Warum schlief ich noch mit C. O. damals im Inselhaus hoch über den Klippen und beim Schreien der Esel auf den Hügeln? Aus Mitleid. Er sah so ungeheuer bitter und einsam aus. Ein wenig Wärme und Nähe wollte ich ihm geben. Doppelter Treubruch. Vergeblich.
Ich schrieb damals ein Tagebuch. Ich berichtete von der Insel, von Menschen und Tieren, von dem Ritt zu einer Wallfahrtskirche, vom Übernachten im Freien unter dem sanften Himmel, und ich machte Zeichnungen dazu. Aber dazwischen unterliefen mir gefährliche Sätze, von denen ich naiverweise annahm, daß niemand je sie sehen würde, niemand als der, für den ich sie schrieb. Und da stand jener Satz, der dann bei der Scheidung als einer der eindeutigen Schuldgründe galt. Ich schrieb: Da ich schon nicht mehr besaß, was M. A. hatte, die »Jungfräulichkeit«, wollte ich ganz langsam eine neue Jungfräulichkeit erlangen; und das hieß, ich wollte nicht mehr mit C. O. schlafen. Verweigerung des ehelichen Beischlafs.
C. O. fand auf der Insel mein Tagebuch. Er durchwühlte meinen Koffer, während ich am Meer war. Das erfuhr ich erst bei der Scheidung. Ich hatte es lange vorher vermutet. Daß C. O. schon damals, 1957, an Scheidung dachte, ahnte ich nicht. Ich war ihm treu auf meine Weise. Ich machte seine Reisen mit, ich empfing seine Besucher; ich lebte mit ihm. Hatte ich denn die Hoffnung, ich könne auch ihm Liebe geben? Als ob ein Mann wie C. O. damit zufrieden wäre, liebevoll umsorgt zu werden. Seine Liebe, die freilich (so meine ich) nie etwas anderes gewesen war als seine Illusion, durch mich aus dem schwarzen Abgrund der Verlassenheit und Depression ans Licht geführt zu werden – diese Art Liebe war eine Täuschung gewesen. Was band uns denn noch? Daß auch diese brüchige Bindung eine war, die lebenslang dauern würde, ahnten wir nicht.
Was dachte M. A., der Geistliche, der Zölibatär, eigentlich über meine Ehe mit C. O.? Half er sich mit einem theologi-

schen Argument: C. O. und ich waren nicht kirchlich getraut, da war es denn schließlich keine Sünde wider ein Sakrament... Als ob er nicht, guter Theologe, der er war, gewußt hätte, daß die Ehe das Versprechen lebenslanger Treue war, das zwei Menschen sich geben und wozu die Kirche nur den Segen erteilt, es solcherart erst zum »Sakrament« machend. Was also dachte er überhaupt darüber?
Viele Jahre später erst gestand er mir, daß er ein tiefes Schuldgefühl habe: er sei der Scheidungsgrund gewesen. Ich tröstete ihn unsinnigerweise (sollte er doch leiden...), indem ich sagte, er sei nur ein letzter Anlaß gewesen, und er habe ja immer wieder gesagt, er liebe mich nicht. Was er unter Liebe verstand: den Ehewillen, den Wunsch, mit mir ins Bett zu gehen, oder was denn? Hatte er mir nicht hundert Beweise seiner Liebe gegeben? War er nicht krank geworden durch seine Verdrängung? Was war denn damals im Dezember 1957, als ich ihm in jenem Sprechzimmer sagte, wir müßten uns trennen, endgültig. Ich sagte es unter Tränen. Er trocknete mit seinem großen weißen Taschentuch meine Tränen, und dann die seinen, denn auch sein Gesicht war naß von Tränen. »Süße Tränen, bittre Tränen.« Seine Tränen und die meinen vereint. Ich verwahre jenes Taschentuch mit seinem Monogramm noch heute. Aus den Tränen wurden Stockflecken. Das Tüchlein wird mit mir begraben.
Tränenüberströmt umarmten und küßten wir uns. Das erste Mal, das einzige, das letzte Mal.
»Ich habe Sie nie geliebt«, sagte er einmal. Nein, nein. Wenn's dich beruhigt, M. A., so glaub es nur weiter.
Dann kamen die Konzilsjahre in Rom, 1962 bis 1966. Die vielen Gelegenheiten, uns zu sehen, unbeschwert und nicht mehr beobachtet von bösen Augen, nur von erstaunten, denn unbeachtet blieb unsere Freundschaft nicht. Ich nenne es Freundschaft, aber es war, was es war und ist: Liebe. Ich baute mein Haus in den Albaner Bergen, und als es sozusa-

gen fertig war, bat ich M. A., der als »Konzilsvater« in Rom war, es einzuweihen. Er kam ohne Einwände, er kam mit Freude. Nachdem er in meiner kleinen Hauskapelle die Messe zelebriert hatte (da, wo ich Heidin heute im damals sakralen Raum einen Teil meiner überquellenden Bibliothek untergebracht habe) und während ich das Frühstück bereitete, ging er auf der Terrasse hin und her, sein Brevier betend. Und plötzlich sah ich, und auch er sah es, daß sich auf dem Querbalken über ihm ein großer Vogel niedergelassen hatte: ein Rabe. Keine Krähe, nein nein, ein Rabe. So einer wie jener, der dem Einsiedler Sankt Benedikt in Subiaco sein tägliches Brot brachte. Ich hatte hier noch nie einen Raben gesehen, auch später sah ich nie einen. Was brachte er: Segen oder Warnung?
Dem ersten Besuch M. A.s folgten viele. Ich holte ihn in Sant'Anselmo ab und brachte ihn später wieder zurück. Keine Rede mehr von Schuld und Trennung. Wir waren heiter. Er spielte mit meinem Hund und fütterte ihn mit Kuchen. Ich war dagegen. Er: »Aber was hat denn so ein Hund vom Leben?« Ich lese eben in meinem Kalenderchen von 1966, daß M. A. mir in der Küche beim Schneiden von Tomaten half, daß wir ans Meer fuhren, daß wir spielten, ich sei eine ländliche Pfarrersköchin, ich sagte »Hochwürden« zu ihm; er verstieg sich zu dem Satz, ich sei »der schwerste Verzicht seines Lebens«, und er bewundere, sagte er, meine »Disziplin«; er ließ sich in meinem Auto mit zwei anderen geistlichen Würdenträgern nach Nurcia fahren... Wie konnte ich später denken, die ganze Beziehung sei beweinenswert gewesen? Sie war intensiv, schön, zeitweise glücklich. Damals träumte ich, er sagte zu mir: »Sie sind die Gegenwärtige.« Das hätte ich zu ihm sagen können und kann es heute noch sagen: »Du bist der Gegenwärtige.«
Ich lud öfters auch andere Leute ein. Alles verlief ganz natürlich und eher konventionell. Ich hatte, als akkreditierte

Konzilsjournalistin, oft in Rom zu tun, und bisweilen waren wir eingeladen, jeder für sich, und die Gastgeber ahnten nicht, daß sie »ein Paar« einluden. Und andere, die nur einen von uns einluden, ahnten nicht, daß der nicht mit Eingeladene litt. Einmal, bei einer Einladung des deutschen Vatikan-Botschafters, war ich die einzige Frau unter Konzilsvätern: Bischöfen, Äbten, Kardinälen (Döpfner war da und Höfer, und der kluge, fortschrittliche Kardinal Bea). Und ich, die Frau. Und M. A.

Einem einzigen Menschen, meinem Freund René Hocke, fiel es auf, daß mich der Herr Abt so lange, so selbstvergessen ansah, wenn er mir sein Weinglas entgegenhob. Einmal, das war in Deutschland, schenkte M. A. mir zu Ostern ein Ei, ein leuchtend rotes, auf das er mit eigener Hand mit schwarzer Tinte gemalt hatte: TVB. Unser Geheim-Code-Wort: Ti voglio bene. Italienisch. Zu übersetzen mit: Ich bin dir gut. Oder: Ich hab dich lieb. So unterschrieb er auch seine gelegentlichen Briefe. Ich verwahre das Ei (vom eßbaren Inhalt entleert) noch immer. Es wird mir noch heute seltsam zwiespältig zumute, wenn ich es anschaue. Das leuchtende Rot ist nicht verblaßt.

Während der Konzilsjahre sahen wir uns oft, fast jede Woche. Wieder einmal wagte er sich weit vor. War es sein oder mein Wunsch, den Silvester-Abend in meinem Haus zu verbringen? Ich holte ihn in Rom ab. Ich hatte ein Abendessen vorbereitet und Feuer im Caminetto angezündet, davor saßen wir dann, nebeneinander, und er hatte einen Arm über die Rücklehne des Sofas gelegt. Die Geste war eine Einladung. Ich verstand sie wohl, o, ich verstand sie! Wieder einmal legte der Engel seinen Stab zwischen uns. Wir waren zauberisch Gehaltene, reglos Verzückte. Nach Mitternacht brachte ich ihn nach Rom zurück.

Später fragte ich mich oft, ob denn mein Verhalten (denn von mir hing es ab, was geschehen konnte) richtig war. Hätte ich ihn nicht erlösen sollen? Beging ich nicht den glei-

chen Fehler wie er: ans Brünnele gehen, aber nicht trinken? Habe ich, haben wir beide nicht versagt vor der großen Aufgabe? Hätten wir es wagen sollen, unsere Liebe wirklich zu leben? Waren wir beide zu feige? Oder war es unsere Aufgabe, den Verzicht zu leisten? Wer war so unerbittlich grausam, ihn von uns zu verlangen? Aber haben wir denn so großartig radikal verzichtet? Keineswegs.
Und wie war das mit dem Ring? Nach der Scheidung von C. O. legte ich den Ehering ab, kaufte einen neuen und ließ neue Initialen eingravieren. Als wir in Rom waren, legte er diesen Ring während seiner Messe auf den Altar Pius' X. (was einer Weihe gleichkam), und hernach auf dem Petersplatz (ich weiß die Stelle noch heute) steckte er ihn mir an den Finger, genau gesagt: er schob ihn bis zum Fingerknöchel, dann erschrak er und überließ es mir, ihn vollends anzustecken.
Jahrelang lebten wir angespannt zwischen Ja und Nein. Vielmehr: ich lebte (mit Ausnahme rebellischer bitterer Intervalle) nur das Ja. Aber er! Einmal wies er mich brüsk ab, als ich ihn sprechen wollte. Das andere Mal kam er überraschend mit irgendeinem Geschenk. Einmal fragte ich ihn (laut Kalenderchen), ob er je an mich denke. Ja, sagte er, immer fünfzigmal. Wieso? Wenn ich den Rosenkranz bete: fünfzigmal Ave Maria. Das klingt harmlos. Es war fast blasphemisch. Welche Maria grüßte er da?
Spielte er nicht auch ein wenig mit der Liebe? Dieses Versucherisch-Spielerische gehört zu seinem vielschichtigen Wesen. War es nicht reizvoll für ihn, mich, die sonst so Selbständige, an der langen Leine zu halten? Und war es später nicht diabolisch gefährlich, daß er sich als der Allein-Geliebte wußte, damals, später, nachdem Karl Rahner in mein Leben gekommen war, der große Rahner, dem er eigentlich, so sagte M. A. einmal, »nicht das Wasser reichen konnte«?
Wäre ich jetzt weniger liebend, würde ich sagen: Nun ja, er

hielt den Zölibat und nahm als schönes Geschenk des Lebens die Liebe einer Frau hinzu, einer Frau, die seinen Zölibat nicht ernstlich bedrohte und die keine Verführerin war, sondern eine geistige Gefährtin. Und das Erotisch-Sexuelle? Ich habe nie begehrt, mit ihm zu schlafen. Ich, gelernte Traumdeuterin, hatte in all den Jahrzehnten drei Träume, die sich sexuell deuten lassen. Alles übrige: Verdrängung? Nein. Bei mir nicht. Meine Liebe war so groß, daß darin alles Sexuelle verbrannte wie dürres Reisig. Ich liebte ihn, das war alles.
Lo Duca. Es war nicht sein Wunsch und Wille, mir geistlicher Führer zu sein. Aber er war nolens volens das Werkzeug himmlischer Führer. Unsere Liebe begab sich auf hoher Ebene. Und sie war dennoch irdisch und mit irdischen Leiden verbunden.
Vor einigen Jahren traf ihn meine Freundin A. Zufällig, wenn es Zufälle gibt. Sie erkannte ihn. Sie fragte ihn, ob sie mir Grüße bringen dürfe. Er sagte: »Sagen Sie ihr, es gehe mir unverdienterweise gut.«
Nun: heißt das, daß er Schuldgefühle hatte? Daß es in seinem zölibatären Leben Stellen gab, die vor seinem Gott verborgen und einer Frau eingeräumt waren? Daß er mir unnötigerweise Leiden zugefügt hatte? Daß männlicher Sadismus eine Rolle spielte? Daß er schuld hatte an meiner Scheidung? Daß er die Ursache war für meinen lebenslangen Zölibat? Daß er schuld war am Leiden des großen Karl Rahner? Mein Gott...
C. O. schrieb in seinem letzten Werk ›De temporum fine comoedia‹: »Der Teufel geht um. Gott hat es gewollt.« Und Goethe schrieb seine Klage und Anklage an die Götter: »Ihr führt ins Leben uns hinein. Ihr laßt den Armen schuldig werden. Dann überlaßt Ihr ihn der Pein.«
Denke ich mir ein »Gericht« über uns, die Beteiligten an einem Schicksals-Spiel, so würde ich M. A. verteidigen. Er konnte nicht anders handeln. Er war das Opfer seiner kleri-

kalen Verbildung und seines zweispältigen Charakters. Er hat genug gelitten. Ich beantrage Freispruch.
Und ich? Ich bitte um Erbarmen für mich. Aber wenn M. A. ins Purgatorium muß, so will ich ihn begleiten. Ihn. Niemand anderen.
Jedoch: schuldig oder nicht – wir alle haben über ein erträgliches Maß hinaus gelitten. Und so möge denn der Schluß von Orffs letztem Werk gelten: »Das Ende aller Dinge wird aller Schuld Vergessung sein.«

Warum diese Etikettierung? Sagt man etwa von anderen: der protestantische Schriftsteller, der calvinistische, der anglikanische, der buddhistische, der moslemische, der shintoistische...? Allenfalls sagt man »der jüdische Autor«. »Jüdisch« und »katholisch«, das sind Wertungen, und zwar außerliterarische. Da werden unerlaubte Identifizierungen vorgenommen.

Was wollen denn jene Kritiker sagen, wenn sie mich »katholisch« nennen? Sie haben eine vorgefaßte Ansicht vom Katholizismus, so wie andere eine vom Kommunismus und wieder andere vom Judentum haben. Konkrete individuelle und kollektiv-historische Erfahrungen vermischen sich mit Irrationalem.

Was und wie ist denn ein katholischer Schriftsteller? Ich habe einige Tage damit verbracht, eine präzise Antwort zu suchen. Ich fand keine. Nur annähernde Beschreibungen. Ich fand, daß es Schriftsteller gibt, die mit aller Selbstverständlichkeit ausdrücklich als »katholisch« bezeichnet werden, vorwiegend französische: Paul Claudel, Georges Bernanos, Léon Bloy, Charles Péguy, Francis Jammes; in Deutschland Gertrud von Le Fort, Elisabeth Langgässer, Werner Bergengruen, Reinhold Schneider...

Es sind entweder Konvertiten, die, enttäuscht von einer anderen Konfession, die römisch-katholische Kirche für diejenige religiöse Gemeinschaft halten, die das Christentum am reinsten und die Lehre Jesu am treuesten lebt. Sie sind geneigt, alle Fehler dieser Kirche zu übersehen. Und wie alle Konvertiten machen sie ihre Erstlingsliebe zum Inhalt ihrer Bücher. Diese Bücher sind, mögen sie auch literarisch gut oder sehr gut sein, heute unangenehm zu lesen. Gertrud von Le Forts Hymnen an die Kirche sind peinlich angesichts der Finanzskandale dieser Kirche. Die Kirche hat uns enttäuscht, sie ist ein Politikum konservativster Art und fern vom realen Leben.

Es gibt aber auch eine andere Art von Katholiken: jene, die, in eine katholische Umgebung hineingeboren, ideologisch geprägt sind vom doktrinären System, so daß ihr blinder Glaube zum Gewissenszwang verinnerlicht wird und daß sie alles, was sie schreiben, mit dem Blick auf ihre Kirche schreiben, die, als ihre Zensurbehörde, ihren Vater-Richter-Gott vertritt. Sie gleichen darin jenen Kommunisten, die bewußt oder unbewußt aus Überzeugung oder aus Angst vor Bestrafung sich streng an die Ideologie ihres autoritären Staates halten. Schriftsteller, die in solchen Strukturen gefangen sind, entwickeln einen besonderen Schreibstil, dem Stoff angepaßt, ihre Sprache hat sozusagen einen besonderen Geruch.

Es gibt die braven katholischen Erbauungs-Schriftsteller, die altmodisch konservativ denken, auf dem Feld der Politik wie auf dem der Moral und auf dem der Sprache; es gibt jene, die missionarisch dem »Verfall der Worte« entgegenschreiben, die Moralisten, die unbelehrbaren Reaktionäre. Und es gibt jene, die, katholisch geprägt, gegen ihre Kirche sich empören und sie zum Gegenstand herber Kritik machen, und gerade damit zeigen, wie sehr ihnen an ihrer katholischen Kirche gelegen ist, so wie die katholischsten Theologen heute diejenigen sind, die am meisten an eben dieser katholischen Kirche leiden, die sie nicht aus ihrem Leben verdrängen können. Selbst Günter Grass konnte seinen Katholizismus nicht ganz verleugnen. Und Heinrich Böll blieb lebenslang mit einem Fuß im niederdeutschen Katholizismus.

Es ist schwer für einen »geborenen« Katholiken, sich zu befreien von seinen historisch (oder, wenn man will, »karmisch«) ihm zugewiesenen Eltern: der Mutter Kirche und dem Vater Gott. Immer bedrängen ihn die alten Fragen nach Schuld und Sühne, nach Angst vor Strafe diesseits und

jenseits, nach Sünde und Vergebung, nach Teufel und Gott. Ruhelose Dualisten, glücklose. Diese römisch-katholischen Schriftsteller sterben aus. Ihre Probleme werden recht und schlecht den Psychotherapeuten übertragen. Antworten werden erwartet von den Sekten, den Esoterikern verschiedener Art. Die Frage nach dem »Katholischen« ist irrelevant geworden, es sei denn, man suche eine neue Basis für das, was man Katholizität nennt. Ernesto Cardenal etwa als Vorbild. Aber die Katholiken von heute haben, auch wenn sie nicht aus ihrer Kirche austreten, dennoch die Grenzen gesprengt. Nach allen Seiten, auf allen Ebenen, zu anderen Religionen hin. Der philosophische Zweifel hat den blinden Glauben überwunden. So scheint es: jedoch die Sekten-Gläubigen sind blindgläubiger und ihren Führern höriger als die katholischsten Katholiken. Die katholische Literatur ist ersetzt durch die esoterische. Der Mensch wagt nicht, sich dem strukturlosen, dem grenzenlosen Universum anzuvertrauen. Die Freiheit macht ihm Angst, so lange, bis er die letzte Fessel losgelassen hat.
Was hat diese Abschweifung mit mir zu tun? Nun: sagt sie nicht schon das Wesentliche zu jener Unterstellung, ich sei eine »katholische« Schriftstellerin? Warum schreibe ich eigentlich darüber? Warum lasse ich diese Sache nicht auf sich beruhen? Ist es denn eine Schande, katholisch zu sein? Ist es eine Schande, Kommunist zu sein? Ist es eine Schande, seinen Glauben, an was auch immer, zum Grundstoff literarischer Arbeit zu wählen? Darf Literaturkritik den Glauben des Autors kritisieren? Ist es nicht völlig gleichgültig, welche Ideologie dem Autor die Feder führt, wenn nur das Werk literarisch gut ist? (Eine schwierige Frage, wenn man an die Nazi-Literatur denkt.)
Nun: wie steht es damit bei mir? Ich bin keine Konvertitin. Ich bin hineingeboren in eine durch und durch katholische Kultur. Ich bin Oberbayerin. Ich bin geprägt nicht vom katholischen Dogmen-Glauben, sondern von der Schönheit

der barocken Kirchen und der Symbolik des Kults. Meine Ferien verbrachte ich im Kloster Wessobrunn, einem wunderbar poetisch-mystisch aufgeladenen Ort, wo ich einfältig glücklich-fromm war an der Seite meiner geliebten Tante Fanny, und wo ich später, der Pubertät nahe, zum ersten Mal das Problem des Dualismus erlebte: die strenge Klarheit des Geistes und die gefährliche Wildheit des Bloß-Natürlichen. Hier die Reinheit der »Heiligen Quellen«, dort die leidenschaftlich wuchernde Wildnis des sich selbst überlassenen verschilften Teiches. Beides im selben Garten, im hochummauerten, gleichsam befestigten Klostergarten, in dessen kleinstem Teil die Nonnen arbeiteten, die Benediktinerinnen, deren Gesang mich musikalisch bildete: meine Vorliebe für Gregorianik stammt von ihnen. Ich wußte bis vor kurzem nicht, daß eine der frühesten Dichterinnen deutscher Sprache, Diemut, um 1100 eben in diesem Kloster gelebt hatte. Eine Säule der Kirche, in der sie begraben worden war, steht noch. Ich wußte das nicht, aber diese Säule war einer meiner Lieblingsplätze. Dort möchte ich begraben werden. Das ist nicht erlaubt. Aber erlaubt und abgemacht ist, daß ich im Dorf-Friedhof begraben werde. Eigentlich wollte ich die rasche, saubere Beseitigung meines irdischen Ich durch die Verbrennung. Aber als mein Hund Unio begraben wurde und ich eine Steinplatte über sein Grab legen lassen wollte, sagte Attilio, mein Hausmeister: »Aber nein, Signora! Lassen wir doch lieber Gras und Blumen aus ihm werden.« Sein Wort bewegte mich tiefer, als er ahnen konnte. So will auch ich zu Erde werden, zu Gras und Blumen, und zwar auf dem Wessobrunner Friedhof hoch oben auf dem Haider Hügel.
Nun: mein erstes Buch spielt in jenem Kloster und spiegelt mein frühes, sicher dem Katholizismus entsprungenes Problem des (letztlich manichäischen) Dualismus: hie Geist, hie Natur. Dieses erste Buch, ›Die gläsernen Ringe‹, wäre ohne den Katholizismus nicht entstanden, aber es ist kein katholisches Buch. Es ist ein poetisch-philosophisches.

Und wie ging es weiter mit der katholischen Schriftstellerin? Was schrieb sie denn nach dem Krieg? Sie schrieb, nach dem authentischen Gefängnistagebuch, ein Buch der Hoffnung für junge Menschen: ›Die Stärkeren‹. Kein Wort von Religion und Katholizismus. Danach, schon 1942 geschrieben, aber nicht publiziert, da der Reichsschrifttumskammer nicht genehm, der Roman ›Hochebene‹, 1948 gedruckt. Kein Wort von Religion und Katholizismus. Dann ›Jan Lobel aus Warschau‹. Kein Wort von... Dann ›Mitte des Lebens‹. Kein Wort von...

Dann aber ›Daniela‹. Da läßt sich einiges bemäkeln. Ein Buch, das von Bernanos beeinflußt ist, und zwar von seiner Sünden-Mystik und auch von seiner Sprache. Wie kam ich denn dazu, da ich eben zu jener Zeit weit weg war von solch »katholischen« Vorstellungen? Was mich damals, um 1950, bewegte, war die soziale Frage, oder einfach gesagt: das Phänomen der Armut als (offenbar) zur *condition humaine* gehörend. Ich hatte Armut am eigenen Leib erfahren: als ich ab 1942 rein nichts mehr verdiente, mit einer Art Almosen von monatlich hundert Mark lebend, die mir mein Verleger Peter Suhrkamp zukommen ließ. Ich hatte den Hunger kennengelernt (nicht erst im Nazi-Gefängnis), und was viel, viel ärger ist: den Hunger meiner Kinder. Genau gesagt: sie hungerten nicht wirklich, es gab immer etwas zu essen für sie, aber ihre Ernährung war unzulänglich. Die Winterkälte hatte ich als Evakuierte im mauerfeuchten, schwer heizbaren Waldhaus kennengelernt, und das Holz stahl ich damals im Staatsforst, denn der uns amtlich zugewiesene Torf war feucht und qualmte, statt zu brennen. Ich war jahrelang buchstäblich eine arme Frau. Kein Wunder, daß die Armut sich mir schließlich zum Romanstoff verdichtete, zumal ich die Armut an sich auch schon als allgemeine soziale Erscheinung kennengelernt hatte, als ich 1935/1936 Lehrerin war in jenem Moordorf Nicklheim bei Aibling. Das Mit-Erleben der Armut der

Torfstecher und das Erlebnis der eigenen ergaben den Stoff zu meinem Roman ›Daniela‹. Ist das ein katholischer Roman? Es ist ein sozialistischer. Es geht um die Armut und deren Folge: die Verkommenheit der Armen. Auf der zweiten Ebene spielt sich eine Liebesgeschichte ab, die scheinbar mit Katholizismus zu tun hat, weil der eine der Partner der Ortspfarrer ist. Aber daß da ein katholischer Pfarrer vorkommt, gibt kein Kriterium ab. Und daß die Lehrerin und der Pfarrer auf die Ehe verzichten und daß Daniela flieht, ist auch kein spezifisch katholisches Thema. Das eigentliche Thema ist zweifellos religiös, übersteigt aber weit die Grenze der Katholizität. Das Thema ist das Problem der Schuld und des Mit-Leidens.
Was für eine verrückte Geschichte schrieb ich da? Die Lehrerin, ein gutbürgerliches Mädchen, meldet sich freiwillig für diese miserable Stelle im Moor. Sie ist so jung, daß sie glauben kann (und muß), sie könne die Menschen und ihre Verhältnisse ändern. Sie versucht es mit verzweifeltem Mut. Vergeblich. Sie sucht die Schuld bei sich: sie erkennt, daß sie im Innersten unberührt ist vom Schmutz der Moorwelt. Ihre Tugendhaftigkeit trennt sie von den Sündern. Sie schämt sich ihrer Tugend, so wie ein Kapitalist sich plötzlich seines Reichtums schämen könnte. Sie will werden wie alle sind, also sündig, und zwar sündig nicht auf irgendeine subtile Art im Sinne puritanischen Hochmuts, sondern ganz gewöhnlich, indem sie mit einem Mann schläft. Vergeblicher Versuch, allen gleich zu werden: der Mann ist nicht irgendeiner, sondern er ist Priester, und ihre Sünde ist nicht einfach die gewöhnliche »Fleisches-Sünde«, sie ist weit schwärzer. So meint sie. So will sie es. Sie hofft damit, das Maß der Sünden der anderen aufzuwiegen, und im übrigen dafür zu büßen, indem sie auf Liebe und Heirat verzichtet und auch auf die liebgewordene Arbeit im Moordorf. Die Idee der *felix culpa*. Die Idee der »Sünden-Mystik«. Der Pfarrer, Danielas Sünden-Partner, spricht darüber in seiner

Trauerrede am Grab des Schulleiters, des alten verkommenen Trunkenbolds, der, so sagt der Pfarrer, einst als junger Mann in dieses Moorbarackendorf kam, um das Elend und die Verlassenheit mit den Armen zu teilen. Obwohl er sah, daß diese Armen sich von ihm gar nicht helfen lassen wollten (außer mit Geld), blieb er, und als er schließlich erkannte, daß es für sie keine Rettung gab, wollte er zugrunde gehen, denn er verschmähte eine Rettung, wenn sie nicht zugleich die Rettung aller war.

Eine katholische Rede? Eine christliche vielleicht, eine ketzer-christliche. Auf jeden Fall eine zutiefst religiöse, aber keine, die mit irgendeiner Art von Katholizismus zu identifizieren ist, wohl aber mit einem hochspirituellen Sozialismus. Das hat der DDR-Regisseur Erich Engel erkannt, als er aus dem Roman einen Film machen wollte. Seine Regierung war dagegen, denn ich war damals nicht *persona grata*.

Meinen Lesern, die mich hartnäckig mit irgendwelchen Personen meiner Bücher identifizieren, muß ich sagen: ich bin nicht Daniela, eine Heldin oder Heilige; die ganze Geschichte ist frei erfunden, ausgenommen die jenes Ortes; vor allem: ich bin nicht freiwillig in jenes Moordorf gegangen (in dem ich wirklich war), sondern gezwungenermaßen und mit zusammengebissenen Zähnen. Es war meine erste feste Anstellung als Lehrerin, und da ich mein Staatsexamen glänzend bestanden hatte, empfand ich die Versetzung in jenes verkommene Dorf als höchst ungerecht. Ich hätte weit Besseres verdient. Es erwies sich als das Beste. Was hatte der Regierungsschulrat gesagt, als ich mich bei ihm beschwerte? Wie sah er mich? Was sah er voraus? Er sagte, er traue mir zu, mir als einziger, diese Schule in Ordnung zu bringen. Es gelang mir höchst unvollkommen, aber ich lernte diese verdreckten, verlausten Kinder lieben, und sie lernten allmählich begreifen, daß sie liebenswert waren, weil ich sie liebte.

Was ich in den eineinhalb Jahren dort kennenlernte, war die nackte Armut, und es war das Mitleid; nicht als billige Gefühlsregung, die einem ein schlechtes Gewissen macht, falls man selber nicht arm ist und nicht willens, seinen Besitz mit Ärmeren zu teilen. Es war das Schopenhauersche Mit-Leiden mit aller Kreatur. Dieses Mit-Leiden ist der Kontrapunkt meiner Existenz.

Katholisch? Auch. Aber vor allem buddhistisch. Es entstammt dem erfahrenen Wissen von der Einheit alles Seienden und dem ebenso erfahrenen Wissen von der Ur-Sünde des Menschen: seiner freigewählten Trennung vom Universum, oder sagen wir: vom göttlichen Ur-Licht. Katholisch? Man kann es mit dem katholischen Dogma von der Erbsünde ausdrücken. Aber das ist selbst nur ein Mythos, und so oder so ausgedrückt in allen Religionen der Erde zu finden.

Aber, so insistieren einige Kritiker, ich hätte doch ausgesprochen katholische Themen aufgegriffen, ja katholisch-heiße Eisen provozierend angefaßt. Tat ich das? Was ist mit meinem Buch ›Die Wahrheit über Konnersreuth‹?

Nun: das ist kein erzählerisches Werk, das ist ein journalistisches. Eine Reportage mit Reflexionen über die Möglichkeit von »Stigmata«. Keine freigewählte Arbeit. Ein Angebot der Zürcher ›Weltwoche‹. Verführerisch hoch bezahlt. Aber das allein hätte mich nicht dazu gebracht, über so ein heikles, mir mißliebiges Thema zu schreiben. Es war eben diese Mißliebigkeit, die mich reizte, aber tiefer lag ein anderes Motiv: ich interessierte mich von jeher für jene Erscheinungen, die man etwas später PSI-Phänomene nannte. War es möglich, daß ein Mensch jene Zeichen am eigenen Leib trägt, von denen man sagt, es seien die Wundmale des gekreuzigten Jeshua? Es gab gescheite Leute, die schworen, gesehen zu haben, daß diese Male an Händen, Füßen und Brust dieser oberpfälzischen Bäuerin an jedem Freitag bluteten. Jene Leute, die das beschworen, waren gläubige Katholiken und mir also verdächtig, nicht des Betrugs, das nicht, aber als Opfer einer Hysterika, die keine Ahnung hatte, eine zu sein. Nun: eines Tages fuhr ich nach Konnersreuth zusammen mit drei anderen Personen, die schon überzeugt waren, es mit einer wirklich Stigmatisierten zu tun zu haben. Die einzige Skeptikerin war ich. Daß ich die »Wundmale« als Spuren trockenen Blutes an den Gaze-verbundenen Händen sah, überzeugte mich nicht. Es gibt hysterische Schwangerschaften, warum sollte es nicht hysterische Wunden geben.

Nur: wenn das die Wunden waren (oder deren materialisierte Entsprechung), dann blieb mir der technische Zweifel: das, was diese Therese zeigte, waren Wunden, die einer davonträgt, wenn seine Hände von eisernen Nägeln durchbohrt werden. Wenn aber ein Körper mit seinem Gewicht daran hängt, bleiben die Wunden nicht so wie sie waren: sie reißen auf, sie vergrößern sich. War jener Jesus denn mit Nägeln gekreuzigt worden, oder mit Stricken gebunden aufgehängt?

Und warum bluteten diese Wunden immer am Freitag zu der Stunde, zu der jene Kreuzigung stattgefunden haben soll? Die Geschichte gibt darauf keine Antwort. Sie gibt überhaupt keine Antwort. Was mich bei meinem Besuch erstaunte, war der ungemein klare Blick und der entsprechend nüchterne Verstand dieser Bäuerin. Was mich betroffen machte, war ihr Ausspruch, als sie mich, die sie nicht kannte, sah. Sie wußte nicht, daß ich Schriftstellerin bin, und vor allem wußte sie nicht, daß ich damals mit einem besonderen Problem zu tun hatte. Sie sagte es mir auf den Kopf zu (in ihrem Oberpfälzer Dialekt): Gell, du möchst so schreib'n, daß es den ganz Gescheiten paßt, und daß es auch die einfachen Leut' verstehn.« In der Tat: das war mein Problem.

Ich kam nicht als Überzeugte zurück. Ich las alles, was ich über diese Stigmatisierte und über das Phänomen der Stigmata selbst fand, und ich schrieb mein Büchlein, das ein erstaunliches Echo bekam, nicht nur von einfachen Lesern, sondern, zum Beispiel, von dem Innsbrucker Psychiater Urban, der mich als »Kollegin« ansprach und mich für eine Psychiaterin vom Fach hielt, und, sehr erstaunlicherweise, von einem Franzosen namens L'Hermitte in einem langen Artikel im ›Figaro Littéraire‹, der Fachmann für Fragen mystisch-parapsychologischer Erscheinungen war, ein Dominikaner. Er setzte sich sehr ernsthaft mit meiner Darstellung auseinander. Er hielt diese Konnersreutherin für eine Hysterika. Ich gab ihm halbherzig recht. Meine Arbeit war zuerst in Fortsetzungen in der ›Weltwoche‹, dann im ›Hamburger Abendblatt‹ erschienen, und dann als Buch, auch in einigen Übersetzungen. Aber es war nicht »das Katholische« an der Sache, was mich interessierte, sondern das Psychologische und Psychopathologische, aber doch auch mein sozusagen angeborenes Wissen von der Existenz einer vierten Dimension, die anderen Gesetzen unterliegt, nicht jenen von Raum, Zeit und Kausalität.

Damals hatte ich noch nicht Heisenberg gelesen und nicht seinen großen Vortrag gehört, in dem er sagte, daß Materie materiell manifest gewordener Geist sei und Geist nichts anderes als nicht-materialisierte Materie. Mit anderen Worten: Geist und Materie seien *eins*, und nur verschiedene Erscheinungsformen von Seiendem. Heute lebe ich in aller Selbstverständlichkeit mit dem Wissen von der Einheit von Geist und Materie, die in stetem Flusse lebt. »Alles fließt.« Alles wandelt sich, alles kann so oder so sich zeigen. In meinem ersten Buch, ›Die gläsernen Ringe‹, schrieb ich in dem Kapitel ›Die Lilie‹ über Fronleichnam – nein, ich will nicht aus dem Gedächtnis zitieren, ich könnte mich irren, ich schreibe also ab, was ich damals schrieb (ich war siebenundzwanzig, aber was ich erlebt hatte, das hatte ich als Kind erlebt): »Ich hatte in der Religionsstunde gelernt, daß das Fest für Gott war, um ihn im ›Sakrament des Altares‹ zu ehren. Das ›Sakrament‹, das war das funkelnde, zart verschleierte Goldgehäuse, das der Priester trug. Darin, so hatte man mir gesagt, war Gott... Es schien mir keineswegs verwunderlich, daß Gott sich in einem so kleinen Brote verbarg. Auch in den Märchen geschahen derlei Verwandlungen... Auch die so harmlos aussehenden Dinge, Pflanzen, Tiere und Menschen, die täglich mich umgaben, besaßen die verwirrende Fähigkeit zu täuschen... Keine Form war ein für allemal festgelegt, jedes Ding besaß vielerlei Gestalt, nichts war sicher, endgültig, einfach... Wenn solcher Spuk geschehen konnte, dann war es auch möglich, daß Gott sich in Brot verwandelte...«

Solcherart war der Katholizismus, in dem ich aufwuchs. Ich glaube an Wunder, weil ich an Verwandlungen glaube; mit anderen Worten: an die mögliche Materialisierung geistiger Entitäten oder Ideen, und an die Rückverwandlung von Materie in Geist.

Ein katholisches Kind. Ein Kind, das im Mythos zu Hause ist, nicht im Dogma. Die Antworten auf die »Katechismusfragen« des Religionsunterrichts lernte ich nicht, vielmehr weigerte ich mich zu antworten und wurde vom Religionslehrer, einem vormaligen Kapuziner, dafür bestraft, indem ich auf der Kante eines Holzscheits knien mußte, was mein Verhältnis zur Religion selbst weder verschlechterte noch besserte; das eine hatte mit dem anderen nichts zu tun.

Und als wir in der höheren Schule die »Gottesbeweise« hersagen sollten, wagte ich es, meinem Religionslehrer ins Gesicht zu sagen: »Herr Professor, diese Gottesbeweise taugen nur für Leute, die schon an Gott glauben...« Ein katholisches junges Mädchen? Eine angehende Atheistin. So sah sie ihr entsetzter Religionslehrer, wie er mir viel später erzählte, als er mich (in erster Ehe) katholisch traute.

Das katholische Mädchen ging von ihrem fünfzehnten Jahr an in keinen Gottesdienst mehr und nicht mehr zu den Sakramenten. Aber sie ging gern in Kirchen, wie schon als

Kind, saß still und dachte an nichts. Sie war nur »da«. Oder vielmehr: sie war »weg«. Jahrzehnte später begriff ich, daß ich das getan hatte, was man im Zen-Buddhismus *Za-Zen* nennt: das gedankenlose Sitzen in der völligen Ruhe. Niemand hatte es mich gelehrt, es sei denn ein geistiger Meister aus der anderen Dimension.

Aber die katholische Schriftstellerin? Eines Tages schickte mich der Bayerische Rundfunk in ein fränkisches Dorf, wo es »Marien-Erscheinungen« vor Kindern gab. Man sagte mir, die katholische Kirche stehe dieser Sache höchst skeptisch gegenüber. Ich sollte beobachten, was dort geschah, ohne mich als Journalistin zu erkennen zu geben. Ich fuhr also und mischte mich unters wundergläubige Volk. Erstaunlich viele ausländische Autobusse: aus Österreich, aus Holland, aus der Schweiz. Was ich schon wußte: eines Tages sei einigen Kindern, die Kühe hütend auf einem Hügel saßen, dort die »Muttergottes« erschienen. Und sie hatte das Jesukind bei sich. Die Kinder, Mädchen, das älteste etwa vierzehn, waren nicht erstaunt, als diese Frau vom Himmel herunterkam und mit ihnen redete und ihnen sagte, wer sie sei und daß sie nächsten Freitagnachmittag wiederkommen werde. Was da nun zu Beginn wirklich geschehen war, weiß ich nicht. Aber ich weiß, was daraus gemacht wurde. Die Kinder erzählten, was die Älteste gesehen hatte. Im Dorf waren einige Flüchtlinge aus dem Sudetenland. Männer, Arbeitslose. Einer darunter clever genug, um ein Geschäft zu wittern. Dieses arme Dorf mußte ein fränkisches Lourdes werden. Die Kinder waren suggestibel. Sie lernten sehen, was man ihnen zu sehen einprägte. Der Herr Pfarrer hatte nichts dagegen. Der Hügel wurde zum »Erscheinungshügel«, auf dem sich, nach Anweisung der Muttergottes, jeden Freitag Menschen versammelten und auf »die Erscheinung« warteten. Und sie kam. So hieß es. Wer hat sie gesehen außer den Kindern? Die Kinder beschrieben sie und vermittelten die Botschaft, die nur sie hörten. Was sagte die Muttergottes? Betet, betet, bekehrt euch ... Und die Kinder streichelten unterdessen das (unsichtbare) Jesuskind, das auch mitkam und bei ihnen stand. Ich versuchte, vorher mit den Kindern zu reden, aber sie lebten in strenger Klausur, bewacht von jenen Flüchtlingen; ich bekam sie erst zu sehen, als sie mit großer Begleitmannschaft auf den Hügel wanderten. Ich wartete mit den Wartenden. Die Leute beteten laut den Rosenkranz. Die Kinder blickten zum Himmel. Plötzlich ein Ruf im fränkischen Dialekt: »Jetzt kimmt's, d' Muattagottes.« Und sie zeigten mit ihren Blicken, wie die Muttergottes herunterschwebte und schließlich auf dem Hügel stand. Die Kinder, welche die Szene schon oft erlebt hatten, streichelten mechanisch das Jesuskind, nicht alle dasselbe, jedes Kind streichelte etwas Imaginäres neben sich. Von Erstaunen oder irgendeiner anderen Bewegung keine Spur. Der Leiter der Flüchtlinge (der Initiator der Szene) fragte: »Was sagt die Muttergottes?« Ein Kind gab die Antwort: »Beten und büßen sollen wir. Und nächsten Freitag um vierzehn Uhr zwanzig kommt sie wieder.« (Ich hörte das mit eigenen Ohren.) Und dann zeigten die Kinder, wie die Muttergottes mit dem Kind wieder gen Himmel schwebte. Das Ganze war lächerlich. Aber die Leute waren ergriffen. Ich ging zum Ortspfarrer. Natürlich inkognito. Ich, der Fuchs im Schafspelz einer frommen Gläubigen. Ich ließ ihn reden und reden. Plötzlich fiel ich ihm ins Wort und aus meiner frommen Rolle. »Herr Pfarrer, Sie glauben ja gar nicht an dieses Theater.« Er fuhr hoch. Ich blieb kalt. »Ich verstehe Sie. Das Dorf ist arm. Die Sache mit der Erscheinung ist nichts Böses. Die Leute beten. Und sie bringen Geld ins Dorf. Warum sollten Sie etwas dagegen unternehmen? Im übrigen: ich komme vom Bayerischen Rundfunk.« Damit ließ ich ihn stehen. Nicht ich war schuld, daß das Treiben verboten wurde. Die Kirche selbst verbot es. Was nichts gegen die Erscheinung sagen würde, wenn die Umstände nicht so auffällig manipuliert gewesen wären. Es war Theater, weiter nichts. Schlechtes Theater. Volkstümlicher Pseudo-Katholizismus. Miserable Propaganda. Ärgerlich. Ich schrieb später ein Theaterstück darüber, aber es ist doch zu ironisch, und es ist ein »Volksstück«, und kein Theater will es. Bis jetzt. Glaubte ich denn nicht an »Erscheinungen«? O doch. Aber nicht an solche üblen, berechnenden Schaustellungen.

Ich sagte, ich glaube an Erscheinungen. Wirklich? Ich glaube (das sagte ich schon) an die Manifestation von Geist in der Materie. Ich glaube an die Anwesenheit von Entitäten aus der vierten Dimension, die sich materialisieren können oder auch in der Psyche des einzelnen Menschen hausen, gleichviel: Innen ist Außen, Außen ist Innen. »Einfache« Menschen mögen solche Entitäten als leibhaftige Gestalten sehen; andere hören Stimmen; andere fühlen nur die Nähe von Geistwesen, seien es helle oder dunkle Mächte. Was wir »Phantasie« nennen, ist die Kraft, »Vorgestelltes« als »wirklich« zu erleben. Es gibt eben zwei sich durchdringende, korrespondierende Ebenen, auf denen wir leben, zur selben »Zeit«, im selben »Raum«. Hat mich nicht wahrhaftig, als Kind, die gipserne Jesus-Figur angeschaut? Und ist die »Stimme meines Gewissens« nicht die Stimme einer Wesenheit, die ich Schutzengel nenne, auch wenn ich den Engel nicht sehe?

Anders als Heroldsbach erlebte ich Lourdes. Was immer dort zu Beginn sich ereignet hat mit der kleinen Hirtin Bernadette: der Ort muß aufgeladen gewesen sein mit besonderen Erdkräften, für welche eine geologisch-physikalische Erklärung nicht ausreicht. »Grab dort auf«, hatte die »Dame«, die Madonna, zu dem Mädchen gesagt. Es grub, und eine Quelle sprudelte auf, und Kranke wurden geheilt, wenn sie ins Wasser stiegen. »Wunderheilungen«. Die Kirche blieb skeptisch, aber es geschahen vielfach geprüfte Fälle von Spontan-Heilungen, für die es keine Erklärung gab. Das Wasser und der feste Glaube an dessen Kraft wirkten zusammen. Als ich in Lourdes war, ärgerte mich dort alles. Was in Heroldsbach nicht gelang, das war in Lourdes gelungen: aus dem Heiligen wurde das unheilige Geschäft. Die engen Gassen voller Läden, die Läden voller Souvenirs: die Madonna (ohne Jesuskind) in Himmelblau, die goldene Rose auf dem Fuß, und das Hirtenmädchen davor kniend. Auf Blumenvasen, auf Bildern, auf Kaffeetassen, auf Schüsseln, auf Gläsern, auf Körbchen, wo nicht. Und die Touristen (oder Heilung Suchenden) kaufen das Kitschzeug. Man konnte nicht durch die Gassen gehen, ohne angerempelt zu werden von ambulanten Verkäufern dieser Souvenirs.

Ich wollte keinen Tag länger bleiben. Aber da ich erst am nächsten Morgen abfahren konnte und das Hotelzimmer für die Nacht gebucht hatte, beschloß ich, am Abend noch einmal zur »Grotte« zu gehen. Der Platz war fast leer. Der Fluß rauschte laut. Es regnete. In einer kleinen Mulde hatte sich eine Pfütze gebildet. Da kniete ein Priester (sein Gewand zeigte, daß er einer war). Er betete mit ausgebreiteten Armen. Der Regen lief ihm übers Gesicht. Er betete glühend. Und in der Felsspalte über der Madonnen-Figur bewegte sich ein Zweig an einem Strauch. Es war aber windstill. Nur der Zweig bewegte sich. So hat es Werfel beschrieben in seinem Buch über die kleine Bernadette. Genau so: die Windstille und die leise Bewegung des Zweigs über der Madonna. Natürlich ein Luftzug, der durch eine Felsspalte strich. Natürlich... Und doch: es war noch etwas anderes, so wie alles, was ist, zugleich ein anderes ist und eine besondere Bedeutung hat.

Ich fühlte dieses Besondere, das etwas Fremdes war und doch etwas Ur-Vertrautes: die Dame (so nannte die kleine Hirtin die Madonna) antwortete. Der Zweig neigte sich antwortend.

Ich blieb einen Tag länger, wieder angeekelt vom Geschäftsbetrieb und dem Gedränge vor der Grotte. Aber ich wollte für mein Abend-Erlebnis eine andere Erfahrungsbasis schaffen: ich wollte teilnehmen an der Lichterprozession, als Pilgerin, als eine von vielen Hunderten, eine brennende Kerze in der Hand, durch den nächtlichen Park wandernd. Ich zwang mich dazu. Ich zwang mich sogar dazu, das »Avé avé Marià« (so die Betonung) mitzusingen. Es wollte mir schier nicht über die Lippen. Es war mir doch nicht ernst. Ich spielte nur die fromme Pilgerin. Oder doch nicht? Die Prozession dauerte lange. Und immer das »Avé avé Marià«. Schließlich gab ich meinen Widerstand auf und ließ geschehen, was mit mir geschah. Ich wurde eine einfache Pyrenäen-Bäuerin, die glaubte an das, was sie nicht sah, die die Präsenz des Numinosen mit allen Fasern ihres Leibes und ihrer Seele spürte.

Da wußte ich, daß das Katholische mir nicht völlig fremd geworden war und irgendwo an der Grenze meines Bewußtseins hauste. Nachher freilich wußte ich, daß es nicht das Katholische war, was mich fasziniert hatte, sondern wiederum der Mythos, nämlich jener von der Mutter-Göttin. Aber ich möchte kein anderes Mal dorthin.

Ich möchte lieber noch einmal nach Tschenstochau in Polen, nach Jasna Gora. Zweimal war ich dort. Das zweite Mal als Journalistin mit dem Papst, und da erlebte ich nichts anderes als Betrieb und die ärgerliche Predigt des Papstes: die polnische Volksfrömmigkeit möge das Vorbild sein für alle gläubigen Christen (Katholiken). Nun: so nicht. So geht es nicht. Wirklich nicht mehr.

Aber das erste Mal, viele Jahre zuvor, da erlebte ich, was Madonnen-Kult ist und sein kann und darf und soll.

Ich war mit polnischen Freunden dort: einer atheistischen Journalistin und einem einheimischen Intellektuellen, der so unnatürlich steif sich benahm, daß ich annehmen mußte, er wappne sich gegen Kindheitserinnerungen und gegen den Einfluß des Ortes; der dritte war ein ehemaliger Jesuitenschüler, dem es sichtlich höchst unbehaglich zumute

war und dessen Blick immer wieder zum Madonnenbild zurückkehrte, ängstlich, als drohe ihm von dort Gefahr. Ich schrieb damals in mein Tagebuch: »Vielleicht hat er Heimweh... Der uralte Strom, der auch durch ihn fließt, ist tief unter die Erde verwiesen, und überlagert von der Pflicht zu marxistischem Denken...«
Was ich von Jasna Gora erwartete, weiß ich nicht. Was mich interessierte, war das Verhalten der Polen aus dem kommunistischen Land an diesem Wallfahrtsort. Die Kirche brechend voll, und auf dem großen Platz vor der Kirche drängen sich die Wallfahrer. Bauern, Arbeiter, Junge, Alte. Viele Beichtstühle sind im Freien aufgestellt. Was beichten diese Menschen ihren Priestern oder ihrer Madonna? Der Bischof von Breslau ist gekommen und zelebriert die Messe. Mit ihm kamen die Breslauer Theologie-Studenten. Schlag zwölf ist die Messe zu Ende, aber der Bischof noch am Altar. Eine große Stille, die etwas ankündigt. Ich schrieb in mein Tagebuch: »Alle Blicke sind auf das Altarbild der Schwarzen Madonna gerichtet. Man hält den Atem an. Ganz, ganz langsam beginnt der goldene Vorhang von oben über das Bild herabzurollen. Zögernd werden nacheinander Haar, Stirn, Antlitz, Hals, Brust der Madonna den Blicken entzogen. Dieses Verhüllen hat magische Wirkung: das Bild selbst entzieht sich, die Madonna tritt, nach gewährter Audienz, zurück ins unzugängliche Geheimnis... Das Sich-Entziehen einer Göttin. Ein Sich-Entfernen mit barmherziger Langsamkeit; sie gibt eine letzte und noch eine allerletzte Gelegenheit zu Bitte und Gewährung. Als sei die Madonna nach der Verhüllung nicht mehr erreichbar, sammelt das Volk seine Gebetskraft zu einem letzten Ansturm... Betet bis zum Zerreißen, gleich ist die Stunde der Gnade vorüber! Jetzt ist das Bild verhüllt. Noch ist der Raum aufgeladen. Langsam löst sich die Spannung... Die Madonna wird wiederkommen, sie läßt ihr polnisches Volk nicht im Stich... Ich spüre, daß dieser Ort »aufgeladen« ist.

Meine Frage: ist er aufgeladen von der Kraft der Gebete und des inständigen Glaubens, oder war dieser Ort schon vorher, von jeher ein heiliger Ort? Ich habe mehrere solche heilige Orte erlebt, und sie hatten mit dem Katholizismus nichts zu tun: der Tempel des Asklepios in Griechenland, wo ich ein heidnisches Wunder erlebte: die schlagartige Heilung meiner hartnäckigen Gallenkolik. Ein anderer heiliger Ort: eine Tempelruine auf dem Alto Piano in Bolivien, da überlief es mich kalt und heiß, da war »etwas«, das mich anrief. Oder im Fernen Osten im Zen-buddhistischen Kloster Nara, wo ich fühlte: *Numen adest*; da ist Heiliges anwesend. Oder am See Kinareth in Israel: da lag noch nach zweitausend Jahren die Kraft des Göttlichen über dem Wasser, über das der Heilige gegangen war. Oder im Kloster Sagorsk bei Moskau: da war die Ur-Energie schier zum Greifen. Oder, fern von Kultstätten: auf Berggipfeln, auf der Spitze des heiligen Dreiecks der Alpspitze, überhaupt auf Bergspitzen, in welchem Kulturbereich auch immer. Oder am Ort meiner Kindheit: Wessobrunn, an den »Heiligen Quellen«. Oder auf einem alten Friedhof in Süd-Irland. Oder auch an durch nichts Besonderes ausgezeichneten Orten. Einmal, ich war noch ein Mädchen, fand ich auf einem Acker einen Haufen Steine, von den Bauern aus der Erde gepflügt. Steine, ganz einfach Steine, auf einen Haufen geworfen. Etwas drängte mich, sie so aufeinander zu legen, daß eine Art Altar daraus wurde, ein Opferaltar, auf den ich mich legte: Abraham und Isaak zugleich, die Opfernde und das Opfer. Wer weiß, ob an dieser Stelle nicht in alten Zeiten wirklich ein Opferstein war.

Bisweilen überfällt mich irgendwo etwas Unnennbares und läßt meinen Schritt anhalten. Es muß nicht etwa eine Kreuzung von Wasseradern sein, wo sich Erdkräfte sammeln und verstärken. Es kann irgendeine Stelle sein, an der mich etwas Ur-Ur-Altes anrührt. Von alten Bäumen kommt mir öfters ein geheimer Zuruf. Tiere kennen solche Stellen. Wenn sich Katzen oder Hunde einen Schlafplatz suchen, wählen sie geradezu zeremoniell einen »aufgeladenen« Ort.

Das alles hat mit dem Katholizismus von heute nichts zu tun, aber der Katholizismus hat in seinem kollektiven Unbewußten das ur-religiöse Gefühl für heilige Orte bewahrt. Daß in Kirchen der Altar nach Osten gerichtet sein muß, hat mit Theologie nichts zu tun, es ist ein Rest des Sonnenkults. Das »Ex oriente lux« ist eine Interpretation, kein Glaubenssatz. Katholiken haben sich ein heidnisches, vielmehr archetypisches Wissen bewahrt. So weiß jeder Priester, daß jede Bewegung seiner Hände und Finger eine besondere Bedeutung hat, genauso, wie die hinduistische und die afrikanische Tänzerin es weiß. Wenn wir nur endlich die tiefe Verwandtschaft aller religiösen Kulte und religiösen Vorstellungen erkennten! Tief, sehr tief in uns allen »schläft der Gott«, sagen die Indianer.

Die katholische Schriftstellerin: was in den Bereich der religiösen Urphänomene gehört, das findet und ehrt und liebt sie im Katholizismus. Doch sie findet es auch anderswo.

Aber gab es nicht eine Phase in ihrem Leben, in der sie »Katholisches« schrieb, nicht nur jene Konnersreuth-Reportage?

Das ist so einfach nicht. »Katholisches«, unter negativem Aspekt, erscheint im zweiten Band der Nina-Romane, in ›Abenteuer der Tugend‹. Da finde ich beim Wiederlesen eine heftige briefliche Polemik der agnostischen Nina mit einem Herrn C., zu dem Paul Claudel, der fanatische Konvertit, das Modell ist. Eine sehr scharfe Attacke gegen die Bekehrungsversuche dieses Herrn C. Die Stelle ist ganz und gar nicht autobiographisch, sie klingt aber so. Mich wollte nie jemand bekehren, wie es jener Herr C. mit Nina versuchte. Es sind nur meine eigenen zornigen Gedanken über allen Missionierungseifer braver, eingleisiger Katholiken.

Jener Herr C. meint, Nina in seinem Netz fangen zu können in einem Augenblick, in dem sie einen schweren Schicksalsschlag erlitten hat: ihr Kind ist gestorben. Der Roman besteht lediglich aus Briefen Ninas, wir erfahren nur aus ihren Antworten, was verschiedene Personen ihr schrieben. Was jener Herr C. schrieb, hat Ninas heftigen Zorn erregt. Sie antwortet scharf: »Ich verabscheue nichts so sehr wie jene Leute, die in die Religion flüchten, weil das Leben sie in die Knie gezwungen hat. ›Zu Kreuze kriechen‹, das ist nichts für mich, und ich glaube nicht, daß Gott sich einer so unfairen Methode mir gegenüber bedienen würde, um mich für sich zu gewinnen. Er weiß genau, daß er mich durch Schicksalsschläge (ich habe deren viele erfahren) nur trotzig macht, aber niemals klein.« Dann schreibt sie von einem Mann, der ins Kloster ging: »Er verließ die Fülle, er warf sich seinem Gott hin, ohne alt, krank, gebrechlich, skeptisch, enttäuscht, betrogen und armselig zu sein. Das ist die einzige Art, zur Religion zu kommen, die ich anerkenne; jedenfalls die einzige, die ich mir gestatten würde, und das sage ich sogar jetzt, in einem Augenblick, in dem ich stärker leide als je zuvor in meinem Leben. Ich werde nicht durch Leiden gut, sondern durch Einsichten, die unabhängig sind von meinen Leiden. Ich habe diese meine Leiden immer ganz simpel als Folgen meiner unüberlegten Handlungen betrachtet, und sie dementsprechend simpel getragen, ohne dafür die Metaphysik zu bemühen und schon gar nicht den Katholizismus. Ich werde es auch weiterhin so halten.«
Allerdings heißt der letzte Satz, ihrem Freund, einem Mönch, in den Mund gelegt: »Andiamo. Andiamo a Dio.« Nun: »zu Gott gehen« ist etwas ganz anderes als katholisch sein. Immerhin: man kann Spuren einer ersten Wiederaufnahme dieser Frage finden. Auch negative Beziehungen sind Beziehungen. Aber die jahrzehntelange Befassung mit anderen Religionen hat mich immunisiert gegen

jene Art von Christentum, die als »katholisch« etikettiert ist.

Ich besitze heute noch die drei Bände ›Die Reden Gotama Buddhas‹, aus dem Pali-Indischen übertragen von Karl E. Neumann, erschienen im Piper-Verlag, München 1922. Die erste Übersetzung überhaupt, die in Deutschland (oder Europa) erschien. Ich habe die dritte Auflage, die rasch nach den ersten nötig wurde. Ich bekam sie von meinem Verlobten, der durch seinen Kompositionslehrer Heinrich Kaminski darauf gelenkt worden war.

Die erste religiöse Ostasien-Welle kam nach dem Ersten Weltkrieg. Damals schrieb Hermann Hesse sein Buddha-Buch ›Siddharta‹, das einige Jahre später tiefen Eindruck auf mich machte, obgleich ich es eigentlich nicht verstand. Aber etwas in mir antwortete auf das rational Unverstandene, das nicht Verstehbare, besser gesagt: das nicht auf den Verstand Gerichtete. Etwas später interessierte mich Tibet. Ich weiß nicht mehr, was ich darüber las oder hörte. Aber ich schrieb darüber. Ich, zwanzig Jahre alt, schrieb eine Erzählung mit dem Titel ›Auf dem Dach der Welt‹. Ich ließ eine Gruppe junger Menschen, europamüde, zivilisations-überdrüssig, nach Indien aufbrechen, um dort eine Art Kloster zu gründen. Da ich in jener Zeit auch die erste Kenntnis vom Kommunismus bekam, wurde das Kloster gleichzeitig eine sozialistische Kommune. Es ist schade, daß ich diese meine eigene Geschichte nur durch einen Brief von dem Urbild des Dr. Stein aus ›Mitte des Lebens‹ kenne. Das Original habe ich verbrannt wie fast alle meine frühen Arbeiten. Nach der Tibet-Geschichte schrieb ich zunächst nichts Religiöses mehr außer problematisierend in meinen Briefen an jenen Freund, der ein Agnostiker oder Atheist war.

Dann plötzlich 1934 dieses Gedicht, das nach fünf Jahren, 1939, in der ›Neuen Rundschau‹ erschien:

DIE STIMME

Anhauch des nächtlichen Weltraums
Verharrt vor umfriedetem Pferch.
Dunkle Vögel voller Anruf werfen mächtig
Sich in die Stauung um die ausgesparte Insel.
Doch hier ist Schlaf der satten Lämmer
Und Traum von Gräsern und von Wolle.

Doch Eines Traum steht, aufgerissen, offen.
Das Innre der gewohnten Frucht schmeckt
Plötzlich bitter. Und fernher aus der Fülle
Der aufgehäuften Nacht ruft eine fremde
Stimme, die es meint: Steh auf und komm.
Es läßt die Wärme nachbarlichen Tiers
Und überschreitet blind den Kreis der Hut.

Draußen empfängt es voller Aufbruch die Nacht.
Zitternd einrollt sein festliches Fahnentuch
Der fortgewiesne Himmel, aus dem Stürme stürzen,
Und aus dem Dunkel jäh springt auf das Tier,
Das jagende, voll Übermacht und Strenge.
Nicht Stern und Bergung. Nur das Lamm.
Und Jagd und Ruf. Und Bäume voller Schrecken
Nehmen sich zurück.

Da wölbt sich aus der Nacht
Die fürchterliche Stimme: Steh, steh!
Entflieh nicht mehr.
Schonung ist nirgendwo.
Und überall bin Ich.
Gezeichnet hab Ich dich.
Sieh, dunkel ist dein Fell von Blut,
Und fremd ist deine Spur vom scharfen Ruch
Des frischen Brandmals meiner Hand.

Knie nun, knie,
Daß du im Knien
Empfängst den besonderen Auftrag:

Verwehrt ist der Pferch dir und das gewohnte
Süße Tal der Nahrung. Siehe dort
Das Verworfne des unfruchtbaren,
Des unaufhörlichen Gebirgs!
Erstarrt dein Blut? Dort weide.
Denn dort
Bin Ich.

Ein katholisches Gebet? Gewiß nicht. Das Gebet einer Außenseiterin, gerichtet an einen nicht-personalen Gott.
Nun: nach dem zweiten Nina-Roman eine Wende, nicht ganz einfach zu erklären. Der erste Anstoß kam von außen, aus der Literatur-Szene. Alle Kritiker schrieben, der Roman sei tot; niemand könne, wolle, solle mehr einen Roman schreiben. Diese Kunstform sei erschöpft.
Das reizte mich. Wie, bitte: man kann keinen Roman mehr schreiben? Ich kann aber. Ich bin sicher, daß ich's kann, wir wollen sehen. Ich brauche eigentlich nur eine Fortsetzung der beiden Nina-Romane zu schreiben. Wie wär's, wenn ich einfach Nina weiterleben ließe? Was kann denn aus dieser Nina werden, die am Schluß das Wort ihres Mönch-Freundes zitiert: Andiamo a Dio. Kann sie nicht eine Heilige von heute werden? Eine Heilige aus der französischen politischen Résistance, in Deutschland gelandet, sich verheiratend mit einem Mann, der etwas von Maurice und etwas vom Dr. Stein hat und dem sie sich, völlig unfeministisch, opfert. Überhaupt: sie opfert sich; sie opfert ihre große Liebe, sie opfert sich auf im Dienst für Arme und Kranke. Kein Romanstoff für die Welt von 1960 und für eine Schriftstellerin, die Worte wie »Opfer« und »Verzicht« verabscheute. Kitsch-Worte. Ein Kitsch-Roman. Wirklich?

Ein altmodischer Roman gewiß. Aber katholisch? Nun ja. Da kommt ein alter Kapuzinerpater vor, Beichtvater vieler berühmter Leute, ehemals ein Waldbauernbub, dann Theologiestudent, dann aber Jurist, und später Priester, voller Skrupel... Ich habe diesen Roman mit dem Titel ›Die vollkommene Freude‹ (den Legenden des Hl. Franziskus entnommen) nie wieder gelesen. Auch ungelesen war er mir lästig, ja sonderbar skandalös nicht nur deshalb, weil Leser meinten, das sei ein autobiographischer Roman, Clemens sei C. O. und ich sei Marie-Catherine. Ich bin nicht Marie-Catherine, fern davon. Doch vieles in diesem Buch ist der »Wirklichkeit« entnommen. Aber gerade der so katholisch anstößige Kapuziner ist frei erfunden. Ich lese eben (widerwillig) nach. Er ist eigentlich eine gute Erfindung. Eine schöne Figur. Ein alter Priestermönch, der sich im Gespräch mit dem Ich-Erzähler, einem Gelähmten, einem Skeptiker, auseinandersetzt mit seiner Aufgabe, Sündern ihre Beichte abzuhören und die Reuigen loszusprechen. »Was wagst du da«, fragt er sich selbst, »weißt du denn, was du da tust, welche Gewalt du da ausübst? Wäre ich (der einstige Jurist) Richter drüben im Justizpalast, so hätte ich keine Macht, ganz allein zu entscheiden über Leben und Tod eines Angeklagten. Da hätte ich die Geschworenen. Aber da, in meinem dunklen Beichtstuhl, da spreche ich los, ich allein, da hole ich ganz allein einen Menschen mit einem Wort aus der Hölle heraus, wenn er selbst es will.« Sein Gesprächspartner fragt: »Und haben Sie nie gedacht, was wäre, wenn dies alles nicht stimmte?« Die Antwort: »Was wäre der Glaube eines Mannes ohne Zweifel und ohne Kampf?... Denken Sie nicht, daß ich resigniert hätte im Alter. Im Gegenteil: ich war nie tiefer davon überzeugt, nach soviel genauer Erfahrung, daß der Mensch gut ist trotz aller Finsternis, ja, trotz der Sünde, die Schwäche ist... Sie meinen, ich glaube nicht an Todsünde? Nicht an die Hölle? Nicht daran, daß nur die katholische Kirche die rechten Mittel zur Rettung kannte? Oh, ich glaube alles... Aber ich weiß, daß Gott die Liebe ist... Darum macht es gar nichts, wenn so ein alter Fischer wie ich nur mehr alte, müde Fische fängt mit seinem alten, zerrissenen Netz. Die jungen, die entkommen, flink und mißtrauisch wie sie alle heute sind, die wissen nur nicht, daß am Grund des Teichs ein viel größeres Netz ausgespannt ist...«

Diese Stelle griff ein Kritiker heraus und stellte sie dar als die Essenz meines Romans. Vielleicht hat er sogar recht, wer weiß. Aber als Negativ-Kritiker darf er nicht Sätze, die eine Roman-Figur sagt, als apodiktische Aussage des Roman-Autors darstellen. Der Autor sagt viele andere Sätze, die als Gegen-Sätze zitiert werden müßten. Es ist unfaires Berufsverfahren, einem Autor zuzuschreiben, was dieser eine einzige Figur sagen läßt.

Jedoch: die zitierten Sätze sind katholisch, wenngleich, ganz genau gelesen, nur scheinbar dogmentreu. Man braucht sie nur laut zu lesen und etwas von der eigenen Skepsis hineinzulegen, und man wird merken, daß die Autorin keine brave Katholikin ist.

Wie es mit meiner Dogmentreue stand, wird mir klar, wenn ich mich erinnere, wie ich bei einer Erwachsenentaufe das Credo aufsagen mußte, ich, die Taufpatin an Stelle des Täuflings, einer Studentin, die es natürlich selbst hätte sagen können; aber man hielt fest an der Annahme, daß der Täufling ein Kleinkind sei, das noch nicht reden und nicht denken kann, und daß der Pate für das Kind spricht.

Ich sprach also das Credo. Lateinisch. Gesungen hatte ich es oft in Messen von Schubert und Mozart, aber es zu sprechen, langsam und deutlich, das war etwas anderes. Und es wurde mir ein Schrecken: glaubte ich denn das alles? Glaubte ich das: »Genitum, non factum«! Was soll das heißen: »gezeugt«! Und das: »Et incarnatus est de Spiritu Sancto ex Maria Virgine«? Und das: »Et resurrexit tertia die... Et ascendit in caelum, sedet ad dexteram Patris...«

Und das vor allem: »Ich glaube an die *eine*, heilige, katholische und apostolische Kirche...« Das alles glaubte ich?
»Denken sollt Ihr, was Ihr glaubt«, so las ich Jahrzehnte später beim großen Abaelardus, gesprochen im 12. Jahrhundert. Und: »Was meinen wir denn, wenn wir sagen, Jesus ist Sohn Gottes«, wie Karl Rahner es sagte bei einer seiner Vorlesungen in Innsbruck im 20. Jahrhundert? Damals, bei jener Taufe, war ich nahe daran davonzulaufen, schreiend: »Nein, das glaube ich nicht! So nicht! Nein! Ich will denken, ich lasse mir das Denken nicht verbieten. Das ist Gewissenszwang. Erpressung ist das.«
Ich schrie nicht, ich lief nicht davon. Hatte ich nicht gelogen, das Credo feierlich sprechend? Nein: ich hatte ja im Namen meines Patenkinds gesprochen, und sie glaubte ja wirklich, sie glaubte glühend, denn sie war ganz frisch konvertiert, und ihr Lehrer war ihr geliebter Freund, ein Missionsbenediktiner, der gelebt hatte, was er glaubte: er war Missionar in Nordkorea gewesen, dann von den Chinesen gefangen und in einem KZ festgehalten, bis er endlich nach Europa zurückkehren durfte, krank, aber ungebrochen. Später ging er zurück nach Korea, Südkorea, da starb er, und als ich dort 1975 war, brachte ich Blumen an sein Grab, im Namen meines Patenkindes, das, eine depressive Frau geworden, still vor sich hin lebte, einen sehr guten Roman schrieb, ›Reuben‹, den kein Verleger wollte und den sie schließlich im Selbstverlag herausbrachte. Vergessen. Schade. Was für Schicksale...
Nun: katholisch nannte man mich in der Literaturkritik, und es war so, als sagte man: Die schreibt doch nur altmodisches Zeug, wer interessiert sich heutzutage für Opferseelen und Kapuzinerpredigten und Religion.
Das Buch ›Die vollkommene Freude‹ wurde ein Bestseller und hat vielen Menschen geholfen zu leben. Aber eben das war's, was man mir vorwarf: ich gab »Lebenshilfen«.

Ich selber kann »erbauliche« Literatur nicht ausstehen, genauso wie ich gezielt politische, propagandistische, nicht mag. Autoren, die irgendeine Form von »Lebenshilfe« geben wollen, sollen den Beruf des Psychotherapeuten oder des »christlichen« Politikers wählen. Literatur, die Anspruch darauf erhebt, Kunst zu sein, soll »absichtslos« sein. Ein Bäcker soll gutes Brot backen, ein Schreiner einen guten Tisch machen, ein Schriftsteller soll gut erzählen. Die wirklich guten Bücher überzeugter Kommunisten sind nicht ihre propagandistischen. Brechts ›Herr Puntila und sein Knecht Matti‹ ist Dichtung, weil Brecht über der Lust am Dichten nicht merkte, daß er auf seiten des Kapitalisten Puntila stand, während er ihn doch verteufeln sollte.

Als ich ›Die vollkommene Freude‹ schrieb, wollte ich gar nichts als eben einen Roman schreiben, einen herkömmlichen, mit lebendigen Figuren, aber ohne Tendenz.

Wenn schon »katholisch«, dann anders: so wie in der Erzählung ›Geh fort wenn du kannst‹. Als ich zum ersten Mal längere Zeit in Italien war, lernte ich das Benediktinerinnen-Kloster Veroli bei Frosinone kennen, und eine gelehrte Nonne brachte mir ihr Kriegstagebuch. Sie hatte mit einigen ihrer Mitschwestern den Kampf um Monte Cassino 1943 aus nächster Nähe miterlebt und Aufzeichnungen gemacht. Das war ein Grund-Stoff, der mich packte. Monte Cassino, das alte schöne Kloster, im Krieg zerstört, nicht von den Deutschen, sondern aus einem Irrtum: die im Süden Italiens gelandeten amerikanisch-englischen Truppen waren überzeugt, daß sich in diesem Kloster große Teile der Hitler-deutschen Wehrmacht versteckt hielten. Darum beschossen sie das Kloster und zerstörten es bis auf die Grundmauern. Deutsche fanden sie nicht, weder tot noch lebend. Ich sah das Kloster nach dem Krieg, als es schon wieder aufgebaut war. Und ich sah über dem großen Tor eingemeißelt einen Satz: »Egredere si potes«. Geh fort, wenn du kannst:

Diesen Satz hatte im 4. Jahrhundert die Schwester des großen Benedikt gesagt, um ihn für eine Weile länger in ihrer Nähe zu haben, und, als sei der Himmel auf ihrer Seite, begann ein Sturzregen, und Benedikt mußte bleiben. »Geh fort, wenn du kannst«, sagte die Schwester namens Scholastica.
Dieser Satz war der zündende Funke. Irgendwer sollte seinem Schicksal entgehen und wurde daran gehindert. Gehindert durch den Krieg, das war mir klar. Aber wer war der Gehinderte? Die Nonne, die mir ihr Kriegstagebuch zu lesen gab? Sie nicht. Aber wer sonst?
Allmählich formte sich mir die Geschichte einer jungen deutschen Kommunistin, die nach Italien geht, sich einer Partisanengruppe anschließt und das letzte Kriegsjahr dort erlebt. Das »Dort« wurde mir zum Kloster Veroli, wo die Partisanin Angelina, von ihrer Gruppe abgeschnitten, über eine Mauer stürzt und sich in einer Kloster-Ruine findet, allein, ausweglos eingeschlossen vom Kriegsgeschehen um Monte Cassino. Aus Langeweile liest sie das einzige im Kloster verbliebene Buch: das benediktinische Brevier. Nicht, als wäre sie dadurch bekehrt worden. Sie wird nur an diesen Ort gefesselt. Sie liebt ihn. Sie denkt nicht daran, katholisch oder gar Nonne zu werden. Aber als nach dem Krieg die Nonnen zurückkehren, bleibt sie. Es kommen nicht nur die Nonnen, es kommt auch der junge italienische Partisan, ihr Freund und Kampfgenosse, der sie gesucht hat. Er ist nun in der Regierung, die kommunistisch ist, und nimmt in aller Selbstverständlichkeit an, die Kameradin folge ihm. Sie aber bleibt.
Die Schlußszene, der Abschied des Kameraden, fiel mir zu schreiben merkwürdig schwer, denn ich war auf seiner Seite und mißbilligte Angelinas Entschluß, im Kloster zu bleiben. Aber »Egredere si potes« – das gilt auch für mich: ich konnte das Schicksal meines eigenen Geschöpfs nicht ändern. Vorgegebenes Schicksalsmuster. Seltsame Erfah-

rung, oft erlebt: nicht ich schrieb meine Geschichten, sondern sie entwickelten sich sozusagen gewalttätig über mich hinweg.

Diese Erzählung hat ein konkretes Nachspiel: eine alte Italienerin schrieb mir einige Zeit später, woher ich denn die Geschichte ihrer Enkelin (oder Nichte) kannte. Sie könne mir einige Ergänzungen und Korrekturen geben.

Und ich hatte die Geschichte doch nur erfunden. Oder gefunden. Für mich interessant im Rückblick: wie sich das kommunistische Partisanen-Milieu trifft mit dem des katholischen Klosters, und wie sich, mir unbewußt, meine beiden Möglichkeiten personifizierten: die radikal religiöse und die radikal politische. In der Erzählung fand ich die Lösung, damals. Im Leben ging es dann anders zu, wenngleich meine beiden Möglichkeiten auf andere, besondere Weise gelebt wurden.

Ganz und gar »katholisch« ist mein Tagebuch ›Septembertag‹. Es stammt aus meiner ausgesprochen »frommen« Phase. Weit vorausgegangen war jenes seltsame Erlebnis 1955, als ich in München zufällig die Fronleichnamsprozession traf und, zornig über die Scheinheiligkeit gewisser Politiker, mich in die Ludwigskirche flüchtete und dort von einem heftigen Strahl dessen, was man Gnade nennt, getroffen wurde. In den folgenden Jahren änderte sich mein Leben in vieler Hinsicht. Nach der Scheidung von C. O. zog ich nach Italien. Meine schöne Wohnung am Aventin lag nahe bei drei Kirchen. Die schönste, älteste ist Santa Sabina, aber ich wählte Sant'Anselmo, die Kirche der Universität der Benediktiner. Wann ich anfing, jeden frühen Morgen dort zur Messe zu gehen, weiß ich nicht mehr. Aber ich hielt jahrelang durch. Es wurde mir nicht zur Gewohnheit, sondern zu einem tiefen Bedürfnis. Was ich dort erlebte, könnte ich heute nicht mehr niederschreiben. Damals verstand ich nicht, daß etwas, was ich als Kind erlebt hatte vor einer Gipsfigur des »Herz Jesu«, genau das war, was man eine mystische Erfahrung nennt. Ich kann heute allenfalls sagen, daß es das war, was man in der Sprache des Buddhismus *samadhi* nennt: das Hinweggenommenwerden von Kräften der vierten Dimension.

Dieses Buch ›Septembertag‹ wäre nicht entstanden ohne meine damalige intensive Hinwendung zum »Katholischen«. Freilich genau besehen ist es gar nicht typisch katholisch. Die katholische Kirche mag ihre Mystiker und Charismatiker gar nicht, auch wenn sie einige »kanonisiert«; sie neigt eher dazu, sie zu Häretikern zu stempeln. Mystische Erfahrungen kann man in allen Religionen auf unserem Planeten machen, im Osten wie im Westen, bei den Juden, den Tibetern, den Moslems (in der Sufi-Mystik), bei den Indianern und auch im alten Afrika. Überall, wo der Mensch mit Hilfe besonderer körperlich-seelischer Praktiken die Raum-Zeit-Kausalität überwindet. Sie alle haben die tiefste Tiefe gemeinsam: das Erlebnis der »Leere«, die wie das »Nichts« erscheint, aber in Wirklichkeit die Fülle ist: das »Alles«.

Ich schrieb damals (ich war etwas über fünfzig) von meiner »Alters-Weisheit«, und beschrieb sie als jenen Zustand, in dem ich einfach *Ja* sage zum Leben, so wie es ist, ohne Reue über mein Versagen, ohne Freudensprünge über meine Siege, »beides ist selbstverständlich, da ich doch Mensch bin. Eigentlich ist es mir gleichgültig, ob ich mich für frei oder nicht frei halten soll; fühle ich doch, daß ich beides bin in geheimnisvoller Verzahnung, und ich weiß damit sicher die wirkliche Wahrheit, und solang ich's bei diesem unzerdachten Wissen belasse, ist alles klar. Froh bin ich, daß ich nicht Theolog und nicht einmal Philosoph vom Fach bin und daß nichts in der Welt mich zwingen kann, das Verhältnis von menschlicher Freiheit und Bestimmung zu definieren... Ich für mein Teil, frei oder nicht, habe meine Unfreiheit zu meiner Freiheit, meine Freiheit zur Unfreiheit gemacht; großmütig und leichtsinnig überlasse ich mich einer Führung, die ihrerseits großmütig und leichtsinnig genug ist, mich an sehr langer Leine zu halten...«

Katholisch? Nichts als die Erfahrung eines religiösen Menschen, der sich katholischer Termini bedient, um das Unsagbare sagbar zu machen, denn andere Wörter für seine Erfahrung hat er noch nicht zur Verfügung; er kennt den Taoismus noch nicht und den Zen-Buddhismus nur oberflächlich.

Dem ›Septembertag‹ folgt lange gar nichts, bis zu ›Tobias‹, meinem Versuch, mich 1966/1967 mit einem jungen Mann jener Jahre zu identifizieren. Ein Junge auf der Suche nach dem »Vater«, die er erfolglos verbissen rebellisch fortsetzt, bis er endlich entdeckt, daß er selbst sein eigener Vater ist und daß es keine Autorität gibt außer jener seines eigenen Selbst. Ein Vorläufer der Achtundsechziger-Generation. Katholisch? Keineswegs.

Dann, als Zwischenarbeit gedacht, ›Bruder Feuer‹, sozusagen eine »Verpoppung« der Geschichte des Franziskus von Assisi: eine Modernisierung, so wie man in der Musik klassische Stücke in moderner Instrumentierung und modernem Rhythmus bringt. Ein Franziskus, wie er heute wäre. Historie, Phantasie, Legende verwoben zu einem Teppich, der heutigen Jugend verständlich. Franz, der Playboy, reich und verwöhnt, Kapitalistensohn, der es plötzlich satt hat, als Sohn reicher Eltern zu leben, die absolute Armut wählt und eine kleine Kommune Gleichgesinnter gründet. Kein Kloster, durchaus nicht, sondern eine Kommune junger Leute, die mit den Armen arm sind, mit den Unbehausten in Baracken hausen und mit den Arbeitern arbeiten, ohne Geld zu nehmen. Ein »erbauliches« Buch? O nein. Ein rebellisches, das denn auch so verstanden wurde: Aufstand gegen den reichen kapitalistischen »Vater« und die ganze verlogene frühkapitalistische Gesellschaft des 12. Jahrhunderts.

Das kleine Buch wurde ein stiller, großer und anhaltender Erfolg. Seit mehr als zwölf Jahren ist es auf dem Buchmarkt und bringt mir Jahr für Jahr unzählige Briefe junger Menschen ein, die tief betroffen sind von dem Beispiel des Franziskus, das ein Angebot ist, eine Möglichkeit, kein christkatholischer kategorischer Imperativ. Wir kennen seinen »Sonnengesang«, sein Liebeslied an die Schöpfung: »Laudato si, mi Signore...«: »Gelobt sei mein Herr durch Bruder Wind, Schwester Wasser, Bruder Feuer, Mutter Erde, Schwester Tod...«

Franziskus, der die Tiere liebte und mit ihnen sprach und ihre Sprache verstand. Franziskus, der mit der reichen Kirche seiner Zeit haderte, der ums Haar als Ketzer verurteilt worden wäre, hätte er nicht einen mächtigen Freund unter den Kardinälen gehabt. Franziskus, der seine Freundin Chiara liebte und doch auf sie verzichtete, aber nackt vor ihrem Klosterfenster sterben wollte, auf dem nackten Erdboden, und wirklich dort starb. Ein seltsamer Heiliger. Ein Rebell. Ein grenzenlos Liebender.

Ein katholisches Buch? Nein. Ein religiöses, ja. Ein Buch der Liebe. Franziskus, ein Bruder des Jeschua von Nazareth.

Nach ›Bruder Feuer‹ folgte ›Der schwarze Esel‹, der Roman einer tristen bayerischen Mittelstadt mit ihrer Geschichte von 1914 bis in die Gegenwart. Eine erweiterte Familientragödie und -komödie, ein Roman in vielen Farben, ein hartes Stück Zeit- und Gesellschaftskritik mit Leuten, die hassen und lieben, Sozis, Nazis, Mitläufer, Antifaschisten, Kommunisten, die alle sich politisch befeinden, betrügen, großzügig verzeihen, kurzum: ein Abbild des Lebens. Auch ein Pfarrer kommt vor, der bei einem Bombenangriff im Zweiten Weltkrieg umkommt. Jemand sah ihn als brennende Fackel laufen und hat den begründeten Verdacht, daß er verbrennen wollte, weil er die Verlogenheit der Gesellschaft seiner Stadt nicht mehr ertrug. Katholisch? Auch Jan

Palach in Prag verbrannte sich. Auch die buddhistischen Mönche in Vietnam.

Die mir liebste Gestalt in diesem Roman ist eine Bucklige, ebenfalls verzweifelt über die Stadt, und die sich einmal wünscht, es möge Feuer vom Himmel fallen und die Erde reinigen von allen Menschen, damit sie so kahl und sauber sei wie der Mond. Aber sie schämt sich sogleich ihrer Verzweiflung, sie ist eine praktische »Linke« und erlaubt sich nie die Resignation, und wenn man ihr harte Fragen stellt, etwa nach dem Sinn des Lebens, so antwortet sie mit einem Rätselwort: »Da frag du den Schwarzen Esel.« Wer ist das? Wer oder was. Es ist ihre Formel für das Schicksal und für den unbekannten Urheber des Schicksals. Sie scheint eine radikale Atheistin, aber sie erkennt eine Macht an, die sie, spräche sie katholisch, den *Deus absconditus* nennen müßte. Der »Schwarze Esel«, das ist ihr Bekenntnis zum Nicht-wissen-Können. Sokrates sagte: »Ich weiß, daß ich nichts weiß.« Meine von mir frei erfundene Gestalt der buckligen Klara weiß, daß man nichts wissen kann. Und das sagt sie ehrlich. Darin liegt ihre Größe.

Ist dieser Roman ein Zeugnis meiner eigenen Verzweiflung an der Welt? Es gibt Stellen im Buch, die das vermuten lassen. Aber es stimmt nicht. Als ich es schrieb, war mir nicht klar, daß ich Symbole verwandte. Das erkannte ich viel später beim Wiederlesen.

Es gibt in dieser kleinen Stadt einen Kinderspielplatz, einen tristen, den Platz der »toten Geleise«, die nach dem Ersten Weltkrieg vom zerschossenen Bahnhof übriggeblieben waren. »Tote Geleise«. Kein Zug fährt mehr ab. Der Ort der Hoffnungslosigkeit. Aber was nicht zerstört worden war, ist der Bach, der die Stadt durchfließt. Und der fließt weiter, auch wenn er, Opfer des »Fortschritts«, mit Zementplatten überdeckt wird. Das lebendige Wasser, das Wasser des Lebens. Zwischen den toten Geleisen und dem lebendigen Wasser spielt sich das Leben ab.

Die Ich-Erzählerin sitzt einmal vor einem Straßencafé und schaut die Vorübergehenden an, kalt sezierend, voller Verachtung; sie sieht die »nackten Tatsachen«: »... in der Tasche mindestens drei Schächtelchen mit Pillen, zum Aufputschen, zum Beruhigen, gegen die Schwangerschaft oder gegen die Impotenz... in der Brust den Schrittmacher fürs eigene mißhandelte Herz, mit den geheim wuchernden Tumoren an Prostata und Uterus, mit der Angst vor der Lues, mit den nie erkannten Neurosen... da gehen sie hin und her, ihren Geschäften nach, für deren Gedeihen das Wetter weit weniger von Belang ist als der Börsenbericht, angeschlagen an den sechs Banken... Der Verkehr: eine Reise am Ort, eine bereits leerlaufende Maschinerie, ein Mobile aus Eisenblech und Menschenmuskeln... eine rohe hysterische Anatomie, schrottreif und schon abgeschrieben, ein absurder Spielautomat, an dem jeder verliert und immer wieder verliert, wozu denn das alles, laßt es abschnurren, bis es mit einem Feuerknall in die Luft fliegt... versucht keine Rettung... es lohnt nicht.« Die Stelle geht weiter: »Aber was für billige Gedanken, eingeflüstert von einem ortsansässigen Teufel mittlerer Verführungsmächtigkeit... der nicht damit rechnet, daß er hier jemand findet, mit einem Blick verrückter Zärtlichkeit für dieses anonyme Durcheinander, dem Gegenblick, der diese eisern sich abarbeitende Maschine verwandelt in die Takelage eines erdballgroßen Segelschiffs, das, mit widrigen Wellen kämpfend, dennoch auf Kurs liegt und unfehlbar an seinem Bestimmungsort ankommen wird.«
Das sagt die Verfasserin als Ich-Erzählerin. Sie, die Autorin, hat es oft schwer, ihren Glauben an die Menschheit und deren Zukunft zu bewahren. Auch sie möchte auf Fragen nach dem Sinn des Lebens und Sterbens antworten: »Fragt den Schwarzen Esel. Ich weiß nichts.« Aber sie spielt nicht auf toten Geleisen; sie hört auf das Rauschen des unterirdischen Wassers. Katholisch? Wieso? Christlich, ja. Aber

auch allen anderen Religionen wesentlich, weil »Religion« eben gleich Hoffnung ist. Hoffnung für alle.
Dieses Buch wurde von meinen deutschen Lesern wenig gelobt und wenig geliebt. Es bekam seine großen Rezensionen im Ausland, vor allem in Italien (da bekam ich dafür einen bedeutenden Literaturpreis), in Polen, in der Sowjetunion. Den Splitter im Aug' des Nächsten sieht man leichter und lieber als den Balken im eigenen.
Eben, im Dezember 1993, wurde mir klar, wie aktuell dieses Buch verstanden werden kann: Nach dem Ende des Dritten Reiches sollten die Böcke von den Schafen getrennt werden. Wer war Nazi gewesen, wer Opportunist, wer nur Mitläufer, wer geheimer Gegner, wer im offenen Widerstand... Es schien leicht, Urteile zu fällen. Aber die Autorin ging den Lebensläufen der einen wie der anderen nach, und da zeigte sich, daß nicht jeder identisch war mit seiner politischen Rolle. Eine der Hauptgestalten, der Nazi-Kreisleiter Fleckmann, ist mir unter der Hand sympathisch geworden, weil man versteht, warum er so wurde, wie er war. Die Ich-Erzählerin, die Autorin, sonst so radikal in politisch-gesellschaftlichen Fragen, setzt menschliches Verstehen höher als richterliches Urteil. Sie lernt, den Menschen zu lieben mit all seinen lächerlichen Schwächen. Sie lernt das Schopenhauersche Mit-Leid. Sie sagt sich freilich auch: »Richtet nicht, damit Ihr nicht gerichtet werdet.« Sie hegt tiefe Zweifel an dem, was man »Gerechtigkeit« nennt. Aber bitte, wohin kämen wir ohne Recht sprechende Gerichte, wohin mit dem umfassenden Verstehen und Verzeihen? Ja, wohin kämen wir – wir kämen zum »Ewigen Frieden«. Aber bis dahin schlagen sich Kain und Abel gegenseitig noch millionenmal tot. Und doch...
Aber wer gerecht urteilen will heute, wo es wieder darum geht, Schafe und Böcke und Zicklein zu scheiden, dieses Mal nicht unter den Nazis, sondern den Stasi-Kollaborateuren... Wer wirft den ersten Stein?

Nach dem Roman ›Der schwarze Esel‹ kam, Jahre später, wieder ein Roman: ›Mirjam‹. Stoff und Idee trug ich jahrzehntelang in mir. Mirjam, der hebräische Name für Maria. Mirjam stammte aus der nordpalästinensischen Stadt Magdala. Darum Maria Magdalena. Eine biblische Figur, eine von der katholischen Kirche kanonisierte große Heilige, Urbild und Vorbild der reuigen Sünderin, und, wie ich später zynisch dachte, das Modell für viele Maler aller Jahrhunderte, Vorwand dafür, eine schöne Frau mit halb entblößtem Busen kirchenfähig zu machen. Man hat den steinernen Puttchen in St. Peter in Rom Lendenschürzchen übers kleine Geschlecht gegipst. Ich habe aber noch nie gesehen, daß man einer Magdalena nachträglich ein Tuch um den halbnackten Busen gemalt hätte. Warum auch. Zeigte man nicht ihr Fleisch, wäre dem Bild der malerische Reiz genommen. Und überdies: die Frau weint ja über ihre Sünden und die Sünden jener, die sie verführte. Oder nicht? Aber wenn sie sie schon bereut, warum zeigt sie das Mittel ihrer Verführungskunst? Etwas stimmt da nicht. Die Schizophrenie der Kirche, sie erhebt zur »Ehre der Altäre« eine Frau, die, laut Evangelium, eine stadtbekannte Hure oder doch Ehebrecherin war, wie jene Frau, die nach jüdischem Gesetz hätte gesteinigt werden müssen. Jeschua hat kein Wort der Verurteilung dieser Frau. Er sagt den umstehenden Männern: »Wer von euch ohne Sünde ist, der werfe den ersten Stein.« Da schlich sich einer nach dem anderen davon. Jeschua hat sich nie mit der im Geistbereich höchst zweitrangigen »Fleisches-Sünde« befaßt.
Verurteilt hat er die Männer, die lieblosen, die Heuchler, die skrupellosen Nutznießer der weiblichen Sexualität. Ich sah als Kind und junges Mädchen im Kloster Wessobrunn ein barockes Deckenbild im »Magdalenen-Saal« und wunderte mich, daß mein Großonkel, der Pfarrer, dieses Bild duldete. Vermutlich hat er es mit Vergnügen angeschaut.

Jahrzehnte später schenkte mir mein Freund Rudolf Hirsch ein Buch: ›Die Liebe der Magdalena‹. Eine anonyme russische Handschrift, in französischer Übersetzung publiziert, 1912 von Rilke ins Deutsche übertragen, in allzu schönes Rilke-Deutsch, es gefiel mir nicht. Aber ich witterte einen Romanstoff. Eine Liebesgeschichte zwischen Mirjam und ihrem Meister Jeschua. Aber liebte Jeschua diese Frau? Wie liebte er sie? Die Sache war mir denn doch zu schwierig. Ich ließ den Plan fallen. Aber der Plan ließ mich nicht fallen. Meine Gedanken hatten sich eingehakt in die Figur des Jeschua. War er so, wie ihn die Evangelisten schildern? Ich begann nach Material zu suchen, weniger nach theologischem als politisch-soziologischem. Wie lebte denn so ein Ungewöhnlicher, so eine Randfigur, in seiner Umwelt? Ein tollkühner Kritiker seiner jüdischen religiös-politischen Obrigkeit, ein Heiler, einer, dem das Volk nachlief, weil es sein Geheimnis der Göttlichkeit witterte und ihn für den Messias hielt, ihn aber dann fallen ließ und zusah, wie man ihn als Volksverhetzer henkte. Ich bin sicher, ich hätte ihn geliebt, diesen jungen weisen Revolutionär.
Es hat ihn eine geliebt: diese Mirjam. Hat er ihre Liebe erwidert? Monatelang ging ich schwanger mit diesen Fragen. Auf einmal übermächtigte mich die Figur dieser Mirjam, und ich begann zu schreiben, Tag für Tag; sie erzählte mir ihr Leben. Es ist so, wie ich sage: sie redete, ich hörte zu. In jenen Arbeits-Monaten war ich sozusagen außer mir, außer Ort und Zeit. Ich lebte in Palästina und lief diesem Guru nach. So sehr war ich entrückt, daß es mir schwer war, in der konkreten Gegenwart zu leben. Ich war in Jerusalem. So »wirklich« war ich dort, daß mir später der Literaturhistoriker Hans Mayer, als Jude tief vertraut mit der jüdischen Kultur, nach einem Aufenthalt in Jerusalem schrieb, wie ich denn diese geheimnisvolle Stadt so genau kennte. In der Tat: ich kannte sie, so wie sie war vor zweitausend Jahren. Ich kannte die Gassen, die Tore, die Ölgärten,

die Straße, auf der Jeschua sein Kreuz zur Todesstätte trug, ich hörte Stimmengewirr, ich roch das Blut der Opfertiere...

Ein erbauliches Buch, ein katholisches? Fern davon. Denn diese Mirjam ist eine Rebellin, wie ihr Geliebter einer war. In anderen Zeiten wäre es vielleicht auf den Index gesetzt worden meiner eigenwilligen Interpretation des Evangeliums wegen.

Und was sagten meine Leser? Ein Teil war ergriffen, und viele schrieben mir, sie hätten erstmals verstanden, daß dieser Jeschua ein Mensch war, einer von uns, ein Bruder, wenn auch ein sehr großer; einige schrieben, dieses Buch habe sie der Kirche wieder nahegebracht (wieso, weiß ich nicht), andere aber tadelten mich eben dafür, daß ich Jeschua zu sehr zum Menschen mache und seine Göttlichkeit herabwürdige; und wieder andere beschimpften mich, daß ich Jeschua und Mirjam kein Liebespaar sein ließe und ihnen den Beischlaf nicht gestatte; wenn Jeschua ein ganzer »Mensch« gewesen sei, dann als Mann und also auch mit der männlichen Geschlechtlichkeit. Es heiße doch im Evangelium, er sei »uns gleich geworden«.

Als Erklärung für diese Tadler gibt es einen Satz im Buch: eines Abends sitzt Mirjam zu Füßen Jeschuas und legt ihren Kopf an sein Knie, sicherlich voller Sehnsucht nach der Umarmung. Er aber schiebt sie sanft weg: »Mach dir keine Fessel, Mirjam.«

Das ist kein Aufruf zur sexuellen Askese, wie denn überhaupt Jeschua keinen Wert auf Askese legte. Er aß, er trank, er liebte, aber er liebte in Freiheit. Er hatte eine hohe Sendung, bei der ihm die Geschlechts-Liebe ein Hindernis gewesen wäre. Versteh's, wer kann. Es war, wie es war. Es ist, wie es ist. Und auch dieses Buch ist kein »katholisches«, denn »meine« Mirjam ist ein freier Geist. Was die Kirche zur Verehrung anbietet, ist keine »Büßerin sexueller Sünden«, sondern eine emanzipierte Frau, die sich dem Zugriff der Männer entzog und ihren eigenen spirituellen Weg ging und geht. Jeschua akzeptierte das, die übrigen Jünger (Männer) brauchten lange, bis sie diese neue Art von Frau annahmen. Sie brauchten bis heute und brauchen noch ein Jahrhundert...

Ich habe schon früh mich mit Fragen beschäftigt, welche zum Gebiet des Feminismus gehören. Schon ehe es alle journalistisch-theologischen Hähne von allen Dächern krähten, schrieb ich zwei Arbeiten zum Thema Frau. Die eine 1964: das Vorwort zu einem für damalige Zeiten unerhört mutigen Buch der (praktizierenden) katholischen französischen Autorin Marcelle Auclair: ›Das tödliche Schweigen‹, nämlich das allgemeine Totschweigen des Problems der Abtreibung. Ein Buch der Empörung über die Doppelmoral: Männer beschlafen skrupellos und oft gewalttätig Frauen, und die Frauen, welche den Geschlechtsakt erleiden müssen, dürfen nicht abtreiben, denn das ist Todsünde; das ist »Mord«. Das sagte man 1964. Das sagt man 1994. Man (die katholische Kirche) weigerte sich hartnäckig, Kenntnis zu nehmen von den Fakten, die jene (streng katholische) Autorin aufdeckte.

Die andere Arbeit entstand 1963. Der Titel: ›Unterentwikkeltes Land Frau‹. Es ist eine gesellschaftskritische Studie, an deren Schluß ich mich an die katholische Kirche wende und sie warne vor dem Verpassen ihrer Chance, die Frauen zur echten Mitarbeit (»echt« schrieb ich und wußte, was ich schrieb) heranzuziehen; tut sie es nicht, wird sie mit der Wiederholung des Phänomens des 19. Jahrhunderts rechnen müssen; diesmal sind es nicht die Arbeiter, sondern die Frauen, die schweigend von dannen gehen. Ich forderte Gleichberechtigung der Frau überall. Auch in der Kirche. Bis heute eine unerfüllte Forderung.

Immerhin: ich interessierte mich für die Kirche, wenngleich höchst kritisch sie als Männer-Kirche darstellend.

Dem Roman ›Mirjam‹ folgte ein anderer: ›Silberschuld‹.

Ein Mißerfolg. Ein nicht verstandenes Buch. Ein surrealistisches. Ein psychoanalytisches. Eine Reise in den Abgrund einer Kollektivschuld. Eine Familiengeschichte durch fünf Jahrhunderte. Eine Familie, die ein Silberbergwerk besaß und durch die Ausbeutung der Arbeiter reich wurde. Ein simples Thema. Aber nicht simpel ist, daß ein Mädchen der jüngsten Generation aus dieser Familie von Ausbeutern »aussteigt«, geheimnisvoll gerufen, den Weg der Familienschuld bis in seine tiefste Tiefe zu verfolgen. Ein dantesker Abstieg durch Höllenkreise. Eine stellvertretende Buß-Reise. Eine Folge von Bildern, die, wiewohl von meiner eigenen Phantasie geschaffen, mich erschreckten und ängstigten. Der Abstieg endet an einem Punkt, der für das Mädchen der Tod zu sein scheint. Der Sühne-Tod. Indem sie ihn willig auf sich nimmt, erlöst sie alle Generationen vor ihr. Sie stirbt nicht, sie kehrt, auf dem Lebens- und Generationenstamm hochkletternd, zum Leben zurück. Das Buch endet heiter, ja übermütig, mit einer Szene, zu der eine Jahrmarktsmusik von Strawinsky paßt: alle die reichen Bürger geben ihr Gold her, es wird eingesammelt von einem Harlekin, auf einen Haufen geworfen, angezündet und versprüht als Feuerwerk in der Luft. Ein neues Leben beginnt. Der fröhliche Schluß überrascht mich selbst. Wie immer, führte ein Engel meine Hand. Wiederum kein katholisches Buch. Fern davon.

Diesem Roman ging lange voraus ein Buch mit dem Titel ›Wie, wenn wir ärmer würden‹, in dem der Begriff Askese eine zentrale Rolle spielt, aber keineswegs im Sinne einer katholischen Moral, sondern einer Möglichkeit zur wirtschaftlichen und geistigen Rettung der Menschheit. Ich schrieb das Buch 1973, unter dem Schock der ersten Ölkrise (daß sie künstlich erzeugt war, wußten wir erst später). Da die Ölmagnaten sich einigten, war bald wieder Öl da. Und wir vergaßen den Schock. Wir lebten munter weiter, an ewigen Fortschritt und ewige Sicherheit glaubend.

1981 kam der zweite Schock. »Die Krise« als das Tagesgespräch auf Konferenzen der Politiker und Techniker und in den Massenmedien. In diesem Jahr bearbeitete ich mein Buch von 1973 neu und gab dem, wie ich schrieb, »mißliebigen« Begriff Askese eine neue Interpretation. Askese erfüllt sich keineswegs in sexueller Enthaltung (als solche könnte sie freilich ein Beitrag zur Bevölkerungspolitik sein. Schrieb ich 1973!). Askese ist vielmehr: Verzicht auf Profit-Überhang, Verzicht auf Ausbeutung, auf Schädigung der Konkurrenten, auf geheimen Betrug, auf Freß- und Saufgelage... auf alles, bei dessen Genuß man sich fragen muß: darf ich das im Hinblick auf die Not meiner Mitmenschen, mache ich mich damit nicht schuldig an der materiellen Verarmung (Ausräuberung, Verschmutzung, Vergiftung) unserer Erde, verhindere ich damit nicht den geistigen Aufstieg, den eigenen und den der Menschheit.
Ich schrieb: »Askese ist also keineswegs eine lebensfeindliche Sache für fromme Außenseiter, sondern eine lebensrettende soziale Sache von dringlicher Aktualität, die durch keine wirtschaftlichen und gesellschaftspolitischen Maßnahmen ersetzt werden kann...«
Das Buch hat den Untertitel »Die Heimkehr des verlorenen Sohnes«. Heimkehr wohin? Woher kamen wir, als wir in unser Dauer-Krisen-Elend liefen? Wir kamen aus dem »Paradies«, das heißt aus jenem Zustand, in dem wir mit Tier und Pflanze in Einheit lebten und uns eingebettet fühlten ins Universum. Mit anderen Worten: als wir »Gott« vergaßen und verstießen. Mit noch anderen Worten: als wir vergaßen, daß wir Geistwesen waren, bestimmt dazu, sich höher zu entwickeln, denn noch (wie es sich zeigt) sind wir nah am Steinzeitmenschen und weit weg vom wahren Mensch-Sein. Am Schluß jenes Buches sage ich, daß der Aufstieg der Menschheit geschehen kann (und wird), weil wir des Materiellen verzweifelt überdrüssig sind und voller Sehnsucht nach Liebe, Gemeinschaft, Einheit. Ich erinnere mich

an die Zeit der Ölkrise, in der Menschen bereit waren zur Verarmung. Das waren Vorläufer, und wenn es nur wenige waren, so stehen sie doch stellvertretend für die Menschheit. Denn: was vom einzelnen getan wird im Hinblick aufs Ganze, das muß dem Ganzen angerechnet werden, wofür wäre es sonst getan. Die Heimkehr ins Vaterhaus geschieht allen verlorenen Söhnen, oder keinem.

Ich war mir bewußt, daß ich eine Utopie vertrat. Aber was wären wir ohne Utopien? Was triebe uns sonst, weiter zu leben und uns höher zu entwickeln?

Man sieht: so verschieden meine Arbeiten sind, so sind sie alle durchzogen von dem gleichen goldenen Faden der Hoffnung, der aus meiner Form der Religion kommt, und das ist nicht die katholische, sondern eine weltumspannende. Ich habe einige kleine Arbeiten geschrieben. Auftragsarbeiten, besser: Arbeiten in Erfüllung von Bitten bestimmter Gruppen, über dies und jenes zu schreiben. Darunter sind »katholische« Schriften, aber ihre (meine) Katholizität ist immer relativ, immer am Rand der Häresie oder doch des Rebellentums.

Auch von dem, was in den sechs Tagebüchern steht, bezieht sich manches aufs »Katholische«, eben weil es der katholische Teil der Kultur ist, in dem ich lebe, aber es ist gewiß nicht die Essenz dieser Tagebücher.

Ich bin aus dieser Kirche nicht offiziell ausgetreten, weil dazu kein dringender Anlaß vorliegt. Denn auch sie bewahrt ihr Teil vom Christus-Geist so gut wie andere Religionen es tun.

In der Bibel gibt es einen Satz, der sagt, was ich sagen will: »Des Vogelstellers Schlinge bin ich entronnen, das Netz ist zerrissen, und ich bin frei.«

Ich könnte auch mit dem berühmten Satz des Kirchenvaters Augustinus antworten: »Liebe! Und dann tu, was du willst.«

Fisch Herz Baum

Dieses Kapitel ließe ich gern ungeschrieben, es ist noch schwieriger als das über meine Freundschaft mit M. A. Das hieße aber, zwei Jahrzehnte meines Lebens zu überspringen. Zwei ungemein wichtige Jahrzehnte.
Nun: ich blicke, ein wenig schaudernd, in die Vergangenheit. Sie ist wie ein Strom, der nah an der Quelle durchsichtig war und heiter dahinfloß, der immer stärker wurde und sich ein immer tieferes Bett grub, gefährlich wild wurde, Dämme einzureißen drohte, immer schwärzere Wasser führte, bis er langsam sich beruhigte und klärte und zuletzt sanft ins Meer der Ewigkeit mündete.
Es geht um eine Liebe, die nicht gelebt werden konnte, die auf herzzerreißende Weise einseitig war, die als Dreiecks-Beziehung gelebt werden mußte und die weniger starke Personen hätte zerstören können. Über den einen der beiden männlichen Partner habe ich schon geschrieben: M. A. Über den anderen, Karl Rahner, sind Stapel von Büchern geschrieben worden, aber das, was ich von ihm weiß, steht in keinem.
Sollte es nicht besser im Dunkeln bleiben? Aber ist es denn etwas Dunkles, das verschwiegen werden sollte? Gewiß nicht. Schriebe ich es sonst? Rahner war mein Freund durch zwei Jahrzehnte. Ich habe ihn verehrt und bewundert, aber ich habe ihn nicht geliebt, nicht so, wie er mich liebte, denn ich war an einen anderen gebunden, eben jenen M. A. Um der Treue zu M. A. willen konnte ich keinen anderen lieben, obwohl das Angebot hinreißend großartig war.
Ich habe, so schrieb ich an Rahner, seine Liebe »auf den Knien meines Herzens« liegend empfangen. Kleists wunderbares Wort, ich fand keines, das genauer aussagte, was ich fühlte.
Wir haben sehr gelitten.

Es war nicht das Problem des Zölibats, was uns leiden machte. Ich für meinen Teil hatte es schon längst überwunden, ja es war mir schon mit M. A., den ich liebte, kein echtes Problem gewesen. Es war... Schwer zu sagen, was der Kern unsres Leidens war, das Rahners und im Reflex des meinen.

War es Rahners elementar männliche Eifersucht? Ein viel zu kleines Wort, obwohl sie auch mitspielte, offen und sublimiert auf hoher Ebene, und es war auch Rahners Verzweiflung darüber, von mir (vom Leben, vom Schicksal) getäuscht worden zu sein, nach seiner Sicht. Tatsächlich war es anders, ganz anders. Wie denn aber?

Ich muß die Geschichte dieser Beziehung chronologisch erzählen, um den Kern aufzudecken. Ich bin vorsichtig mit den Behauptungen meines Gedächtnisses, wenn es um Wichtiges geht. Erinnerung ist schöpferisch, besonders bei Schriftstellern. Man schreibt, was man aus der Masse der Erinnerungen herausgefiltert hat und was »ins Bild paßt«. Man täuscht sich oft. Ich kann mich jedoch nicht täuschen, seit ich meine Briefe las, die ich im Lauf von zwei Jahrzehnten an Rahner schrieb (sechshundert Briefe sind es), meine Antworten auf seine Briefe.

Rahner und ich hatten mehrmals darüber gesprochen, unseren Briefwechsel zu publizieren, zumindest jene Teile, die theologisch-philosophische und kirchen-zeitgeschichtliche Bedeutung haben. Rahner überließ, schon vor Jahren, schließlich mir die Entscheidung über das Ob und Wann der Veröffentlichung. Aber dann vergaßen wir beide die Sache. Doch wir hoben alle Briefe, Karten, Telegramme, Tagebuchblätter und Notiz-Zettelchen auf. Von Zeit zu Zeit gab Rahner mir meinen Anteil an der Korrespondenz zurück, damit ich sie verwahrte, ich, nicht er, das heißt nicht sein Orden. Ein Päckchen hat er noch mit eigener Hand beschriftet: »Nach meinem Tod an Frau L. R.« Daß ich seine Briefe alle aufbewahrte, wußte er, und es war ihm recht.

Heute frage ich mich, warum er die in vieler Hinsicht äußerst intimen Briefe bewahrt wissen wollte. War es ihm klar, wieviel Wichtiges darin stand? Weshalb sonst die ausdrückliche und sorgfältige Aufbewahrung? Was sollte denn mit diesen insgesamt rund zweitausend Briefen (seinen und meinen) geschehen? Ich machte mir keine Gedanken darüber. Ich verwahrte sie eben, und sie wären wohl erst lange nach meinem Tod gefunden und vermutlich dann eines Tages veröffentlicht worden. Es kam anders: in einem Gespräch mit dem theologischen Lektor des Kösel-Verlags, Dr. Bogdan Snela, kamen wir darauf, daß er ein Schüler Rahners gewesen war und ihn verehrte. Ich sagte ihm, daß ich viele hundert Briefe Rahners habe. Bisher hatte kein fremdes Auge sie gesehen. Ich selbst erinnerte mich nur mehr vage des Inhalts. Nun übergab ich sie in großem Vertrauen Dr. Snela. Er las die gesamte Korrespondenz und war tief beeindruckt. Das war ja über alles Intim-Persönliche hinaus ein wichtiges Kapitel der Theologie Rahners, und ein ebenso wichtiges Kapitel kirchlicher Zeitgeschichte, und es war ein neues, ungemein bewegendes Bild des großen Theologen, der eine tragische Liebe zu seiner Schülerin heroisch lebte.
Ich hatte eine tiefe Abneigung, diese alten Briefe wieder zu lesen, ich las nur einen Teil der meinen an Rahner und fand schließlich, sie seien es vielleicht doch wert, publiziert zu werden.
Aber nicht vor allem die meinen sind wichtig, sondern jene Rahners an mich. Ein schwieriges Unternehmen, das schon gleich daran scheiterte, daß wir die Erlaubnis der Jesuiten brauchten, denn Rahner war Jesuit, und sein Orden beanspruchte das Urheberrecht an seinen Briefen. Sie gestatteten die Veröffentlichung nicht. Warum nicht? Brachte es dem Orden eine Einbuße an Glanz? Trübte es das Bild ihres nach Teilhard de Chardin berühmtesten Repräsentanten? Durfte die Öffentlichkeit nicht erfahren, daß ein Jesuit eine

Frau liebte? (Auch Teilhard de Chardin tat es!) War es entwürdigend? Gab Rahner den jungen Jesuiten ein schlechtes Beispiel? Konnten sie Rahners Verhalten als Freibrief für erotische Freundschaften betrachten? Als ob nicht inzwischen viele Jesuiten den Orden verlassen hatten (was Rahner ja nicht tat!), und als ob nicht andere, im Orden Verbleibende, ihre Liebesgeschichte hatten und haben. Als ob es nicht unter Zölibatären und Ordensleuten Skandale genug gäbe. Rahners Freundschaft mit mir war fern von einem Skandal, wenn man nicht künstlich einen daraus machen wollte. Sie war vielmehr ein Modell dafür, wie ein Ordens-Mann, ein echter Mann, die Liebe zu einer Frau leben kann, ohne Zölibat und Ordensgelübde zu verletzen. Freilich: es kann sich nicht jeder zutrauen, auf einem so schmalen Grat längs eines Abgrunds zu gehen. Dazu muß man so stark sein, wie Rahner es war, und man muß eine Partnerin haben, die fähig ist, mit ihm zu gehen.

Rahners Briefe an mich dürfen vorläufig nicht veröffentlicht werden. Über meine kann ich frei verfügen. Rahner ist vor zehn Jahren »heimgegangen«. Ich aber lebe noch. Das Risiko der Veröffentlichung meiner Briefe ist das meine. Es liegt nicht darin, daß ich irgend etwas Erotisch-Skandalöses preisgäbe. Nein, nein. Es liegt darin, daß ich zum ersten Mal offen von meiner Religiosität rede; sie ist mystischer Natur. Nur Rahner wußte davon. Viele meiner Leser werden befremdet sein, jedenfalls von den Briefen aus den Jahren 1962 bis 1965. Viele freilich, vor allem jüngere, können mich verstehen, denn ich berichte von Erlebnissen, die man heute so sehnsüchtig-eifrig im Bereich der »Esoterik« sucht. Meine Erfahrungen gleichen denen, die man in der Meditation im Buddhismus, im Zen-Buddhismus, in der Sufi-Mystik machen kann und für die man das Wort »Erleuchtung« fand; ein Wort, das nichts anderes besagt, als daß man die Innenseite der Wirklichkeit erlebt.

Als ich diesen Satz schrieb und dabei eine verständliche Erklärung suchte, flog eine Amsel vor mein Fenster, setzte sich auf einen Blütenzweig und klappte stumm mit dem Schnabel. Ich verstand die Botschaft: »Was du da über Mystik schreibst, ist nichts als ein stummes Klappen; du versuchst, Unsagbares zu sagen; wer versteht, versteht, wer nicht, dem hilft keine Erklärung. Bleib beim Bericht von deiner Freundschaft mit Rahner. Erzähl, wie sie entstand.« Ich halte mich an die mahnende Botschaft der Amsel.

Der Anlaß zu meiner Bekanntschaft mit Karl Rahner war rein theologischer Art: der Moraltheologe Richard Egenter (mich für eine brave, theologisch bewanderte Katholikin haltend) forderte mich auf, ein Buch zu schreiben über die »Askese der Frau«. Davon verstand ich etwas, o ja. M. A. hatte mich dazu erzogen. Aber ein Buch darüber zu schreiben, braucht viel Vorarbeit. Ich fand in meiner Bibliothek einen Band über »Askese und Mystik in der Väterzeit« (gemeint ist: in den ersten christlichen Jahrhunderten) von Marcel Viller. Der Ko-Autor war Karl Rahner. Seinen Namen kannte ich, mehr nicht. Aber was ich in dem Buch las, faszinierte mich, obgleich es schwierig zu lesen und mit einem umfangreichen Apparat versehen war. Aber mich hat von jeher alles interessiert, was man »Mystik« nennt oder auch nur, wie es in jenem Buch heißt (vom französischen Begriff »spiritualité« übersetzt): »Spiritualität.« Das Buch hat das »Imprimatur« des Ordensoberen und des Bischofs von Freiburg im Breisgau aus den Jahren 1938/1939. Ein Buch also, das unter dem Nationalsozialismus geschrieben und gedruckt wurde. (Damals war Lehr- und Schreibverbot über Rahner verhängt worden.) Nun: es war für die Nazis (denen Rahner sonst nicht geheuer war) unverständlich und ungefährlich, und die Kirche sagte ihr *nihil obstat*. Ich fand die Adresse des Autors Rahner von 1939: Innsbruck. War er 1962 noch dort?

Er war auf zeitbedingten Umwegen wiederum dort gelandet. Es war leicht, seine genaue Adresse zu finden. Wo

sonst sollte er wohnen als im Jesuitenkolleg in der Sillgasse Nummer 6? Wie oft schrieb ich später diese Adresse, besorgt, daß man dort sich schiefe Gedanken machen könnte über die häufigen römischen Briefe, die gewiß nicht vom Vatikan kamen und nicht vom Jesuiten-General Arupe. Daß sie meist, wenigstens zunächst, nur Antworten waren auf Briefe des Dogmatikprofessors der Universität, Karl Rahner, das wußte man nicht, und was sonst noch darin stand, ahnte niemand. Dieser Professor Rahner also sollte mir bei meiner Arbeit helfen. Ich schrieb ihm, ob ich ihn besuchen dürfe, wenn ich Ende Februar auf dem Weg nach München in Innsbruck sei. Kaum war der Brief im Kasten, bereute ich, ihn abgeschickt zu haben. Wie konnte ich einen so berühmten und vielbeschäftigten Mann stören wollen! Sofort ließ ich meinem ersten Brief einen zweiten folgen mit einer Entschuldigung und einer Zurücknahme meiner Bitte. Aber ehe ich ihn abschicken konnte, war ein Brief aus Innsbruck unterwegs: eine Verabredung für den 27. Februar 1962 in der Sillgasse 6 mittags zwölf. Ich wohnte im Hotel »Grauer Bär« gegenüber der Universität. Dieses Hotel wurde unser Treffpunkt für Jahre.
Wir ahnten es nicht. Gar nichts ahnten wir an jenem 27. Februar 1962. Oder doch?
Ich war aufgeregt wie ein Schulmädchen und stand schon zehn Minuten zu früh vor der Pforte. Noch ehe es zwölf Uhr schlug, ging das Tor auf, und ein kleiner Mann kam heraus, unterm Arm zusammengeknüllt einen Regenmantel, an der Hand eine Mappe, die er, leer oder voll, immer bei sich hatte. In dieser Mappe trug er immer irgendwelche Manuskripte mit sich, eigene oder Arbeiten von Studenten.
Das also war der berühmte Theologe Rahner? So unscheinbar? Warum stellt man sich berühmte Leute auch körperlich groß vor? Hatte ich nicht schon mehrere »große« kleine Männer kennengelernt: Heidegger zum Beispiel, Martin

Buber, Heisenberg, Gabriel Marcel... Nun: Rahner war klein von Statur und »sah nach gar nichts aus«. Seine informelle, fast saloppe Begrüßung. »Und wo gehen wir jetzt hin?« – »Ich wohne im ›Grauen Bären‹«. »Gehen wir essen.« Das war's. Die Uhr schlug zwölf. Immer waren wir vor der verabredeten Zeit zur Stelle, ich, damit Rahner nicht warten mußte, er, weil er nicht warten konnte, er war höchst ungeduldig.

Wir gingen also essen in jener Ecke, die man dann immer für uns reservierte. Rahner aß gern und viel. Das spricht für seinen un-asketischen Appetit aufs Leben. Ich selber aß kaum, ich redete. Er hörte zu, mit einem Ohr, denn auf dem anderen war er seit seinem Kinder-Scharlach taub. Aber mit dem gesunden Ohr hörte er alles, mit gespannter Aufmerksamkeit, er hörte auch Ungesagtes.

Wir kamen sofort in ein lebhaftes Gespräch, *in medias res*: das Askese-Thema. Es führte mich, wider Willen, vom Theologischen bald zu meinem persönlichen Problem: M. A. Ich sagte Rahner, ich sei tief verwirrt, denn ich liebte einen Zölibatär, einen Mönch sogar, einen Ordensoberen, der mich vielleicht wieder liebe, aber es weder mir noch sich offen zeigen wolle und der mich mit Ja und Nein quälte. So etwa sagte ich. Rahners folgende Frage wurde zum Kernproblem unserer Beziehung: »Ist diese Liebe exklusiv?« Meine Antwort: »Ja.«

Ein Jahrzehnt lang kämpften wir um die Interpretation dieser Antwort auf seine Frage. Sie machte aus unserer Beziehung eine herzzerschneidende Tragödie.

»Ich kann dich nicht so lieben, wie du es möchtest. Ich habe es dir beim ersten Treffen gesagt: diese andere Liebe ist exklusiv.«

»Ja, aber später hast du mir gesagt, du liebst mich.«

»Ja, aber anders, anders.«

Das Schicksal hatte uns in der Nacht nach jenem ersten Gespräch in Innsbruck die Lösung der schweren Frage gege-

ben, handgreiflich, sogar schriftlich. Am Morgen fand ich auf meinem Nachttischchen einen gebrauchten Briefumschlag, auf dessen Rückseite stand: »Ist Liebe Liebe nur, wenn sie geht der Liebe Spur«. Wer hatte das geschrieben? Es war meine Handschrift und war es doch nicht. Ich muß es in Trance geschrieben haben, unter Diktat über die hundert Meter hinweg, die zwischen Rahner und mir lagen.
Seltsames Erlebnis. Rahner kam zum Frühstück ins Hotel. Ich zeigte ihm den Briefumschlag. »Ha no«, sagte er in seinem badischen Dialekt, »des isch doch ganz klar. Es gibt ebe net bloß eine einzige Art der Liebe.«
Hätte er doch diesen Satz, diese Schicksals-Weisung, nie vergessen. Er, dessen Kardinalfrage in Vorlesungen, Interviews, Aufsätzen war: »Was meinen wir denn, wenn wir sagen...« (»Was meinen wir, wenn wir sagen: Jesus ist Sohn Gottes« – »Was meinen wir, wenn wir vom ›Leben nach dem Tod‹ reden?« – »Was meinen wir denn, wenn wir von der Unfehlbarkeit des Papstes reden?« – »Was meinen wir, wenn wir sagen, Maria sei die Mutter der Kirche«...), er vergaß unter dem Druck seiner Leidenschaft, jenen Satz auf unsere Beziehung anzuwenden.
Ich bewunderte ihn später immer aufs neue, wie er es verstand, bei spitzfindigen Interviews haarscharf an Häresien zu streifen mit einer denkerischen und sprachlichen Eleganz, die ihn unangreifbar machte. Oft ärgerte mich seine Art der intellektuellen Akrobatik, und nicht nur einmal gerieten wir in Streit, wenn ich wagte (o ja, ich als Laie wagte es), ihm einen Widerspruch nachzuweisen. Einmal, es ging um die Frage der Reinkarnation, stimmte er mir voll bei. Doch fünf Minuten später kam sein »Ja, aber«, und er interpretierte die Frage in seinem Sinne, negierend, was er vorher als durchaus denkbar und in Übereinstimmung mit dem katholischen Glauben stehend bezeichnet hatte. Aber, wie so oft in unseren privaten Gesprächen (die theologischen Seminaren ähnlicher waren als unverbindlichem Reden un-

ter Freunden) blockierte er seine kühnen Gedanken (die er expressis verbis nie aufschrieb) mit dem Hinblick auf seine heilige Pflicht, den Rahmen der katholischen Glaubenslehre an keiner Stelle zu überschreiten. Wer seine Werke, die späteren, genau liest, wird freilich finden, daß es ihm sehr schwerfiel, die offizielle konservative, die »rechtgläubige« Theologie zu verfechten, während er sehr versteckt zwischen den Zeilen und mit traditioneller Terminologie seine eigene kühne Meinung sagte. Wahrhaftig ein Gang auf dem hohen Seil. Er war viel »moderner« als viele Moderne. Er war als Philosoph Relativist, als Theologe (Dogmatiker) bemüht, Dogmen nicht in Frage zu stellen, nur vorsichtig neu zu interpretieren, und als Mensch einfach fromm, nicht wissend, daß er ein Mystiker war, der unablässig in der Gegenwart Gottes wandelte. In einem seiner Interviews sagte er 1972, daß die Kirche (seine Kirche!) den Mut haben müsse, Positionen aufzugeben, die sie bisher für sich reklamiert habe, und man müsse sich fragen, ob man beim Marsch in die Zukunft (der Kirche) alles und auch all die braven Leute mitnehmen könne, die sich von ihrer Mentalität her sträuben gegen Neues. Das ist schon sehr deutlich. Ebenso tolerant wie hart. So war er eben. Er konnte »beides« sein. Das Wort »Beides« wurde ein Code-Wort für uns. Davon wird noch die Rede sein.

Sein Hang zum Relativieren ging, beispielsweise, so weit, daß er nach unserem Streitgespräch über die Frage der Reinkarnation, ohne mir etwas davon zu sagen, in einem Aufsatz schrieb, er sei bei einem Gespräch mit einer deutschen Schriftstellerin über das Wie des Fortlebens nach dem Sterben zu der Ansicht oder Einsicht gekommen, die katholische Thologie sei dieser Frage bislang einfach aus dem Weg gegangen, obgleich nicht nur in östlichen Religionen an Reinkarnation geglaubt werde, sondern auch inoffiziell in westlichen.

Damit wollte er natürlich nicht sagen, daß er an Reinkarna-

tion glaube, er wollte nur sagen, daß man sich damit befassen sollte. Theoretisch-theologisch. Um zu wissen, was andere dachten.
Vor Jahrzehnten sagte er einmal: »Ich möchte sterben.« Ich war erschrocken. Bist du so lebensmüde? Seine Antwort: »Nein, nein, aber ich möchte endlich *wissen*.«
Weiß er jetzt? *Was* weiß er? Will er jetzt noch *wissen*? Genügt ihm nicht das *Sein* in dem, was er immer (das Wort Gott tunlichst vermeidend) das unaussprechbare Geheimnis nannte?
Wenn ich meiner Intuition vertrauen darf, ist er selig »drüben« in Nirvana angekommen, was immer das ist. Sein Erdenleben endete am 31. März 1984.
Wir hatten verabredet, uns Ende März in Innsbruck zu treffen. Im »Grauen Bären«. Ich rief im Jesuitenkolleg an. »Pater Rahner liegt in der Klinik.« Seine Sekretärin gab mir seine Telefonnummer. Ich rief an. Er antwortete. Er sagte: »Wuschel« (auch sein Name für mich, nicht nur der meiner Kinder), »ich kann nicht reden, ich liege unter der Sauerstoffmaske.« Sagte er »Leb wohl«? Sagte ich's? Ich erinnere mich nicht mehr. Ich erschrak. Am nächsten Morgen kam der Anruf seiner Sekretärin: »Pater Rahner ist heute um Mitternacht gestorben.«
So hatte ich also noch kurz vor seinem Hinübergang mit ihm gesprochen. Als Letzte vielleicht. Welch schöne Gnade. Ich begann zu weinen, aber dann überfiel mich eine scheinbar ganz unangemessene Freudigkeit. Ich schrieb darüber in meinem Tagebuch ›Im Dunkeln singen‹: »Den ganzen Tag über in Fest-Stimmung...« Am 2. April schrieb ich: »Die Festfreude enthält viel Schmerz. Wider alle Vernunft, wider alle höhere Einsicht: wer tot ist, ist fort. Ich werde nicht zur Beerdigung fahren. Ich kann nicht. Ich kann den Sarg nicht sehen. Ich will nicht nach Innsbruck. Nicht dorthin, wo diese Lebensfreundschaft begann.«

Jahre später erst stieg ich hinunter in die kahle eisige Gruft der Jesuiten. Da also liegt er. Eingemauert. Er, der Lebendige, der Bewegliche, der Heißblütige, der Kämpfer.
»Fisch!« rief ich (denn dies war zwanzig Jahre lang mein Name für ihn, den im Zeichen der Fische am 5. März Geborenen). »Fisch, dein Wuschel ist da. Hörst du? Fisch! Komm heraus!«
Aber ich war nicht Jeschua, der rufen konnte: »Lazarus, steh auf und komm heraus«, und der Tote stand auf. Mein »Fisch« kam nicht heraus. Ich lief weinend weg. »Aber du lebst doch!« sagte ich, mich tröstend. »Du lebst!« Wirklich: er lebt, wenn auch seine Kirche ihn lieber ganz und gar tot wüßte: ist er nicht mitschuldig am Entstehen des Zweiten Vatikanischen Konzils, das ein Erdbeben war, ein Ansturm des lebendigen Heiligen Geistes, jenes Geistes, der nicht durch die vatikanische Angst vor Macht- und Sicherheitsverlust erstickt werden kann.
Einmal ließ ich durch eine bedeutende Astrologin sein Horoskop stellen. Sie kannte ihn nicht. Sie sagte: »Dieser Mann ist genial, aber was er sagt, wird erst in hundert Jahren voll verstanden werden.« Vorläufig wird, was er lehrte, überdeckt vom Rückgriff auf den mystischen Untergrund aller Religionen. Tiefenpsychologie statt Dogmatik und konventioneller Moraltheologie. Damals freilich war es nicht Karl Rahner, der Mythologie als Quelle religiöser Erkenntnis gelten ließ, sondern sein Bruder Hugo, Jesuit auch er, im Schatten des berühmten älteren Bruders, vielleicht aber ihm kongenial. Seine Bücher ›Griechische Mythen in christlicher Deutung‹ und ›Symbole der Kirche‹ sind sehr zu Unrecht kaum gelesen; es war Hugos Schicksal, vom Riesenwerk seines Bruders erdrückt zu werden. Aber es gab keine Rivalität zwischen den beiden, nur eine gewisse Fremdheit. Hugo war der Liebenswürdige, der Zugängliche, wo Karl der Schwierige, der oft Abwesende, der Ungeduldige, der vom heiligen Daimon Getriebene war.

Als ich gestern so weit geschrieben hatte, kamen meine Freunde, T. und ihr Mann C. Wir sprachen von meiner Arbeit über Rahner. Da stellte sich heraus, daß sie beide ihn gekannt hatten. T. erzählte: als Rahner die Professur in Innsbruck hatte, waren unter seinen Studenten zwei Spanier, die sehr arm waren, ein junges Ehepaar mit kleinen Kindern. Sie wohnten in einer Berghütte und waren nicht ausgerüstet für den kalten Winter. Jede Woche stapfte Rahner im kniehohen Schnee den Berg hinauf und brachte ihnen zu essen.

Viele Geschichten dieser Art wären zu erzählen. Er tat seine Liebeswerke im geheimen, das heißt: weder redete er darüber, noch verschwieg er sie bewußt heroisch-bescheiden. Er tat eben immer das gerade Notwendige; es war für ihn das Selbstverständliche. Das Leben mit seinen realen Nöten war ihm wichtiger als theologische Spekulation. Er war ein Realist. Von einem seiner ehemaligen Schüler, einem Polen, erfuhr ich folgende Geschichte: Er, Dr. phil. und Dr. theol., Priester, Studenten-Seelsorger in Polen, ertrug seine Situation nicht mehr, weder die politische, noch die kirchliche, noch die menschliche. Er fand eine kongeniale Partnerin. Da er die Laisierung aus Rom noch nicht bekam, heiratete er illegal. Als er Polen verlassen mußte, kam er mit Frau und Kleinkind nach München, bettelarm, der äußersten Unsicherheit ausgeliefert. Er machte einen Besuch bei seinem ehemaligen Lehrer.

Man könnte sich die Szene so ausmalen: Rahner ist schokkiert von dem Abfall des polnischen Priesters, der eine große Hoffnung der Theologie war. Rahner sagt: Was geht denn das mich an? Wären Sie in Polen geblieben, wären Sie Priester geblieben, es ist feige, was Sie taten, Sie sind einfach desertiert. – Wie aber verlief die Szene wirklich? Rahner sagte: »Also Sie haben Frau und Kind. Haben Sie denn eine Wohnung?« Sie hatten keine. Er besorgte ihnen eine. Kein Wort über den »Abfall«, über die »wilde Ehe«, die

»Sünde«. Eine Flüchtlingsfamilie brauchte eine Bleibe. Das war das vordringlich Wichtige.
Könnte das biblische Gleichnis vom Kaufmann, der unter die Räuber fiel und hilflos liegen blieb, bis ein »Samariter« kam, ein Mann aus dem feindlichen Nachbarland Samaria, und sich seiner annahm, ohne nach Nationalität und Religion zu fragen, könnte es nicht ersetzt werden durch die wahre Geschichte von Rahners Hilfeleistung am »abgefallenen Priester«?
So ganz beiläufig sagte er mir einmal, er müsse nach Landshut fahren. Warum, wozu? »Da ist eine alte Frau, die war einmal mein Beichtkind, sie kam früher immer nach Innsbruck oder München, jetzt kann sie nimmer fahren, da fahr halt ich zu ihr. Sie hat ja sonst keinen Menschen.« Viele Male fuhr er zu ihr, trotz seiner Arbeitsüberlastung, und obwohl es mit seiner Gesundheit nicht immer zum besten stand.
Einmal sagte er: »Kannst du mir fürs Taxi zehn Mark leihen, Wuschel?« Natürlich, aber was tust du denn mit deinem vielen Geld? Er lachte: »Mein vieles Geld, das hat der Orden. Hab ich nicht das Gelübde der Armut abgelegt?« Er verdiente sehr viel: zu seinem Gehalt als ordentlicher Universitätsprofessor (mit Hörgeldern) kamen die enorm hohen Honorare für seine vielen Bücher, für seine Aufsätze, seine Rundfunk- und Fernsehsendungen. Er lieferte alles ab. »Aber du schenkst doch so vielen armen Leuten was!« »Ja«, sagte er, »manchmal erbitte ich mir von Pater Kreuser was, und« (setzte er verlegen hinzu) »weischt, alles sag ich halt doch net. Die kriegen noch genug.« (»Die«, das waren die Jesuiten.)
»Fisch«, sagte ich, »heiraten wir doch! Zusammen verdienen wir einen Haufen Geld, stell dir vor, wie wir leben könnten: im Luxus!« – »Ha no«, sagte er, »dazu brauchen wir doch nicht zu heiraten! Ich brauch nur aus dem Orden auszutreten, dann gehört mein Geld mir und dir ...«

Einer unserer Scherze. Nie war im Ernst die Rede davon, daß er seinen Orden verlassen könnte. Oder gab es den Gedanken doch? Schrieb er nicht in einem seiner Briefe aus der Zeit seiner verzweifelten Leidenschaft, er sei »zu allem bereit«? Wozu denn bereit?

Bereit, ins Feuer zu springen.

Ich nahm das nicht ernst, und vielleicht konnte er so einen Satz nur sagen, weil er ganz sicher war, daß ich ihn nicht wirklich ernst nahm. Konnte er so vieles Gefährliche sagen, weil er sich ganz sicher fühlte bei mir? Weil er wußte, daß ich M. A. absolut treu war? Treu auch mir selber. Aber daß er solche Gedanken dachte, das war nicht Folge menschlicher Schwäche, sondern sein Wille zur äußersten Konsequenz. Nur keine Halbheit. Nur kein unverbindliches Spiel mit dem Feuer. Das Ganze, immer das Ganze, und immer das Große. »Zu allem bereit« war nicht das Wort eines blind Verliebten, es war das Wort eines Mannes, dem es tödlich ernst war mit der Liebe. Da war ein größerer Gott als Eros im Spiel.

Aber eben dieser Gott hatte einen Engel mit dem Flammenschwert geschickt. In dieser Flamme verbrannte das männliche Begehren. Es blieb das lange schmerzende Brandmal. Es blieb die harte Forderung an drei Menschen, den großen Verzicht zu leisten. Der dabei am tiefsten litt, war Rahner.

Als er und ich uns zum ersten Mal sahen an jenem 27. Februar 1962, war Rahner sichtlich entzückt von dem (wie er sagte) so gescheiten Mädchen, das ihn zum moraltheologischen Thema Askese konsultierte. Das Buch kam übrigens nie zustande. Das war es ja auch gar nicht, was das Schicksal mit jenem Auftrag im Sinne hatte. Es gab uns das Stichwort für einen Dialog, der zwanzig Jahre dauern sollte. War das nicht überaus deutlich, als jene geheimnisvolle Hand nachts auf den Briefumschlag schrieb: »Ist Liebe Liebe nur, wenn sie geht der Liebe Spur?« Und wußte Rahner, der den Satz deutete, nicht von allem Anfang an, daß meine Liebe zu M. A. »exklusiv« war? Wie hätten wir das anders deuten sollen? Das waren Worte einer Sphinx: »Liebt euch, aber liebt euch nicht mit normaler Liebe.« War es so gemeint? Aber mit welcher Liebe denn sonst? Wie wäre es, wenn Rahner, der lange vor mir begriff, daß er mich liebte, unsere so gefährliche Verbindung von Anfang an abgeschnitten hätte?

Hätte er es gekonnt? Wenn – wenn er nicht so viel Freude gehabt hätte an diesem »Wuschel«, das er später »mein Mädchen« nannte, und »Sonne meines Lebens«.

Hat er je bereut, sich so abgrundtief eingelassen zu haben mit einem anderen Menschen, einer Frau?

Nie hat er es bereut. Immer blieb sein Ja zu diesem Schicksal. Er wußte, daß diese Erfahrung ihm nötig war. Sie hat sein Wesen bis auf den Grund aufgerissen. Sie hat ihn durchs danteske Purgatorium gejagt, und als er wieder entlassen wurde, konnte er lieben. Lieben schlechthin. Lieben verbunden mit großem Mit-Leiden.

Unsere Freundschaft begann zu einem Zeitpunkt, der denkbar geeignet war für das Entstehen einer solchen Beziehung. Ich litt noch unter den Nachwehen meiner Scheidung von C. O., die mir einen bitteren Geschmack hinterlassen hatte, und ich litt unter meiner alten Liebe zu M. A., der ebenfalls an jener Scheidung litt, da er sich schuldbewußt als Scheidungsgrund fühlte, und um dem Leute-Gerede den Wind aus den Segeln zu nehmen, sich dann von mir zurückzog, damit zeigen wollend: »Seht doch, sie ist jetzt frei, aber ich habe gar nichts mit ihr zu tun ...« Sein Verhalten war grausam. Ich fühlte mich verraten und verlassen. Und da fand ich nun einen Menschen, Ordensmann und Zölibatär auch er, wie M. A., aber herzlich offen, ungemein gescheit, ganz einfach, und an seinem Hals hing keine Amtskette; ein winziges Kreuzchen im Knopfloch, das war alles, er war in Zivil. Nichts als ein Mensch.

Ein brüderlicher Mensch. Er interessierte sich für alle meine Probleme. Er seinerseits faszinierte mich. Seine Stimme war tief und warm, und seine Augen, ach, diese Augen! In meinen Briefen an ihn rede ich immer wieder von seinen Augen. Sie waren groß, dunkelbraun und überraschend wandlungsfähig.
Ich habe ihn oft beobachtet bei Konferenzen. Vieles schien ihn zu langweilen, und er saß da in schlechter Haltung mit einem Gesicht, das in solchen Augenblicken dem einer mürrischen Bulldogge glich. Plötzlich fiel ein Wort, das ein Stichwort für ihn war, eine Herausforderung, und er richtete sich auf und öffnete die Augen, die sehr groß und leuchtend wurden und dunkle Funken sprühten. In solchen Augenblicken war er schön. Es gibt viele Photos, die ihn so zeigen.
Ich liebte seine Augen, aber bisweilen erschreckten sie mich, wenn er mich schweigend ansah. Ich fürchtete geradezu, von diesen Augen angesaugt zu werden und in einen tiefen Brunnen zu fallen. Dieser intellektuelle Jesuit hatte (er ahnte es nicht) magische Kräfte. Erotische Kräfte. Es gab Frauen, die diesen kleinen grauen Jesuiten heftig liebten, dessen Theologie sie kaum verstanden und an dessen Härte sie nicht glauben wollten. Seine Hilfsbereitschaft, seine Höflichkeit, seine offene Menschlichkeit nahmen sie für »Zugänglichkeit«. Ich, an M. A. gebunden, hielt instinktiv Distanz.
Aber nicht genug. Es war ja auch wunderbar, daß es einen Menschen gab, der mich gern hatte, der mich (damals) nicht quälte, mit dem ich heiter sein konnte, der sich freute, von mir im Auto herumgefahren zu werden, in irgendeinem Berggasthaus gut zu essen. Und ich redete und erwartete nicht immer Theologisch-Philosophisches, sondern brachte ihn mit Witzen zum Lachen. Damals. In den ersten Jahren. Später kamen die Gewitterwolken hoch, und die große Qual begann und dauerte Jahre.

Im ersten Sommer erlaubten wir uns einen gemeinsamen Erholungsurlaub in Brixen, ich im Hotel, er im Kneipp-Kurhaus. Jeden Morgen trafen wir uns am Ufer der Etsch und gingen zusammen zur Kirche, er zelebrierte fromm die Messe und ich ministrierte, wir sprachen die lateinischen Texte. Kann ich sie noch? »Introibo ad altare Dei.« Und meine Antwort: »Ad Deum qui laetificat juventutem meam.« Und das »Confiteor« mit dem dreimaligen »mea culpa« und seine Antwort im Namen Gottes: »Misereatur vestri onnipotens Deus, et dimissis peccatis vestris...«
Ich kann's doch nicht mehr weiter, und ich suchte eben nach im »Schott-Meßbuch« und fand dabei einen Offertoriums-Text: »Ich werde Wohlgefallen finden an ihren Brand- und Schlachtopfern auf meinem heiligen Altar...«
Nun: darüber wäre einiges Bittere zu sagen. Was für ein Gott ist das, der Wohlgefallen findet an Opfern? An Herzens-Opfern, an Menschen-Opfern? Ein Gott, der die Menschen zur Liebe schuf und sie ihnen mit Dornen versah, und verbot? Ist es Gott, der eine Einrichtung namens Kirche schuf, die den Zölibat zur Bedingung für Priester machte und die zur Liebe geschaffenen Herzen unter Drohungen zu Holz verdorren, zu Stein verhärten ließ? Und was für ein Gott legte mein Herz in Ketten, die mich an einen banden, der, seinerseits von diesem Gott gebunden, mich durch sein Dasein daran hinderte, die Liebe eines wahrhaft mich Liebenden anzunehmen?
Zunächst war unsere Beziehung heiter. Dieser »trockene Jesuit« machte mich jünger, heiterer, witziger auch. Und er vermochte es, M. A. für eine Weile aus meinen Gedanken zu »verdrängen«, trotz des uranfänglichen Satzes von der Exklusivität dieser Liebe. So konnte es kommen, daß ich Rahner mehr Gefühl zeigte, als ich es hätte tun sollen. Liebte ich ihn? Ja und nein. Es gibt Briefe von mir, die ihn glauben ließen, ich liebte ihn – trotz M. A. Und er glaubte es so gern.

Heute frage ich mich, ob er, der von lebenslanger Selbstkontrolle Geprägte, nicht hätte »den Anfängen wehren« sollen. M. A. hatte es getan oder jedenfalls ernstlich versucht sieben Jahre zuvor. Damals war ich die Bedrängende, und M. A., viel weicher und von Natur verführbarer als Rahner, hielt lange stand. Nun war es Rahner, der dem Ansturm seiner eigenen Gefühle erlag und den Gedanken an die ausdrücklich festgestellte Exklusivität der anderen Liebe gänzlich verdrängte. Ganz zu verstehen ist es nicht, es sei denn, man ließe gelten, daß es eine Schicksalsmacht gibt, die stärker ist als der menschliche Wille, und die ihre eigenen geheimnisvollen Pläne hat. Wollte diese Macht, daß Rahner leiden mußte? Wollte sie, daß das Haus seiner Sicherheit abgerissen würde, damit Neues entstünde? Brauchte sie dazu mich?

Lassen wir das Fragen. Das Leben entzieht sich jeder Analyse. Zum Kern dringt auch der beste Analytiker nicht. Zuletzt findet man »nichts«. Jenes Nichts, das Geheimnis ist.

Ich bleibe bei meinen Erinnerungen.

Eine sehr frühe: wir hatten einen Ausflug gemacht zu einem Bergkirchlein. Da stand eine Bank, auf die legte sich Rahner längelang. Ich saß neben ihm. Er schien zu schlafen. Sein Kopf lag auf dem harten Holz. Unbequem. Ich hätte ihm die Lage gern erleichtert, aber wie? Sollte, durfte ich meine Hand unter seinen Kopf schieben? Ich tat es schließlich äußerst vorsichtig, und er ließ es sich gefallen. Wie gern, das erfuhr ich später. Wir schwiegen und rührten uns nicht. Der Augenblick war Erfüllung. Dann gingen wir weiter. Aber plötzlich, aus heiterem Himmel, fiel ein sanfter Blitz, und wir küßten uns. Ein flüchtiger Kuß, ein Kinderkuß, einfaches Zeichen unserer Freude am Zusammensein, an der Herrlichkeit der Bergwelt, an der Sonne, am Leben. Dennoch: es war mehr. Hätten wir sonst beschlossen, an dieser Stelle ein Denkmal zu errichten, ein »Stein-

Manndl«, wie man es baut aus Felsbrocken, wenn man einen schwierigen Gipfel erreicht hat. Wir bauten also unser Stein-Manndl, aber wir hatten keinen Gipfel erreicht, wir standen vielmehr vor dem Aufstieg.
Heute erscheint mir dieses Stein-Denkmal als die erste Station unseres Kreuzwegs. Oder auch als Opferstein. Damals nahmen wir's als Scherz, und sollte sich Ernst eingeschlichen haben, wurde er sogleich entschärft durch Rahners absurde Frage: »Was zahlst du mir?« Zahlen, wieso, wofür? Wenn seine Großmutter einen Kuß von ihm wollte, mußte sie ihm fünfzig Pfennige dafür geben. Für jeden Kuß. So teuer verkaufte er sich. »Käufliche Liebe? So einer bist du? Aber von mir kriegst du nichts.«
Ich erzähle das, um zu zeigen, wie lustig, wie unbeschwert wir begannen. Ein Flirt, weiter nichts. Nein? Weiter nichts? Rahner, der trocken disziplinierte Jesuit, hatte ein großes Talent zum Flirten. Er war geistreich in allem, und er hatte Temperament, er konnte übermütig scherzen.
Im April 1962 war ich im Vorderen Orient: im Libanon, in Jordanien, in Israel. Im Mai wieder in Innsbruck. Mein Kalenderchen meldet: 7. Mai Frühstück mit Rahner, Rahners Seminar über das Thema »Heils-Ereignis«, Abendessen mit Rahner, 8. Mai Fahrt nach Georgenberg, Messe mit Rahner, Mittagessen, nachmittags lange vor der kleinen Kirche, Abendessen mit Rahner, 9. Mai Frühstück mit Rahner.
Die Begegnungen häuften sich. Sagte ich nicht vorher, die Zeit sei heiter gewesen? Wieso die Bemerkung zum 7. Mai: Schweres Gespräch? So einfach, so heiter war das denn doch nicht angelegt.
Am 1. Juni fuhr ich ihn nach Salzburg und hörte seine flammende Rede zum Katholikentag. Um diese Zeit waren wir auch zusammen bei einer Tagung der Paulusgesellschaft auf der Fraueninsel im Chiemsee. Eine Erinnerung: Außer Rahner waren als Diskussionspartner da der Physiologe Hans Schäfer, der Psychiater Paul Matussek, an den Dritten

erinnere ich mich nicht mehr. Es ging um Naturwissenschaft und Theologie. Die atheistischen Naturwissenschaftler ärgerte Rahners dialektische Überlegenheit und sein dogmatisches Christentum, und sie wollten ihn mit einer Frage hereinlegen, einer Falle für ihn, für seine Theologie und seine Glaubenssicherheit. Ich erinnere mich an die Frage nicht mehr, aber an Rahners längeres Schweigen. Rahners »Lieblingsjünger« Johann Baptist Metz saß neben mir, und wir bangten beide um das Prestige unseres Meisters. Er wußte keine Antwort, er war geschlagen... Da hob Rahner den Kopf, seine Augen wurden dunkle Feuerräder, und er »legte los«. »Meine Herren, ich bin kein Naturwissenschaftler, aber ich meine...« Er entwickelte seine Meinung Schritt für Schritt, und seinen Gegnern blieb schließlich der Mund offen: Rahner hatte ad hoc eine Lösung gebracht für eines ihrer Probleme, und diese Lösung führte weiter.

Metz und ich strahlten vor Stolz. Rahner ließ sein Triumph ungerührt. Er hatte einfach »sauber gedacht«, das war alles.

Ihn beschäftigte damals, auf der Fraueninsel, etwas anderes. Er, der behauptete, nie ein »mystisches Erlebnis« gehabt zu haben, kam nach der Morgenmesse seltsam bewegt zu mir. »Ich habe etwas erlebt, aber was, es war plötzlich wieder weg, aber dann hörte ich eine Stimme, die sagte: Beides.«

Dieses »Beides« wurde nun eines unserer Code-Worte. Beides: Damals auf der Insel deutete Rahner es in seinem Sinne: er dürfe »beides«: seinem Gott und seinem Orden leben und mich lieben. Die himmlische und die irdische Liebe: keine Gegensätze, keine Widersprüche.

Er nahm die gehörte Stimme als Weisung. Ich erschrak. War das zu leisten? Und welches war meine Rolle in diesem heiligen Spiel? Und wo blieb M. A.?

Mein Kalenderchen meldet trocken: »10. Juni. Pfingsten.

Pontificalamt in B. M. A. nicht gesprochen; traurig.« Das ganze weitere Jahr ist voll von Rahner. Wie er mich eroberte, Schritt für Schritt. Er war in Rom. Er hatte beruflich dort zu tun. Aber es scheint, er hatte mehr mit mir zu tun. Es war ihm so entsetzlich ernst mit seiner Liebe. Einmal, in einer Privatmesse, teilte er seine Hostie mit mir, und einmal, in Brixen, gaben wir uns feierlich das Versprechen der Treue. Wieder erschrak ich: das war ja wie eine Trauung! Das wollte ich nicht. Und doch: ich nahm es an. Wäre es eine kirchliche Trauung gewesen, wäre die Ehe ungültig, denn da war ja ein anderes Eheversprechen, und ich trug ja längst M. A.'s Ring mit seinem Monogramm.
Aber Rahner und ich wollten ein äußeres Zeichen der Treue: damals kaufte ich für Rahner einen Anhänger mit dem astrologischen Zeichen der Fische, und auf die Rückseite ließ ich, nach einer Skizze von mir, einen Fisch eingravieren, aus dem ein Bäumchen wächst, das drei Blüten trägt; und er ließ für mich ein kleines goldenes Herzchen mit derselben Zeichnung machen. Diese Kettchen trugen wir fortan. Jetzt ist auch Rahners Kettchen wieder bei mir.
Jenes Jahr 1962, nach meiner Rückkehr aus Jerusalem, gehörte Rahner. Wo überall trafen wir uns: in Innsbruck, in München, in Salzburg, bisweilen hatten wir beide Vorträge am gleichen Ort. Dann kam die Konzils-Zeit mit den Pressekonferenzen, an denen ich als akkreditierte Journalistin teilnahm. Und da tauchte M. A. wieder auf, und meine verdrängte Liebe zu ihm erwachte neu. Mein Kalenderchen berichtet von kurzen Begegnungen mit ihm, aber viel, viel öfter von langen mit Rahner. Jedoch: M. A. war da und nicht wegzudenken. Aber die beiden Männer begegneten sich nicht. Noch nicht. Jeder hatte seine besonderen Anlässe, mit mir zusammenzusein. Rahner kam zu mir zum Essen, M. A. sah ich bei Gottesdiensten in Sant'Anselmo, und bisweilen (immer öfter) saßen wir danach im Sprechzimmer und redeten.

Einmal waren Rahner und ich zur Erholung in der Kneipp-Kur-Anstalt in Freiburg, und Rahner nahm mich mit zu seiner Mutter. Sieben Kinder hatte sie großgezogen, und alle waren begabt, und alle bis auf einen studierten. Einer war Arzt, zwei Mädchen waren Akademikerinnen, was noch nicht allgemein üblich war, zwei Söhne waren Jesuiten, der eine davon weltberühmt. »Sind Sie nicht stolz darauf, einen solchen Sohn zu haben?« Sie lachte über diese Frage, die ihr absurd erschien. Sie war die nüchterne Demut in Person. Sie mochte mich gern, sie bot mir sehr bald das Du an. Einmal konnte ich ihr eine Freude machen: ich fuhr sie mit dem Auto zu einem Wallfahrtsort auf einem Hügel bei Freiburg. Den letzten Teil des Weges mußten wir zu Fuß gehen. Ich sah, daß sie ihre Hand in der Jackentasche hatte und ihren Mund bewegte. »Mutter Rahner«, sagte ich, »wenn du deinen Rosenkranz aus der Tasche ziehst, dann können wir ihn zusammen beten, und wir beten für Karli.« Und wir beteten laut, abwechselnd, Gesetzchen um Gesetzchen. Es war mir eigentlich peinlich, Leute schauten uns verwundert an, es kostete mich Überwindung, aber sie freute es, und dann freute es auch mich, und es war schön, mit ihr für »unsern Karli« zu beten. Ich frage mich, was sie sich dachte über »Karlis« Liebe zu mir, die ihr nicht verborgen blieb. Vermutlich hatte sie ein unendliches Vertrauen zu ihm und zu allem, was er tat. Ein einziges Mal deutete sie an, daß »man« über uns rede. Das wußten wir. Sie störte das nicht.

Einmal traf es sich, daß Rahner in Berlin einen Vortrag hatte. In Ostberlin, an der Humboldt-Universität, und ich hatte tags zuvor im Westen eine Lesung in der ›Urania‹.

Fährst du mit, Wuschel? In die DDR? Warum nicht.

Der Wagen von Bischof Bengsch bringt uns hinüber, Pater Stromberg vom ›Haus der offenen Tür‹ fährt mit.

Es war der 21. März 1963.

Rahner steckte mir etwas zu, und noch etwas, noch

etwas... Was soll das? Ach weißt du, der Wagen vom Bischof wird kontrolliert, und da ist's besser...
Also schmuggeln?
Wir bringen Geschenke mit ins Hedwigskrankenhaus.
Jeder von uns hatte drei oder vier Armbanduhren am Handgelenk, zwei oder drei Pullover übereinander, jeder eine neue Ledermappe, Regenschirme (»Knirpse«), Kölnisch Wasser, viele Tafeln Schokolade, und »verbotene« Schallplatten. An der Mauer die Kontrolle: alle aussteigen!
Das Auto wurde peinlich genau kontrolliert. Wir nicht. Wir durften wieder einsteigen.
Pater Stromberg sagte: »Die kennen uns doch.«
Die Kontrolle des Autos war ein leeres Pflichtmanöver. Bei meinen vielen späteren »Mauer-Sprüngen« kam ich nie mehr so gut weg. Ich wurde, da ich mein aufsässigstes Gesicht machte, immer besonders unangenehm »gefilzt«.
Am Abend sprach Rahner vor tausend Studenten über das Thema ›Geist und Materie‹. Er war geschickt genug, alles »Gefährliche« so ungemein gescheit zu sagen, daß es die Spitzel nicht begriffen.
Nach seinem Vortrag kam der Studentenpfarrer auf mich zu.
»Sie lesen doch morgen hier?«
Ich? Nein, nein.
Aber Pater Rahner hat es uns doch gesagt.
Fisch, Fisch, was trautest du dir und mir zu!
1963 war ich drüben eine gefährliche Westlerin, obgleich ich »links« genug war, aber man traute mir nicht. Mit einigem Recht.
Aber was sollte ich lesen?
Das, was ich in Westberlin gelesen hatte: einen Aufsatz über den Sinn der Schwermut.
Nun, das konnte gehen.
Ich wurde mit solchem Applaus empfangen, daß es mir unheimlich war. Aber nun war ich eben da, und hatte zu re-

den. Ich las den Vortrag ab. Plötzlich stockte mir der Atem. Was hatte ich da geschrieben? »Zu den Mitteln, Schwermut, Trauer, Depression zu vertreiben, gehören…« meine Augen lasen weiter, »und der Marxismus«. (Applaus.)
Das scheint heute lächerlich harmlos. Es war damals eine westlerische Herausforderung. Eine Kritik am Marxismus und an seinem Glücks-Versprechen. Man ließ sie mir durchgehen, für dieses Mal. Bei allen meinen späteren vielen Lesungen in der DDR war ich einigermaßen vorsichtig, etwa in folgender Art. Auf die Frage in Berlin: »Wie finden Sie die DDR?« antwortete ich: »Tja, wissen Sie, ich komme aus einem Land, aus dem Süden, Italien, wo das Licht herrscht. Hier ist's halt grau.« Großer Applaus. Und niemand konnte mir Marxismus-Kritik vorwerfen.
An dieser Stelle schreibe ich weiter nach einer fast schlaflosen Nacht. Was war geschehen? Mit einer Gruppe steirischer Pfarrer und Pfarrhelferinnen (alle ungemein sympathisch) kam, nicht zu dieser Gruppe gehörend und von niemandem eingeladen, einer, den die andern, ohne ihn näher zu kennen, »Herr Professor« nannten. Er riß das Gespräch sehr bald an sich und schob es auf eine theologisch-exegetische Ebene, welche meine Besucher gar nicht interessierte. Die waren gekommen, um mit mir zu reden über die Frage, wie man denn in ländlichen Gemeinden katholisch lehren soll, wenn man mit den Verlautbarungen der Kirche rein gar nichts anfangen kann, da sie überhaupt nicht auf die echten existentiellen Fragen und Nöte der einfachen Menschen eingehen, sondern in dogmatischen Klischees, wie im neuen »Katechismus«, am Leben vorbeireden; den Katechismus könne ohnehin niemand verstehen, und er interessiere niemanden. Der Professor mischte sich ein: Es gehe nicht um intellektuelles Verstehen, sondern ums Glauben, ums kindliche Glauben daran, was Jesus lehrte, durch den »der Vater« sprach. Meine Besucher muckten auf, sie könnten und wollten keine unmündigen

Kinder sein. Der Professor sagte, das eben sei das Unheil: die Menschen wollten sich ihren Glauben selber zurechtmachen, und darum herrsche im Christusvolk die große Verwirrung. Er begann, mir einen theologischen Vortrag zu halten. Ich sagte: Danke, das weiß ich, denn ich habe bei Rahner Dogmatikvorlesungen gehört. Der Name Rahner stach ihn wie eine Tarantel, und er fing an, in trocken-bitterböser Art über Rahner zu schimpfen; der sei an der großen Verwirrung schuld, und als er genug Durcheinander in den Köpfen verursacht habe, sei er dagesessen, habe gelächelt wie ein Buddha über die rechtgläubigen Theologen. In dieser Art, alle Einwände einfach monoton eigensinnig überredend, fuhr der Mann fort. Schließlich sprang ich auf und schrie (ja, ich schrie ihn an): »Sie sind Gast in meinem Haus, und ich gestatte Ihnen nicht, über meinen Lehrer und Freund derart bösartig zu reden ...«

Da die meisten der übrigen von unserem heftigen Disput, der ins rein Theologische ausartete, gar nichts verstanden, lenkte ich ein. Gott sei Dank mußte der Professor früher gehen als die anderen (er war mit dem eigenen Auto da, die anderen mit dem Autobus). Ich entschuldigte mich für meine Heftigkeit und gab ihm den Friedenskuß, und dann erst kamen wir anderen zu einem wesentlichen und schönen Gespräch. Mit dem Professor war der unheilige Geist der starren Kirchen- und Papsthörigkeit aus dem Raum gewichen, und das lebendige Leben kam zu Wort.

Wer war denn dieser Professor? Man wußte nichts weiter, als daß er Professor an der Lateran-Universität sei. Ach so! Ja, dann ist mir alles klar: der Lateran gilt als die Hochburg der katholischen Fundamentalisten. Dort, wie auch im Vatikan, hält man Rahner für schlimmer als Luther und Calvin. Ein getarnter Ketzer. Ein gefährlicher Neuerer. Diese intellektuellen Propheten, die schuld daran sind, daß das katholische Volk die Kirche verläßt ...

Als ob nicht gerade die Weigerung der Kirche, den vertrockneten Glauben durch neue Interpretationen den Menschen von heute nahezubringen, das Volk vertreibe! Als ob nicht Rahner schon früh die großen Anstöße für das Konzil und für ein neues spirituelles Leben gegeben hätte!

Wie man ihn fürchtete, ja haßte! Wie wichtig und stark er seinen Gegnern erscheint, daß sie ihn so verteufeln! Und wie löwenhaft wild ich ihn verteidigte! Wie lebendig ich ihm verbunden bin, auch wenn ich manche seiner Meinungen nicht teile, was ich übrigens auch »damals« schon ihm ins Gesicht zu sagen wagte.

Daß man ihm die Kraft zuschreibt, die Kirche in ihrem Schlaf und ihrem Traum vom personalen »Gott Vater« und den gehorsamen Kindern und der Weltherrschaft zu stören... Was hatte jene Astrologin Anfang der sechziger Jahre gesagt? »Man wird ihn erst in hundert Jahren verstehen.«

Ich kehre zurück zum Jahr 1963.

In meinem Kalenderchen häufen sich Notizen über meine Begegnungen mit M. A. zugleich mit jenen über die Begegnungen mit Rahner. Das Konzil brachte es mit sich, daß beide jeweils lange Zeit in Rom waren.

Noch galt das Code-Wort: »Beides«. Für Rahner hieß es: »Orden und Zölibat, und die Liebe zu einer Frau.« Für mich hieß es: »Beide«, nämlich Rahner und M. A. Es hieß Liebe zu zwei Männern, und dazu und darüber die Hingabe an die hohe Welle einer neuen Spiritualität, die unabhängig von meinen Lieben mich immer weitertrug. Ich hatte nie mit jemandem über meine religiösen Erfahrungen gesprochen, auch nicht mit M. A., der war kein Mystiker, der war, bei all seiner Frömmigkeit, ein festes Haus mit wohlbewachten Türen; er war skeptisch gegen alles »Gefühlsmäßige«, da er selber durch Gefühle geleitet und gefährdet war.

Zu Rahner aber konnte ich sprechen. Meine Briefe aus den ersten Jahren sind voll von Berichten über die Art, in der das

»Ewige ES« (damals sagte ich noch: ER, nämlich Gott oder vielmehr: Jesus, der Christus) sich mir offenbarte. Ich lese meine Briefe von damals (sie erscheinen 1994 im Kösel-Verlag) mit Erstaunen, ja mit Erschrecken, und mit einer gewissen Trauer darüber, daß jene Erlebnisse sich in solcher Stärke nicht mehr zeigen. Nun, das ist eben so. Man kann derlei nicht wollen und nicht durch ein »frommes, tugendhaftes Leben« herbeizwingen. Der Geist weht, wo er will und wann er will. Es gibt Hoch-Zeiten und es gibt Hungerjahre. Aber die hohen Belehrungen, die ich damals erhielt, blieben mir erhalten.

Da ich damals nichts von Zen-Buddhismus wußte (trotz meiner Beschäftigung mit östlichen Glaubens-Weisen), hatte ich keine andere Form der Hingabe an das Große ES als die intensive Teilnahme an der katholischen Liturgie. Ich ging täglich zur Messe in Sant'Anselmo, solange ich in Rom lebte, und ich hatte meinem Haus in Rocca di Papa einen kleinen Raum angebaut, der eine Kapelle war, mit einem Altar. (Später entfernte ich den Altar, denn der leere Raum war viel besser geeignet zur Meditation.)

Damals aber war es eine »echte«, von M. A. geweihte Kapelle. Von M. A. Da tauchte schon ein Problem auf. M. A. hatte das Grundstück gesegnet, auf dem dann das Haus gebaut wurde; M. A. kam als erster ins noch unfertige Haus; M. A. feierte die erste Messe ... M. A., nicht Rahner. Daß Rahner später oft hier die Messe feierte, war etwas anderes, das wußten wir alle drei. Daß ich während der Konzilszeit jeden Morgen zu M. A.'s Messe ging, das war wohl auch ein Dorn für Rahner. Als könne er durch immer häufigere Treffen mit mir das Seil stärker knüpfen, kam er bisweilen schon am frühen Morgen, unangemeldet, und auch tagsüber, und war er dann wieder in Innsbruck, schrieb er täglich, oft zwei oder drei Briefe, in denen die verzweifelte Liebe (die ich zu fürchten begann) die theologischen Inhalte mehr und mehr überdeckte. Seine Liebe war so groß, wie alles an ihm groß war, und seine Briefe waren Liebeserklärungen ohne Vorbehalte, ohne jede Rücksicht, leidenschaftlich, immer trauriger, immer bitterer, auch hart und sogar böse. Hundertmal derselbe Vorwurf: »Aber Du hast mich doch glauben gemacht, daß Du mich liebst.« Und hundertmal meine Antwort: »Du hast von Anfang an gewußt…« Und hundertmal mein Versuch zu erklären, daß »beides leben und lieben« nicht heißt: gleichartig.

Unsere so schöne, tiefe Freundschaft wurde zu einem großen Leiden. Als ich die Briefe kürzlich, nach vielen Jahren zum ersten Mal wieder, las, wurde ich buchstäblich krank. Wo liegt eine Schuld?

Hätten wir dem Anfang wehren sollen da oben auf dem Berg, wo wir das Stein-Manndl bauten? Konnten wir wissen, daß wir etwas Falsches taten? Daß unsere harmlosen scheuen heiteren Zärtlichkeiten gefährlich waren? Daß jenes Stein-Manndl die erste Station des Kreuzwegs war, der den Kalvarienberg hinauf führte? War unsere Beziehung denn »falsch«? Haben wir »Verbotenes« getan? Oder war es Schuld, daß wir den Explosivstoff nicht sehen wollten? Aber haben wir etwas verloren in dem gefährlichen Spiel? Hat zumindest Rahner nicht viel gewonnen an Tiefe, an Menschlichkeit, an Liebeskraft? Was ist »Schicksal«? Die Frage bleibt ohne Antwort.

Die Konzilsjahre, an sich schon aufregend genug, häuften und steigerten unsere Schwierigkeiten. Sie brachten es mit sich, daß Rahner und ich oft zusammen eingeladen waren: zu Pressekonferenzen, zum Essen beim Prälaten Höfer, beim Deutschen Vatikan-Botschafter, bei gemeinsamen Freunden, und niemand ahnte, daß sie Komparsen waren in einem stillen, heilig-unheiligen Drama. Einige Male war auch M. A. mit eingeladen. Wir bewahrten untadelig Haltung. Die beiden Männer, die ja voneinander wußten und im selben Boot saßen, sprachen sich nie aus über ihr

Problem. Was hätten sie sich sagen sollen? Konnte einer sagen: »Hör, Mit-Bruder, wenn du so leidest, dann verschwinde ich eben aus eurem Leben«? Hätte das etwas genützt?

Alle drei waren wir zu verschiedenen Zeitpunkten zum radikalen Verzicht bereit. Das Schicksal war dagegen. Es wollte, daß wir »Beides« lebten. Rahner zeigte mir sein Leiden offen. Einmal erpreßte ihm seine Qual Tränen. Er schämte sich ihrer nicht. Litt M. A.? O doch. Bisweilen erzählte er mir von seinen schweren Träumen. Mehrmals ertrank er, im Traum. Die Deutung war einfach genug. Bisweilen klagte er, der sonst so Verschlossene, über sein schlechtes körperliches Befinden. Einmal bat er mich, Medikamente zu besorgen. Ich schickte sie ihm in einem Körbchen, das mein gelehriger Hund Vanno an sein Bett trug (wohin ich anstandshalber nicht ging). Er schickte den Korb leer zurück und mit einem Zettelchen: er könne mich nicht empfangen, er müsse mir auch für meine Einladung zum Sonntag einen Korb geben. Ich schickte ihm durch Vanno ein Zettelchen (ich hab's notiert in meinem Kalenderchen vom 15. November 1963):

Einen Korb aus Worten
Sandtest Du mir.
Er war leer.
Woher sein Gewicht?
Auf seinem Boden
Lag ein Rosenblatt.

Ein anderes Mal sagte M. A. mir, ich solle im Text der Tagesvesper lesen. Ich tat es, aber auf meine Weise, nämlich »bibelstechend«, den Text als Orakel benutzend. Meine Frage, ob M. A. mich liebe. Die Antwort: die Stelle vom »versiegelten Kampfbrief«. Ich sagte es ihm. Er war bestürzt. Er nämlich hatte dieselbe Stelle gelesen und sich beim Lesen gedacht, er wolle mir etwas dazu sagen, nämlich »sigillatum est cor«.

Ein anderes Mal sagte er, aus heiterem Himmel: Orpheus hätte sich nicht umdrehen dürfen nach Eurydike; man muß blind vertrauen.
Aber ich rede von M. A. anstatt von Rahner. Nun: diese beiden waren durch mich, in mir, so verbunden, daß sie mir bisweilen als einer erschienen: die Verkörperung meines eigenen animus in zwei Männern, die ihrerseits mich »Mädchen« nannten. Beide sahen in mir »ihr Mädchen«, ihre anima.
Das Seil, auf dem wir über dem Abgrund gingen, schwankte gefährlich, aber es hielt. Der am meisten Gefährdete war Rahner, und er war es, der den höchsten Preis zahlte: er hatte sich selbst als Preis ausgesetzt. Er bezahlte ihn bis auf den letzten Groschen, bis er nichts mehr besaß und nichts mehr war als die »Große Leere«, in der einem das ewige Geheimnis begegnet.
Möge er mir vergeben, daß ich über ihn schrieb, aber wie hätte ich meine Autobiographie schreiben können, ohne über ihn zu reden, über den, der mir so viel mehr bedeutet hat, als er glauben wollte.
Einmal, nein mehrmals, sagte M. A., er verstehe mich nicht, was ich »an ihm habe«, Rahner sei doch soviel bedeutender als er. Aber wählt das Herz nach der »Bedeutung« des Partners? Und ist das »Bedeutendsein« die entscheidende Qualität?
Wer am wenigsten litt in diesem Drama, war M. A. Er war ja der Gewinner. Aber war es nicht auch schrecklich, Gewinner zu sein um den Preis des Leidens Rahners? Schuf es ihm nicht Schuldgefühle? Aber wie hätte er die Lage ändern können, da sie schicksalhaft gegeben war?
Und ich, die schuldlos Schuldige an so vielen Leiden?
Ich liebte M. A., aber ich hing auch an Rahner, und wenn ich ihm schrieb, ich könne mir mein Leben ohne ihn nicht mehr denken, er wisse gar nicht, wieviel er mir bedeute, so stimmte das, aber es war ihm kein Trost. Einmal, 1968,

schrieb er mir: »Ja, ich bedeute Dir *etwas*, meinetwegen viel, aber Du bedeutest mir *alles*, und das ist ein Unterschied.« Und ein anderes Mal, 1967, schrieb er: »Versteh doch, daß es nicht leicht für mich ist, immer der zu sein, der etwas will und braucht, und es nie auch umgekehrt ist. Du brauchst weder etwas von mir noch mich. Ich brauche Dich.«

Hatte er recht? Brauchte ich ihn nicht? Brauchte ich M. A.? Wen »brauchte« ich? Ich liebte. Was ich brauchte, war (und ist) meine Arbeit. Und jenes ES, das die Liebe selbst ist.

Aber treu war ich. Bis zum Tod. Bis über den Tod hinaus, wie ich bemerkte in dem Streit mit dem alten Fundamentalisten, der Rahner schmähte.

Meine Freundschaft mit Rahner dauerte auf dieser Erde vom 27. Februar 1962 bis zum 31. März 1984. Ich hatte noch seinen 80. Geburtstag mitgefeiert an der Universität Freiburg. Wir saßen uns gegenüber, durch die Saalbreite getrennt, und unsere Augen ruhten ineinander, und später, im Foyer, nahm er mich vor allen Leuten einfach in den Arm und küßte mich. Öffentlich. Mit der Freiheit der Kinder Gottes. Mit diesem Kuß besiegelte er unsere Art der Liebe. Es war der Abschiedskuß. Ich fühlte es, aber ich wollte es nicht glauben. »Wir sehen uns Ende März in Innsbruck«, sagte er.

Zwanzig Jahre hatten drei Menschen versucht, »Beides« zu leben, und es erwies sich als möglich.

Obgleich jene Jahre ab 1962 randvoll waren von menschlichen Problemen und neuen spirituellen Erfahrungen, führte ich natürlich auch ein »normales« Leben als Schriftstellerin, Journalistin und politisch Engagierte. Auch hier kann das Code-Wort »Beides« gelten. Ich hatte mich der menschlichen Liebe zweier Männer gestellt, der einen schutzlos, der anderen mit dem zwar dünnen Panzer des Hinweises auf die »Exklusivität«; und ich hatte mich dem Ansturm der Liebe gestellt, die aus jener geheimnisvollen Tiefe aufbrach, die zu benennen ich mich scheue und von der nur Rahner wußte. Diese Liebe manifestierte sich in mir als Liebe zum Menschen und drängte mich zu konkretem Tun.

Meine Tagebüchlein der letzten Jahrzehnte sind Terminkalender eines Menschen, der sich zu viel zumutet. Zu viel, zu Verschiedenes, zu Aufregendes, zu Gefährliches auch. Meine Freunde sagten, ich verlöre zuviel Zeit mit Politik und sollte mehr Literarisches machen (Noch mehr?). Aber ich war eben, wie ich war und bin, wie ich bin, und tat, was mir zu tun nötig schien. Ich habe Literatur (meine eigene) nie überschätzt. Das Leben und das Schicksal meiner Mitmenschen waren mir vordringlich. Außerdem war ich neugierig. Darum nahm ich viele Einladungen zu Vorträgen und Lesungen an, wohin auch immer, und nahm teil an politischen Aktionen: ich hielt (unerfahren, ungeschult, aber mutig und viel beschimpft) Wahlpropaganda-Reden für Willy Brandts Ostpolitik und für die Abschaffung des Abtreibungs-Strafparagraphen, ich stand stundenlang frierend mit Günter Grass, Siegfried Lenz, Alfred Mechtersheimer, Heinrich Albertz, Robert Jungk, Erhard Eppler und anderen Kollegen bei Heilbronn vor dem Raketenstandort der Amerikaner, naiv und vergeblich hoffend auf ein Gespräch mit dem Colonel; wir hatten das Treffen unter das Motto gestellt »Den Widerstand lernen«. Ich ging viele Male in die DDR zu Lesungen, westlich bespitzelt und meinen Ruf als gefährliche »Linke« provozierend untermauernd; von Württembergs Ministerspräsidenten Filbinger wurde ich auf die Liste der zu Verhaftenden gesetzt und konnte eine Lesereise von Konstanz bis Dortmund nur unter Polizeischutz machen, weil die Neonazis mich bedrohten, und einmal mußte ich in Frankfurt von der Polizei mit Blaulicht zu einer Lesung im Saal des Senckenberg-Museums gefahren werden, so gefährlich links schien ich den Neofaschisten. Ich befreundete mich mit den Zigeunern (den Sinti) und lud zwei ihrer Führer zu meiner Geburtstagsfeier in Frankfurt ein, schrieb ein Buch über sie und legte mich ihretwegen mit den zuständigen Behörden an. Ich nahm teil an Friedensdemonstrationen; im oberpfälzischen Wackersdorf wollte ich gegen die atomare Wiederaufarbeitungs-Anlage protestieren, erhielt aber von der bayerischen Regierung Sprechverbot, und auch die Kirchen, katholische wie evangelische, gewährten mir kein Gast- und Rederecht. Ich nahm teil an politischen Tagungen in Bonn und an anderen Orten; ich hielt feministische Reden, als es noch unüblich war; ich diskutierte im Club II am österreichischen Fernsehen über jeweils aktuelle Fragen und wurde beschimpft, wenn ich wunde Punkte berührte; ich redete in Priesterseminaren, auch in Rom im »Germanikum« vor den Theologie-Studenten über ihre Probleme, einmal über »Zölibat und Frau«, wobei eine Gruppe schockiert den Saal verließ (junge Studenten, nicht Patres); in Luxemburg redete ich zur Jugend über den Frieden; dabei kam ich auf die Atommeiler von Catenon zu sprechen, die ganz nah, auf französischem Boden, rauchten, was stimmte, aber nicht erwähnt werden sollte und den französischen Botschafter veranlaßte, unter Protest – wogegen eigentlich? – den Saal zu verlassen. Im März 1969 hielt ich im Bayerischen Rund-

funk eine Rede über die Gewaltlosigkeit, in der ich vieles sagte, was ich kürzlich in den Reden und Schriften des Dalai-Lama fand, als hätte ich sie damals schon gekannt.
Heute erst wird mir klar, was für gefährliche Dinge ich gemacht habe, zum Beispiel als ich in Teheran für die Kurden demonstrierte; als ich in Tbilissi bei den Germanisten über den von den Sowjets gehaßten emigrierten christlichen antikommunistischen Philosophen Nikolai Berdjajew sprach; als ich in Südkorea Verbindung hatte mit den Leuten der Widerstandsbewegung gegen die Militärdiktatur; als ich in Tokio an einer Konferenz für die Wiedervereinigung Koreas als Podiumssprecherin teilnahm, von der japanischen Polizei einerseits und von der höchst gefährlichen Mun-Sekte andererseits eingekreist, so daß ich schließlich mit einigen anderen Sprechern durch unterirdische Gänge flüchten mußte.
In Auschwitz war ich 1970 und fiel im Konzentrationslager in Ohnmacht beim Anblick der Berge von Kinderschühchen und Frauenhaar, und einige Jahre später war ich noch einmal dort, im Vernichtungslager Birkenau, wo die Moor-Tümpel mit der Asche der Vergast-Verbrannten aufgefüllt sind, und schämte mich, als der Papst und anderer Klerus auf der dick mit Blumen bestreuten Straße gingen, auf der einst die Häftlinge vom Bahnhof zum Tod in die Gasöfen geführt wurden. In Ravensbrück war ich, wo ich im ehemaligen Frauen-KZ eine Gedenkrede halten sollte und kein Wort über die Lippen brachte, denn hätte ich den Mund geöffnet, hätte ich geschrien.
Ich war dreimal an dem berüchtigten 38. Breitengrad, der Korea entzweischneidet in Nord- und Südkorea, einmal kam ich vom Süden, zweimal vom Norden, und ich war an dem Verhandlungstisch, den eine Schnur zweiteilt und die Delegierten der beiden Korea trennt, eine Schnur, keine Berliner Mauer, aber dauerhafter als diese.
Freilich waren nicht alle meine Reisen aktuell-politisch ein-

gefärbt, doch kam ich als Deutsche im Ausland bei Interviews sehr oft in die schwierige Lage, als Antifaschistin dennoch mein ehemals faschistisches Vaterland verteidigen zu müssen und, über die Zweiteilung Deutschlands befragt, als »Linke« verdächtigt zu werden. Ich habe in meinen publizierten Tagebüchern über alle meine Reisen berichtet. Schon beim flüchtigen Durchblättern finde ich mit einigem Staunen, wo überall ich in den vergangenen Jahren war: im Libanon, in Jordanien, in Israel, im Iran (in der kurzen Spanne zwischen der Flucht des Schahs Reza Pahlewi und der Wahl Khomeinis), wo ich im selben (angeschossenen) Hotel wohnte wie Jassir Arafat, den ich nicht anzusprechen wagte; in Indien (Radschastan), wo ich an einer Friedenskonferenz teilnahm; in Indonesien, vollgestopft mit Anti-Malaria-Medizin, dort auch auf der Leprösen-Insel Flores schon ganz nah bei Australien; in Nordspanien (Galicien) bei den Arbeiterpriestern und ihren Ärmsten; in Irland beim PEN-Kongreß in Dublin; in Island, eingeladen von den nordischen Schriftstellern, wo ich die Kollegin Isabel Allende kennenlernte, die Nichte des ermordeten chilenischen Staatspräsidenten; ich war mehrmals in den USA an Universitäten und Goethe-Instituten: in New York, in Chicago, in Washington, Boston, Milwaukee, Madison, quer durch den Mittelwesten bis Los Angeles und Houston in Texas, wo mich an der Universität ein Student fragte: »Hitler? Wer war das?« Seine Germanistik-Professorin war Wiener Jüdin. Wer kann's verstehen?
Ich las und sprach in Dänemark, in Stockholm, in Norwegen von Oslo bis in den hohen Norden; ich war in Warschau; in der Sowjetunion (eingeladen vom sowjetischen Schriftstellerverband) war ich in Moskau, Leningrad, Kiew bis Tbilissi in Georgien; in China (wo ich in Peking an der Universität mit Studenten beiderseits vorsichtig über die Zukunft ihres Landes sprach) und in der Südprovinz Sezuan, an der tibetischen Grenze, wo ich in Tschengtu mit

den Professoren der Musikschule über das Orff-Schulwerk sprach, das sie eben einführten. In Hiroshima sprach ich mit Überlebenden der USA-H-Bombe und schämte mich der menschlichen Rasse; ich las und redete in vielen deutschen Städten in Schulen, Gefängnissen, evangelischen (kaum je in katholischen) Akademien; ich hielt in Luzern in der katholischen Kirche fünf Predigten und eine in der evangelischen Kirche Schinznach; ich war als Journalistin-Reporterin in Florida beim Abschuß der ersten bemannten Mondrakete, ich machte in der NASA Interviews mit Astronauten und mit Professor Stuhlinger, dem Mitarbeiter Wernher von Brauns; ich war in Bolivien, eingeladen von sehr reichen ehemaligen Deutschen (aus deren Luxusvilla voll spanischen Silbers ich entsetzt floh), ich war in den Slums von La Paz und bei den Zinn-Minenarbeitern am Fuß der Anden auf viertausend Meter Höhe (wo die Durchschnitts-Lebensdauer 30 Jahre ist), und ich war in Peru am Titicaca-See; ich war in drei Wüsten: am Toten Meer, im Iran, in Kalifornien an der mexikanischen Grenze, ich habe Muscheln gesammelt am Pazifik, am Chinesischen Meer, am Indischen Ozean, am Gelben Meer ... So viele Gerüche bringt mir meine Erinnerung zurück: den Gestank der offenen Wunden der Leprakranken, den schweren Geruch der Opiumraucher aus finsteren Höhlen am Rand von Delhi; den Fischgeruch Skandinaviens, den Weihrauch-Duft thailändischer Tempelchen, den Geruch von schlechtem Benzin der sowjetischen Städte; das süße Parfum der Inderinnen, den Smog Londons, den mit Meersalz-Geruch gemischten Blütenduft Floridas, den Schnapsgeruch Dublins. Ein Buch über Gerüche schreiben. Gerüche, die das Wesen eines Landes verraten.

Aber ich habe bisher ein Land, ein Volk, eine Herausforderung unerwähnt gelassen: 1974 kam überraschend eine Einladung nach Südkorea, wo man, ohne Genehmigung, illegal, zehn meiner Bücher übersetzt hatte. Ich war (und bin), ohne es gewußt zu haben, Südkoreas Lieblingsautorin. Warum, das habe ich bis heute nicht wirklich begriffen, vielleicht bin ich's aus politischen Gründen. Eine Frau, die (modellhaft) wagte, einem Diktator zu widerstehen. Vielleicht aber aus Gründen des Feminismus, der den noch unterdrückten Ostasiatinnen Mut gab; wer weiß. Damals also die Einladung, vom Kultusminister ausgehend, der, selbst Schriftsteller, Südkoreas wichtigste Literaturzeitschrift herausgab. Drei Wochen Aufenthalt, Flugreise erster Klasse, und einiges Honorar; Bedingung: Vorträge an den Universitäten Seoul, Gwangju, Pusan, Taegu, Taejon, das Thema vorgegeben: unpolitisch, rein literarisch.

Südkorea also. Eine böse, von den USA manipulierte rechtsradikale Militärdiktatur unter dem abscheulichen Präsidenten Park Chang Hee, der später vom Geheimdienst (seinem eigenen oder dem der USA) während einer Party ermordet wurde. Diese Regierung mit ihrer kapitalistischen Korruption, ihrem Spitzelsystem, ihren Foltermethoden, den Todesstrafen für Kommunisten, die man ganz einfach wegen angeblicher Spionage für Nordkorea umbrachte, diese Regierung hatte 1965 den Komponisten Isang Yun, Südkoreaner, in Deutschland unterrichtend, entführt, gefoltert, eingekerkert, ihn beschuldigend, Spitzel für Nordkorea zu sein. Lüge. Aber geeignet als »legales« Motiv für die Todesstrafe. Abschreckung für alle Regime-Gegner. Nur der weltweite Protest der Künstler und Intellektuellen verhinderte Isang Yuns Tod, und man schob ihn nach zweieinhalb Jahren Kerker in den Westen ab.

In dieses Land konnte ich nicht reisen. Oder doch? Um zu erfahren, wie es wirklich dort zuging?

In der Berliner Akademie der Künste traf ich ein neues Mitglied, eben jenen Komponisten namens Isang Yun. »Herr Yun, kann ich eine Einladung nach Südkorea annehmen?« Statt zu antworten, sagte er: »Kommen Sie doch mit mir nach Hause.«

Wir sprachen dort nicht sofort über Politik, sondern über Musik. Ich, wiewohl in moderner Musik bewandert, kannte kein einziges Werk Yuns. Er legte eine Platte auf. Ich war sofort fasziniert. Moderne Musik, interessant, aufregend, bewegend, Spuren von Atonalität und Zwölftontechnik verratend, aber durchaus selbständig. Westliches mit Östlichem organisch schön verbunden.
»Herr Yun, jetzt haben Sie mich zum Weinen gebracht.« Eine Umarmung. Der Beginn einer tiefen Freundschaft, die bis heute dauert, also zwei Jahrzehnte.
Ich, mit moderner Musik aufgewachsen, hatte längst gelernt, neue Musik nicht mit musik-fremden Gedanken und Vorstellungen zu interpretieren. Aber dieses Mal drängte sich mir ein Bild auf: die drei Teile des Stücks bedeuteten drei Dimensionen des Universums: die Welt der Menschen, die der heiligen Geister und die der Ungeheuer in der Tiefe.
Isang sagte, ja, so habe er es gemeint, und das Stück heiße tatsächlich ›Dimensionen‹. Drei Klangwelten. Drei Seins-Weisen. Die Spannung dazwischen. Der Kampf. In einer seiner späteren Kompositionen, ›Distanzen‹, ist das Bild noch einmal, deutlicher denn je, zu hören, ja zu sehen: auf einer kleinen Bühne drei Streicher (Bratsche, Cello, Kontrabaß), auf den Rängen verteilt zwei Geiger und die Bläser (Flöte, Oboe, Klarinette, Fagott), auf dem obersten Rang der Solo-Hornist. Baß, Cello und Bratsche beginnen mit einem aggressiven Furioso, einem wilden Streit. Die Bläser versuchen sänftigend einzugreifen, lange vergeblich. Von Zeit zu Zeit der ruhige starke Ton des Horns. Selbst dieser Ton wird von den Streitern nicht gehört. Lange ist die Lage unentschieden. Schließlich gewinnen die Bläser und Geiger der zweiten Dimension an Kraft, die Streitenden beruhigen sich... Zuletzt bleibt der hohe, starke Ton des Horns, ein reines C.
Die drei Ebenen des Universums. Was allen Streit beendet,

ist die Stimme des höchsten Gesetzgebers. Und diese Stimme ist schön. Isang Yuns Bekenntnis zum Frieden, zur ewigen Harmonie. In diesem Glauben fanden wir uns, als kennten wir uns von Vorzeiten her. Vielmehr: nicht »als ob«. Es ist so.

Ich beschäftigte mich lange und intensiv mit seiner Musik und mit seiner Person, und schließlich traute ich mir zu, ein Buch über ihn und seine Musik zu schreiben. Es erschien unter dem Titel ›Der verwundete Drache‹. Ein seltsamer Titel, aber ein ungemein treffender: Als Isangs Mutter mit ihm schwanger ging, sah sie im Traum einen geflügelten Drachen, der den heiligen Berg Iri umkreiste, aber nicht bis zum Gipfel kam, denn er war an der Seite verwundet. Für eine koreanische Mutter leicht zu deuten: das Kind wird hochsteigen, berühmt werden, aber viel leiden.

In der Tat: Isang stieg hoch, wurde berühmt (bei einem Welt-Musik-Festival in Kanada vor einigen Jahren wurde er als der größte zeitgenössische deutsche Komponist geehrt), aber er war ein Gezeichneter. Seine Wunde war und ist nicht nur seine schwache Gesundheit (seit seinen Gefängnis- und Hungerzeiten litt er an Lungentuberkulose, später kam dazu das Herzasthma), sondern sein Leiden um seine Heimat Korea. Er war lange der europäische Koordinator des internationalen Komitees für die Wiedervereinigung der beiden Korea. Er opferte Geld, Gesundheit und die Zeit, die er für seine musikalische Arbeit gebraucht hätte. Er, vom südkoreanischen Geheimdienst in Deutschland bespitzelt, riskierte, zu gegebener Zeit insgeheim beseitigt zu werden. Wer erträgt so ein Leben und schreibt Stück um Stück und macht Reisen zu den vielen Uraufführungen in drei Kontinenten und zu den politischen Treffen mit seinen Landsleuten?

Es ist Zeit, seiner Frau zu gedenken. Su-ja war Lehrerin an der Schule, an der Isang als Musiklehrer arbeitete. Sie wußte, daß er an Tbc litt. Sie nahm die Tasse, aus der er getrunken hatte, und trank daraus. Er sah es, und er verstand. Von da an teilte diese großartige Frau sein Schicksal. Als sie (ja, auch sie) in Seoul im Gefängnis saß, wie Isang angeklagt der Spionage für Nordkorea, schnitt sie sich ihr schönes schwarzes Haar ab und flocht in mühsamer Arbeit daraus eine Rose, die sie ihrem Mann schickte.

Wir drei lieben uns sehr.

Isang und ich sahen und sehen uns oft; meist fahre ich zu seinen Uraufführungen, und oft gestalten wir zusammen Abende, bei denen ich über seine Musik rede. So kam es, daß ich den Ruf nicht nur einer Yun-Expertin bekam, sondern den einer Schriftstellerin, die erstaunlich viel von Musik versteht. Mit diesem nur vage zutreffenden Ruhm bedeckt, machte ich, eingeladen an Rundfunk und Fernsehen, Sendungen über Musik, die mich zwangen, immer mehr zu lernen: Bänder abzuhören, Partituren zu studieren, Musik analysierend zu hören, Musikgeschichtliches zu lesen.

Nun: damals, 1975, war ich wirklich in Südkorea, hielt meine vorsichtigen Vorträge, wurde auf Schritt und Tritt, buchstäblich Tag und Nacht, überwacht, lernte Leute vom Geheimdienst kennen und traf Leute aus dem Widerstand. Ich schrieb darüber in meinem Buch ›Wenn die Wale kämpfen‹. Die zweite Hälfte des Satzes heißt: »zittern die Garnelen«. (Die Wale: die Großmächte, die Garnelen: die kleinen bedrohten Länder.)

Danach wurde ich nie mehr dorthin eingeladen. Doch wurde ich weiterhin übersetzt, und meine Ehrenbürger-Urkunde der Universitätsstadt Gwangju wurde nie zurückgenommen. Gwangju: die Stadt der rebellischen Studenten, wo 1980 viele hunderte junger Menschen brutal umgebracht wurden. Isang schrieb darüber das ungemein ergreifende Stück ›Exemplum‹.

Mein Ruf als Musik-Sachverständige brachte mich 1985 in eine schwierige Lage: die Berliner Philharmonie lud mich ein, zur Eröffnung der Berliner Festwochen einen Vortrag über Musik zu halten. Das Thema stellte man mir frei. Ich sagte zu. Leichtsinnig sagte ich zu. Mir würde doch etwas Gescheites einfallen, und es waren ja noch Monate hin. Aber vorsichtshalber begann ich sofort, Material zu suchen: musikgeschichtliches, biographisches, soziologisches, musik-theoretisches, philosophisches (von Platon bis Adorno)... Ich hatte mir ein sehr schweres Thema ausgewählt: »Die Aufgabe der Musik in der Gesellschaft heute«. Je mehr ich mich darein vertiefte, desto mehr bereute ich, zugesagt zu haben. Das überstieg doch mein Vermögen. Aber nun mußte ich eben »durch«. Ich arbeitete runde vier Monate an etwas, das in einer halben Stunde gesagt und dann in einem dünnen Heftchen gedruckt wurde. Die Arbeit wurde mir zur Auseinandersetzung mit der modernen Musik, ja, der Kunst von heute überhaupt. Und der von morgen. Was ich damals (gequält von Lampenfieber, das ich sonst nicht kannte) sagte vor einem Publikum von Experten, von Musikkritikern, vor den Philharmonikern, den älteren und den jungen, brachte mir den größten Applaus meines Lebens ein. Es ist, in Kürze, die Summe meiner Erfahrung mit der Kunst von heute.

»Jeder Musik, wenn sie nicht leeres Geklingel ist, wohnt das Dionysische inne, also die Gefahr. Die große Musik aber unterscheidet sich von der kleinen dadurch, daß sie das Dionysische in die dialektische Spannung zum Apollinischen bringt. Das Apollinische, auch dies ein von Nietzsche verwendeter Begriff, will die beherrschte Form und das Maß. Kleine leichte Musik entzieht sich dieser Spannung. Zum Wesen der Unterhaltungs-Musik gehört diese Vermeidung quälender Gegensätze, oder besser – da ohne Spannung keine Dynamik – das rasche Überspielen der Gegensätze. Große Musik hingegen bekennt sich zu ihnen. Die klassische Musik machte die dialektische Spannung zum Strukturprinzip von Sonaten und Symphonien. Sie stellte thematische, klangliche, rhythmische Kontraste klar nebeneinander. Bei der offenen Form moderner Musik müssen wir schon genau hinhören, um etwa bei Ligeti oder Yun die Spannung im Innern größerer Klangflächen zu erkennen, ja im Innern eines einzigen Tons, der eine schwingende Fläche ist. In der Minimal-Musik, die von der indischen wie von der zentralafrikanischen Musik inspiriert ist, scheint jede Spannung aufgehoben zu sein, ein Eindruck, der jedoch täuscht. Denn ohne Spannung ist nichts.«

Was war denn nach meiner Südkorea-Reise? Ich überstand sie, ich schrieb mein kritisches Buch darüber, so kritisch, daß ich danach nicht mehr eingeladen wurde, zumal ich gleich darauf eine Einladung nach Nordkorea annahm, die vom »Komitee für die Wiedervereinigung Koreas« ausging. Zögernd nahm ich an, denn über dieses Land hatte ich nur Böses gehört: eine linke Diktatur, Konzentrationslager, Todesstrafe, ein gefährlicher Diktator...

Natürlich zeigte man mir dort zunächst nur die Lichtseite, und die war eindrucksvoll. Als ich im Jahr darauf Rudolf Bahro mitnahm, sagte er, das vom DDR-Kommunismus gebrannte Kind: »Ja, so etwas haben wir uns zu Beginn in der DDR vorgestellt...« Freilich sahen er und ich auch Schattenseiten. Eine Diktatur ist eine Diktatur. Aber nicht jeder Diktator entspricht dem Bild, das man sich von ihm macht. Ich habe mich, schon am Ende meines ersten Besuchs, spontan mit Kim Il Sung befreundet. Im Lauf von bislang insgesamt zehn Besuchen sind wir tatsächlich Freunde geworden, so sehr, daß ich ihn sogar kritisieren durfte, was sich niemand sonst erlaubte. Ich schreibe hier nicht seine Biographie und nicht seine Verteidigung. Ich erzähle nur ein wenig von dem, was ich selbst mit ihm erlebte. Zum Beispiel: als 1980 der Studentenaufstand in Gwangju in Südkorea blutig niedergeschlagen wurde (als ich eben in Pyöngyang war), sagte ich zu Kim Il Sung: »Warum greifen Sie nicht ein? Helfen Sie doch! Südkorea ist in Verwirrung. Die USA sind nicht bereit...« Er sagte mit Trauer:

»Ich habe einmal meine Hände blutig gemacht zur Befreiung meines Vaterlandes von der japanischen Unterdrükkung. Das ist vorüber. Kein Blut mehr.«
Da ich ihn nach den Lagern befragte, in denen, laut Westpresse, Leute zu Tode geschunden werden, erlaubte er mir, jedes Gefängnis zu besuchen, ohne dort angemeldet zu sein. Ich schrieb darüber in meinem Tagebuch ›Winterfrühling‹.
Daß er die »Religion« verfolgte, ist nicht wahr, das ist eine Geschichte aus der Zeit des Korea-Krieges und hatte politische Gründe. Er hat vor einigen Jahren zwei Kirchen erbauen lassen, eine katholische und eine evangelische. Er selbst ist getaufter Christ. Buddhistische Tempel gibt es überall in dem buddhistischen, nicht-christlichen Land. Ich stiftete die Glocke für die katholische Kirche.
Nun: dieser Mann, den ich in seiner schwierigen politischen Situation begreifen lernte, ist mir ein Freund geworden. Ich sage das, obgleich ich damit wieder einmal meinen Ruf untergrabe. Daß ich seiner Politik in gewissen Punkten kritisch gegenüberstehe, ist eine andere Sache. Unsere Freundschaft ist die zwischen einer östlichen und einer westlichen Seele. Eine geschwisterliche Beziehung uralter Herkunft. Meine Autobiographie wäre nicht vollständig, ließe ich gerade diese Freundschaft unerwähnt, die, wie alle meine Freundschaften, ihren eigenen Reiz und ihre eigene Problematik hat. Und ihre Dauerhaftigkeit.
Ich müßte diesem Kapitel ein anderes anfügen, das »Buch der Freundschaft« überschrieben sein sollte. Es würde ein dickes Buch, denn ich habe viele Freunde, und alle haben sie ein Schicksal, das erzählenswert ist. Alle sind einzigartige Akteure im Welttheater, sei es an sichtbar hoher Stelle, sei es in aller Verborgenheit in Klöstern und Kliniken. Wie gern würde ich vielen von ihnen hier ein Denkmal setzen. Aber, nur eine Auswahl aufführend, würde ich die Nicht-Genannten kränken.

Nur soviel: meine Freunde sind denkbar verschieden. Verschieden nach Alter, Geschlecht, Beruf, Religion, Bildungsgrad, Rasse, Nation. Es sind: Arbeiterinnen, Lehrer, Nonnen, Priester, Sträflinge, Schauspieler, Politiker, Ärzte, Kollegen (ausländische meist), Psychiater, Körperbehinderte, geistig Kranke, Hausfrauen, Universitätsprofessoren, Zen-Meister, Baha'i-Anhänger, Moslems, gläubige Juden, Sektierer aller Art (die mich bekehren wollen)...
Eine Interviewerin fragte mich kürzlich, wie ich denn meine Korrespondenz bewältige, ohne Sekretärin, und alle Briefe handgeschrieben.
Sie sah die Post an jenem Tag: fünf Briefe. Das ist der Durchschnitt. Wir rechnen: täglich fünf, das macht im Jahr rund 1500, in zehn Jahren 15000, in den fünfzig Jahren meines öffentlichen Lebens runde 700000... Und wann arbeiten Sie?
Immer. Ich horche, schaue, beobachte Natur und Menschen...
Wie viele Bücher haben Sie geschrieben?
Ich weiß es nicht. Ich glaube zwanzig. Nein, mehr. Da stehen sie. Zählen Sie! Aber es fehlen einige, denn es gibt Besucher, die sich etwas ausleihen und nie mehr zurückgeben.
Schreiben Sie die Ausleiher nicht auf?
Nein. Ich bin sehr leichtsinnig, was Besitz anlangt. Ich betrachte nichts als meinen Besitz. Ich habe auch keine Angst, etwas zu verlieren, und habe auch schon allerlei verloren. Schmuck zum Beispiel.
Ich sehe viele ausländische Titel.
Übersetzungen.
So viele! Französisch, Italienisch, Spanisch, Portugiesisch, aber verschiedene Ausgaben.
Ja, die in Europa und die in Südamerika.
Und hier: Rumänisch, Ungarisch, Griechisch... Und das ist modernes Hebräisch, und das Slowenisch, das Tsche-

chisch, Polnisch, Finnisch, Schwedisch, Norwegisch, Dänisch, Englisch.
Und das?
Japanisch.
Und das?
Koreanisch, Süd- und Nordkoreanisch verschieden, weil Südkorea unter US-Einfluß sich modernisierte, sozusagen.
Wie das?
So wie Sie DDR-Deutsch unterscheiden könnten von West-Deutsch. Sprache ist ein sehr sensibles politisches Instrument.
Und was ist in dieser Reihe?
Lauter Anthologien mit Beiträgen verschiedener Autoren, auch von mir, darunter eine in Sanskrit.
Freuen Sie sich über Ihre Erfolge?
Habe ich Erfolge? Ja und nein.
Ja doch. Ihre Auflagen, Ihre Preise...
Was die Preise angeht, nun: ich habe viel weniger, als Sie wohl denken. Meine paar großen Preise bekam ich nicht in meinem Vaterland. Vier bekam ich in Italien: 1955 einen Kulturpreis in Florenz, in Sizilien den Premio mediterraneo, den vor mir der ägyptische Staatspräsident Sadat bekommen hatte, und in Fiuggi bekam ich den Premio Europa, und voriges Jahr den Premio Silone, den eine internationale Jury vergab, und meine neue Heimatgemeinde hier in Italien machte mich zur Ehrenbürgerin; und 1984 stellten mich die Grünen als Kandidatin für den Posten der Bundespräsidentin auf, immerhin. Und in Florenz bekam ich den Ehrentitel ›Onorevole‹ (den sonst Minister bekommen) und darf mich »Senatorin« nennen, und in Deutschland wurde mir das große Bundesverdienstkreuz verliehen, das ich zunächst ablehnte, weil ich Orden nicht leiden kann, und dann doch annahm, aber umgehend die Knopflochspange verlor, so daß ich das Ding nie tragen kann außer im Sarg viel-

leicht. Ja, und in meiner Heimatstadt Landsberg bekam ich den schönen Herkomer-Preis, und, beinahe hätte ich's vergessen: in Alzey den Elisabeth Langgässer-Preis, hoch dotiert, ja, und in der DDR damals, 1988, bekam ich den größten Preis, den sie dort vergaben: den Heinrich-Mann-Preis. Aber die großen Preise in der Bundesrepublik bekam ich nicht; ich hatte zu viele Gegner, und die Kritiker, oder wer eben Preise macht, schätzen mich nicht.

Sind Sie nicht ehrgeizig?

Doch. Vielmehr: ich war's, aber mäßig und nur anfallsweise. Man wächst über all diese Kinderspiele hinaus. Ich hatte große spirituelle Meister, die mich erzogen, sei es durch ihre Werke und Briefe, sei es durch Gespräche. Ich hatte das Glück, den Zen-Meister Karlfried Graf Dürckheim zu kennen, der mich gern hatte und meinen Händen Heilkraft zuschrieb, er hielt sie lang in den seinen; und einmal war der buddhistische Lama Anagorika Govinda drei wunderbare Tage Gast in meinem Haus; und einmal war ich in Jerusalem bei Martin Buber; in Berlin und Rom sprach ich mit dem Dalai-Lama, und in Südkorea war ich Gast eines buddhistischen Abts, jenes, der mir nach Stunden des Schweigens mein *Koan* gab, das Paradox, das man in langer Meditationsarbeit auflösen muß. Es lautet: »Alles ist Nichts.« Und ich stehe in Korrespondenz mit »Meistern«, auch mit jemand aus der Baha'i-Sekte, die von den Moslems so schrecklich verfolgt wird, und ich habe auch Meister, die schon über die Grenze gingen . . .

Nach einem so reichen Leben können Sie schön altern, nicht wahr?

Wie meinen Sie das?

Sie können sich den Frieden des Alters gönnen hier in Ihrem Haus, und in dem großen Garten, den Sie anlegen ließen. Hat das Haus ein deutscher Architekt gebaut? Es sieht oberbayrisch aus und auch ostasiatisch und italienisch doch auch. Ein schönes Haus.

Es ist ein einfaches, gutes Haus. Ich habe es selber entworfen und ohne Architekt gebaut. Es wurde ein Heim-Haus. Alle Gäste fühlen sich daheim. Als einmal Carl Friedrich von Weizsäcker hier war, sagte er von der Schwelle aus: »Hier müssen Engel sein.« Und der Lama Angorika Govinda sagte: »Hier hausen gute Geister.« Ein Freund nannte es das Heil-Haus. Vielleicht sind es meine Bäume, die im Laufe von dreißig Jahren von mir gepflanzt wurden (viele waren auch »wild« gewachsen aus Samen, die die Zugvögel aus dem nördlichen Italien mitbrachten und hier fallen ließen, hier, wo es sonst keine Lärchen gibt und keine Birken) – vielleicht sind sie, die mein Haus wie ein grüner Wall umgeben, das, was Böses abhält. Vielleicht ist die Atmosphäre so gut, weil hier, gerade hier, wiewohl historischer Boden, nicht gemordet wurde, nicht von den Etruskern, nicht von den deutschen Söldnern unter Friedrich II., nicht unter Hitlers Horden. Vielleicht ist es aber auch meine Sympathie mit aller Kreatur, die von meinen Pflanzen und allem Getier unter und über dem Boden erwidert wird. Wie auch immer: ein gutes Haus.
Wo man in Frieden altern kann.
In Frieden? Ja, schon. Wissen Sie, wer einmal vor zweitausend Jahren gesagt hat: »Meinen Frieden gebe ich euch, den Frieden, den die Welt nicht geben kann«? Derselbe hat auch gesagt: »Die Füchse haben ihre Höhlen, die Vögel ihre Nester, ich habe nichts, worauf ich mich betten könnte.« Als ich dieses Haus plante, hatte ich schwere Bedenken. Durfte jemand wie ich so bürgerlich privilegiert leben? Es war Karl Rahner, der, nüchtern wie er sein konnte, sagte: »Also, rechnen wir mal: du brauchst ein Arbeitszimmer, einen Raum für deine Bücher, ein Zimmer für die Buben. Was kostet die Miete?« Wir rechneten. Das Ergebnis: das Haus ist auf die Dauer billiger als eine Mietwohnung. »Oder willst du ein Nomadenzelt? Ein Wohnwagen kostet übrigens auch viel Geld. Nun also.«

In Frieden hier wohnen. Ja, schon: wenn ich hier bin und nicht auf Vortragsreisen und Konferenzen. Und wenn ich hier bin: ich empfange auf sechs Fernsehstationen Nachrichten aus aller Welt, und Sie könnten mich vor Zorn weinen sehen und auch fluchen hören über die böse Dummheit der Politiker, und ich bin gar nicht so friedlich, wie es scheint: ich erhoffe mir eine rebellische »Linke« und halte fest an meiner Utopie vom Friedensreich, wiewohl ich dazwischen jener Versuchung erliege, die Klara, meine Romanfigur aus ›Der schwarze Esel‹, in ihrer Verzweiflung dazu bringt, sich zu wünschen, es möge Feuer vom Himmel fallen und diese Erde reinigen vom Menschen, daß sie so sauber und kahl sei wie der kahle saubere Mond. Nein, nein, keine Angst: ich sage ja, es ist nur eine Versuchung. Ich liebe diese dreckige Erde mit all ihren törichten, korrupten, leidenden Menschen. Kann ich nicht mit der kleinen Bernadette von Lourdes sagen: »J'aime«?

Post scriptum
Beim Lesen der Korrekturfahnen fiel mir auf, daß der Schluß unpassend ist.
Freilich ist es gut, daß er nicht so todernst pathetisch ist, mit dem Wort »j'aime« endend. Es hätte auch seinen Reiz, mit einem von Ezra Pound »gestohlenen« Vers zu enden, der sich auf die literarische Arbeit bezieht:

> Oh Gott, oh Venus, oh Merkur
> Schutzherr der Diebe,
> Schenkt mir einen Tabakladen
> Oder einen anderen Beruf
> Bloß nicht diesen verdammten
> Job des Schreibens
> Wo man alleweil seinen
> ganzen Grips benötigt.

Ja, schon, schon. Nur: mir fehlt die Lust zum zynischen Witz. Vielleicht sollte ich den Shakespeareschen Falstaff zitieren: »Alles ist Spaß auf Erden«. Aber das ist nicht meine Haltung zum Leben. Wie aber ist sie?
Wäre diese Autobiographie ein Film, so wäre das letzte Bild jenes vom Dalai-Lama und mir im Gespräch in Rom im Juni 1994. Es war ein privates Treffen, das wirklich ein Sich-Treffen war. Auf dem Bild sähe man U. M. von der Berliner »Friedensuniversität«, der mit dem Sekretär des Dalai-Lama das Datum für meine geplante Indienreise ausmacht, und man sähe, wie der Dalai-Lama und ich uns anschauen, lange, schweigend. Und dann sähe man ein Licht aufblitzen in den Augen des Dalai-Lama, das sich über sein Gesicht ausbreitete und zu einem Lächeln wurde, einem immer helleren Lächeln, schließlich zu einem Lachen, das mich mitriß. Wir lachten beide. Ein heiteres, offenes, fast übermütiges Lachen: Das Lachen jener, die »des Vogelstellers Netz entronnen und frei sind«. Ein Psalm aus der Bibel, der ebensogut aus einem buddhistischen Sutra stammen könnte.